Yelmo Schütz

Die heiße Sphinx

und andere Erzählungen

AF282399

Vor Aufnahme seines Studiums geht ein Abiturient für ein halbes Jahr auf den Bau und erfährt so manches, was ihn seine Schulweisheit nicht hätte träumen lassen. – Ein junger Autodesigner, der gerne Handwerkern zusieht, kommt mit einem Schreiner in Kontakt, der heftig um seine Freundschaft wirbt. Nur mit Mühe kann der Designer sich der Zudringlichkeit des Alkoholikers erwehren. – Als bei Baggerarbeiten eine erotisch anmutende Keramik ans Tageslicht gefördert wird, kommt es in einem Dorf zu erheblichen Turbulenzen. Das Tauziehen zwischen dem Pastor und dem Bürgermeister findet ein überraschendes Ende, als die Gemeindesekretärin eine salomonische Lösung einfädelt. – Ein Junglehrer glaubt, dass er an der Schule, die sein früherer Lieblingslehrer leitet, gut aufgehoben sei. Als der Rektor jedoch versucht, den ehemaligen Schüler als Spitzel anzuwerben, ändert sich die Beziehung zwischen den beiden von einer Sekunde auf die andere, und die Konflikte sind vorprogrammiert. – Ein Wissenschaftler, der mit Freude bei seiner Arbeit ist, hat verlernt, seine Freiheiten zu genießen. Als er erkennt, dass er sich durch seinen Arbeitswahn zu seinem eigenen Gefangenen macht, entwickelt er sonderbare Ausbruchsfantasien. – Zwölf mit einem türkischen Friseur geführte Gespräche wurden aus dem Gedächtnis aufgezeichnet.

Yelmo Schütz wurde 1938 geboren. Nach seiner Emeritierung als Kunstwissenschaftler wandte er sich der Belletristik zu. Er lebt in Karlsruhe.

Yelmo Schütz

Die heiße Sphinx

und andere Erzählungen

Bibliografische Information der Deutschen Nationalbibliothek
Die Deutsche Nationalbibliothek verzeichnet diese Publikation
in der Deutschen Nationalbibliografie; detaillierte bibliografische
Daten sind im Internet über http://dnb.dnb.de abrufbar.

Verlag:
BoD · Books on Demand GmbH, In de Tarpen 42,
22848 Norderstedt, bod@bod.de
Druck:
Libri Plureos GmbH, Friedensallee 273, 22763 Hamburg
Cover: hgskunst

ISBN: 978-3-7693-5265-8

Für Monika Brückner

Inhalt

Die Baustelle 9

Schreiner Knobel 43

Die heiße Sphinx 73

Der Junglehrer 123

Die Zelle 169

Zwölf Friseurgespräche 181

Dank 201

Editorial 201

Die Baustelle

Nur zwanzig Minuten hatte er mit dem Rad bis zur Baustelle gebraucht. Nun war er fast eine halbe Stunde zu früh, halb sieben war gerade vorüber. Langsam fuhr er über das große, zunächst etwas unübersichtliche Gelände, und er erkannte hinter Hügeln von ausgebaggerter Erde, die von einem Aushub zusammengeschoben worden waren, einen runden Betonbau mit Kuppeldach. Er konnte sich wohl darauf verlassen, dass die Fahrspuren, in denen kaum noch Gras wuchs, ihn zum Ziel führen würden. Zwischen Haufen mit Kies und Sand und Stapeln von Bauholz gelangte er zum vermeintlichen Zentrum der Baustelle. Vor einer Holzbaracke, die sicher als Wetterschutz und Frühstücksraum diente, stieg er ab und lehnte das Rad an die Hütte, deren Tür mit einem schweren Riegel und einem klobigen Vorhängeschloss gesichert war.

Da näherte sich ein weiterer Radfahrer. Es war ein großer, schwerer Mann mittleren Alters mit blaugrauer Schiebermütze. Er stieg vom Rad, schob die Unterlippe vor, stierte Gero mit großen, gutmütigen Augen an und blieb zunächst stumm vor ihm stehen. Schließlich fragte er: „W-W-Willst du hier sch-sch-schaffe?"

Der Junge grinste ihn verächtlich an und fragte süffisant zurück: „Sie sind doch nicht etwa der Polier?"

Beschwichtigend hob der andere eine Hand und entgegnete ein wenig verlegen: „Ach nein, ach nein! Ich b-b-bin der Fritz. Ich b-b-bin a-a-a nur Hi-Hi-Hilfsarbeiter."

Nun musste sich auch der Neue vorstellen. – „Ich heiße Gero. Arbeite ein halbes Jahr hier, und im Herbst fange ich mit dem Studium an."

„A-A-Ach, Student! Ein Student b-b-bist du. Wirst A-A-Architekt? Bestimmt A-A-Architekt."

Fritz schien keine Antwort zu erwarten; für ihn war die Sache entschieden. Er lehnte sein Rad neben das von Gero und blickte ihn wieder an.

„Stu-tu-tudent also. A-A-Architekt a-a-also. Komm her, ich z-z-zeig dir, was wir m-m-mache. K-K-Komm!"

Fritz ging voraus und blieb hinter der Baracke stehen. Sie standen vor einer großen rechteckigen Fundamentplatte, aus deren schmalem Ende zahllose Rohre ragten, die mit gelber Folie zugebunden waren. An den vier Ecken stand ein Schnurgerüst. Dahinter erhob sich der mächtige Betonzylinder, der offenbar schon fertiggestellt war.

Stolz zeigte Fritz auf das Bauwerk. „D-D-Den habe wir schon gebaut. F-F-Faulturm. A-A-Aber es is noch nix drin. Später. D-D-Da wird das Dreckwasser von der Stadt und die g-g-ganz Scheiße eingekocht und verfault – o-oder so – verstehst du?" Jetzt musste der Fritz lachen.

„Nein, versteh ich nicht. Ich kann mir nicht vorstellen, dass die Friedberger hier ihre Scheiße einkochen. Erklär mir das!" Er dachte, der Fritz stottert nicht nur, er ist auch ein bisschen beschränkt.

Fritz ließ den rechten Arm, den er eben noch stolz ausgestreckt hatte, hilflos sinken. „W-W-Weiß ich auch net. Wirst sehe. Wirst schon s-s-sehe, aber es stimmt. F-F-Frag die a-andere. Aber der P-Po-Polier weiß es, der weiß a-a-alles."

Gero zeigte auf die Betonplatte. „Und was wird das hier?"

„Haus. B-B-Bestimmt a k-k-kleines Häusche, d-d-denk ich. Wirst sehe. D-d-da!" – Er zeigte auf einen Stapel Hohlblocksteine, wahrscheinlich eine Lkw-Ladung, und dann auf eine Plane, mit der etwas abgedeckt war. „Z-Z-Ze-Zement und K-K-Kalk. Is alles schon d-d-da."

Fritz schien nun nicht mehr stolz darauf zu sein, was sie schon geleistet hatten. Mit gesenktem Blick murmelte er nur noch Unverständliches vor sich hin und seufzte einmal tief. Vermutlich war das Gespräch für ihn anstrengend gewesen.

Ich glaube, ich muss den Fritz jetzt in Ruhe lassen, den armen Kerl, dachte Gero. – Nur zwei Maschinen standen da, ein Betonmischer und ein Bagger. Dann erkannte er hier zwei Arbeitsplätze. Links von dem Fundament standen schwere Holzböcke, auf denen Balken und Bohlen abgelegt waren, darunter lagen Holzabfälle verstreut, und der zertrampelte Rasen war mit Sägemehl hell überpudert. Das war offensichtlich der Zimmerplatz, wo die Schalungen vorbereitet wurden. Gegenüber, rechts von der Betonplatte und etwas abseits, standen auch Böcke, aber hier war alles braun, wie angerostet. Hier arbeiteten anscheinend die Eisenbieger. Als einzige Werkzeuge hatten sie eine Biege- und eine Schneidevorrichtung.

Als Gero ein Motorgeräusch hörte, wandte er sich zum Gehen. „Komm, wir schauen mal, wer da kommt."

„D-D-Der S-S-Sammer. Das is der P-P-Po-Polier. Ha-Ha-Hat Auto, der S-S-Sammer. M-M-Musst Herr Sammer sage. S-S-Sie musst du zu ihm s-s-sage, net du, verstehst du? Sonst a-a-a … Respekt!"

Ein grauer VW-Käfer bahnte sich den Weg über die Baustelle. Fritz trat zwei Schritte zur Seite, damit der VW bequem vorbeifahren konnte. Zwei Motorräder knatterten noch heran, und ein ganzer Trupp Männer kam zu Fuß von der Bushaltestelle an der Straße.

„Ha, Fritz, was machst du denn so früh hier? Da ist der Schlüssel. Schließ die Hütte auf und lass Luft in die Bude. Und stell alle Schubkarren raus, damit es für uns Platz gibt." Herr Sammer hatte eine schneidende, eine metallisch harte und durchdringende Stimme, die sicher über die gesamte Baustelle zu hören sein würde. Er sah Gero an, der ihn grüßte: „Guten Morgen, Herr Sammer. Ich bin Gero Theiler. Will ein halbes Jahr hier arbeiten. Hab mich im Büro angemeldet."

„Geht klar. Ich bin schon informiert. Steuerkarte?", fragte er.

„Ja, Moment. Ich hab sie in der Tasche. Hier bitteschön, Herr Sammer."

„Hör mal, Bürschchen, das Bitte und Danke gewöhnst du dir auf dem Bau mal ganz schnell ab. Wo kämen wir da hin: Eine Schippe Kies bitte. – Hier ist der Kies, bittesehr. – Danke für den Kies. – Wenn du so rumquasselst, ist Feierabend, und du hast nix geschafft. Capito? Capito."

Gero überlegte. Dieser Sammer mit seinem schönen, kanntigen Gesicht und den kurz geschnittenen blonden Haaren dürfte gut zehn Jahre älter sein als er. Dann war er vermutlich wie sein ältester Bruder noch Soldat gewesen, wo er sich den schneidigen Ton eines Feldwebels angeeignet hatte. Ob er ein Nazi war, würde sich im Laufe der nächsten Monate vielleicht noch herausstellen.

Eine Gruppe Männer hatte sich um die beiden versammelt. Sie lachten und alberten durcheinander: „Bitte ein Brett – danke für das Brett – bitte einen Nagel – danke für den Nagel. Ja, ja, die Studente, die feine Herrschafte – Ha, ha, haaa!"

Fritz rief dazwischen: „A-A-Architekt w-w-wird er."

„So-so, Architekt", brummelten die anderen durcheinander.

Sie drängten sich durch die schmale Tür in die Baracke hinein. Es war ein einziger großer Raum. Gleich neben der Tür standen in der einen Ecke Schaufeln und andere Gerätschaften, in der anderen Ecke einige verschlossene Werkzeugkisten. Die Mitte des Raums beherrschte ein langer, grob zusammengezimmerter Tisch, zu dessen Längsseiten je eine lange Bank aufgestellt war. Die Rückwand besaß ein Fenster, unter dem der Schreibtisch des Poliers, der aus zwei Böcken und zwei Schaltafeln improvisiert war. Ganze Stapel von Plänen waren darauf ausgebreitet. Daneben stand ein kleiner Ofen. In eine Seitenwand waren zahllose Nägel eingeschlagen. Hier hängten die Arbeiter ihre Kleider auf. Jeder markierte seinen Stammplatz auf einer der Bänke, indem er seine

Tasche dort ablegte. Die meisten waren in Arbeitskleider gekommen, die Zimmerleute in ihren schwarzen Cordhosen mit Schlag, weißem Hemd unter einer schwarzen Weste mit großen weißen Knöpfen und dem breitkrempigen Hut. Die Maurer trugen graue oder beige Latzhosen aus grobem Leinen oder Cord. Für die Hilfsarbeiter schien es keine erkennbare Berufskleidung zu geben. Einige kamen, ebenso wie Gero, in einem Blauen, andere in abgetragener Straßenkleidung.

Er stand noch immer unschlüssig im Raum, wurde ein wenig hin- und hergeschubst, weil es hier eng zuging. Er war unschlüssig, wo er seine Tasche ablegen sollte, weil an dem Tisch anscheinend kein Platz für ihn frei war. Ein Zimmermann mit einer mächtigen blonden Lockenmähne, die unter seinem Hut hervorquoll, trat auf ihn zu. Er schob seine eigene Tasche am Ende der Bank ein wenig zur Seite und sagte: „Hier kannst du dich neben mich setzen. Ich bin der Bernd. Wie heißt du?", fragte er.

Von draußen hörte man die scharfe Stimme des Poliers: „Wo ist der Neue, der Schorsch?"

„Komm", sagte Bernd. „Der Sammer sucht dich."

„Na, da kommt er ja. Schorsch, nimm dir eine Schubkarre. Du und Heini, ihr fahrt Hohlblöcke zu den Maurern. Karl, du gehst zum Peter an die Mischmaschine und schippst Sand ein. Fritz, du fährst den Speis hierher. Schorsch, was guckst du so blöd? Guck so wie ich. Das ist normal."

„Ich heiße nicht Schorsch und auch nicht Georg. Ich heiße Gero, Herr Sammer."

„Ist das die Kurzform von Gregor? Klingt so ähnlich. Das war doch ein Heiliger. Gabs nicht auch mal einen Papst mit diesem Namen?", fragte Sammer.

„Ich bin aber nicht katholisch."

„Na meinetwegen, für mich heißt du Schorsch. Also Männer, an die Arbeit!", rief Sammer. „Heut ziehen wir das Ding hoch."

Gero nahm eine Schubkarre, mit der er Heini folgte. Dieser war ein drahtiger kleiner Mann von Mitte dreißig, der sich flink bewegte und schnell sprach. Er hatte rote Haare und viele Sommersprossen im Gesicht. Als sie ihre Karren bei dem Steinstapel abstellten, spuckte Heini in die Hände und lachte.

„Endlich wieder was schaffe! Den ganze Samstag und Sonntag hoch die Tassen. Jetzt is wieder das normale Lebe. Pass auf, Gero, dass du die Karre gleichmäßig belädst. Gewicht nach vorne übers Rad, damit du net so schwer hebe musst. Also los!" Lachend versetzte Heini ihm einen Klaps auf die Schulter.

„Die Steine sind rau", beklagte sich Gero. „Die reißen einem die Hände auf."

„Ach was", wiegelte Heini ab. „Von der Arbeit kriegst du Hornhaut an de Händ, und dann machts dir nix mehr aus."

Als sie mit ihren Karren zu der Betonplatte kamen, wurden sie schon von den Maurern erwartet. Sammer rief: „Hier her und da hin! Erst mal an jede Ecke einen Stapel. Näher ran – näher ran! Der Maurer will doch keinen halben Kilometer laufen. Grade mal zwei Handbreit Abstand zum Fundament. Mensch Heini, du kennst doch den Laden. Denken muss man können. Wenn man nicht denken kann, ist man verloren. Na ja, mancher kapierts nie. He, du Akademiker, nicht alle Steine an eine Ecke. Verteil sie! Vier Ecken haben wir. Und jetzt Tempo, ihr zwei. Zum Vesper will ich ein Stück sehn!"

Sofort setzten die Maurer jeweils einen ersten Stein an jeder Ecke in den Mörtel und justierten ihn erst mit dem Lot und dann noch einmal mit der Wasserwaage. Fritz, der bereits zwei Wannen mit Mörtel gefüllt hatte, war schon wieder unterwegs zur Mischmaschine.

„Komm, Gero", sagte Heini halblaut. „Wir müssen etwas Tempo zulegen. Jeder von uns hat zwei Maurer zu bedienen." Während sie ihre Karren beluden, rief Heini zu Gero hinüber:

„Recht hast du, dass du studierst. Ich war faul in der Schul. Begabt is er, habe die Lehrer immer zu meiner Mutter gesagt, begabt aber faul. Und wollt auch keine Lehr mache. Lieber gleich Geld verdiene. Und was hab ich jetzt? Immer nur Drecksarbeit mache und mich vom Polier und den Maurern zusammescheiße lasse. Der Handlanger is auf dem Bau immer der letzte Arsch. Kaum hat ein Stift die Gesellenprüfung gemacht, kann er dich anscheißen. Aber du, du machst jetzt die Drecksarbeit, aber später sitzt du im Anzug und Schlips am Schreibtisch, und dann scheißt du solche Arschlöcher wie den Sammer zusamme. Ha, das muss Spaß mache. Denk mal an mich. Später."

Als sie mit ihren Karren zu den Maurern kamen, waren fast alle Steine verschwunden. Zum Glück stand der Polier jetzt bei den Zimmerleuten. Hans war der jüngste der Maurergesellen, vielleicht achtzehn Jahre, schon verheiratet und sehr ehrgeizig, wie Gero von Heini erfuhr. Er meckerte: „Euch sollt man ab und zu die Peitsch gebe!"

Nun beeilten sie sich, und Heini schwieg. Als sie wieder bei den Maurern anlangten, kam Sammer mit der Wasserwaage und hielt sie an eine Ecke. „Mensch Wolf, bist du noch besoffen von gestern? Das sieht doch ein Blinder mit Krückstock, dass der schief sitzt. Du wirst nie ein Eckenmaurer. Werner und Hendrik, ihr mauert hier vorne jeder eine Ecke und eine Türkante, Hans hinten zwei Ecken, abwechselnd links und rechts. Und du, Wolf, pflasterst da zwischen den Ecken an der Schnur entlang. Und wenn die Wand nicht grade wird, fliegst du. Kapiert?"

Hendrik durfte Mitte fünfzig bis sechzig sein, ein stiller Mensch, der langsam, aber sehr konzentriert vor sich hinarbeitete. Werner war etwa so alt wie der Polier und duzte diesen auch, ein Vorrecht, das sonst nur den älteren Gesellen vorbehalten war. Er war selbstbewusst, aber nicht überheblich, und er wusste, was seine Arbeit wert war.

Gero und Heini hatten schon längst wieder Steine gebracht, das Donnerwetter von Sammer Wort für Wort mitbekommen. Nachdem dieser sich entfernt hatte, um in Richtung Mischmaschine zu gehen, raunte Heini: „Bei dem musst du verdammt aufpasse. Wenn der stinkig wird, ist mit ihm net gut Kirsche esse. Schaffe, schaffe und das Maul halte. Nur kein Widerwort!"

Die Maurer arbeiteten jetzt ruhig; nur hin und wieder hörte man eine kurze Bemerkung. Gero reckte sich, fasste sich an seinen Rücken und stöhnte: „Verdammt, das geht ins Kreuz."

Heini klärte ihn auf: „Net dauernd bücke! Aufrecht und frei aus'm Kreuz raushebe. Sonst kriegst du'n Hexeschuss."

„Was läutet da?", fragte Gero.

„Es is neun, Vesperzeit", antwortete Heini. An der Barackenwand hing ein Stück Eisenbahnschiene, auf das der Polier mit einem Hammer schlug. „Lass alles steh und liege und komm schnell", sagte Heini. „Die Vesperpaus dauert bloß zwanzig Minute."

Sofort verstummte die Mischmaschine, alle legten ihre Werkzeuge aus der Hand, und innerhalb von zwei Minuten saßen sie in der Baracke. Manfred, den alle Manni nannten, war der älteste der Hilfsarbeiter, der auch den Kaffeekoch spielte, stellte jedem einen Becher heißen Pfefferminztee auf den Tisch. Einige hatten auch eine Bierflasche vor sich.

„Zum Mittag kannst du dir vom Manni auch was eikaufe lasse", erklärte Bernd. „A Flasch Bier, a Stück heiß Fleischwurscht, Leberkäs oder was du sonst magst."

Gero winkte ab. „Nein danke", sagte er. „Ich hab mein Vesper dabei. Wenn ich mir jeden Tag was kaufe, ist mein Lohn weg, bevor ich ihn verdient hab."

Gero gegenüber saß der Maurer Werner, der ihn ansprach: „Wie lang muss das Geld reiche, das du hier verdienst?"

Gero überlegte: „Wenn ich in den Sommerferien zwei Monate arbeite, müsste das Geld mindestens für ein Semester reichen. Dann müsste ich mit dem, was ich in sechs Monaten verdiene, drei Semester auskommen."

Einige, die mitgehört hatten, riefen durcheinander: „Niemals! Wenn du ein Monat schaffst, kannst du ein Monat davon lebe. – Stimmt net! Studente lebe sparsam. – Sin deine Eltern net reich? Was ist dein Vater von Beruf?"

Gero machte mit der Hand eine versöhnliche Geste und versuchte die Verwirrung zu klären.

„Mein Vater ist Arbeiter wie ihr. Aber ich bekomme vielleicht ein Stipendium, und dann wird es wohl reichen, was ich in den Ferien verdiene."

Wolf rief herüber: „Was schafft dein Alter? Ein Handwerker?"

„Er arbeitet in einer Fabrik in Frankfurt, im Versand", gab Gero kleinlaut zurück.

„Net mal en Handwerker?", rief Hans verächtlich dazwischen. Dann is er a arm Sau."

Peter, der Maschinist, posaunte: „Reiche Eltern sollte man sich aussuchen. Is doch scheiße, wenn du arm bist. Ich hab zum Glück nur drei Mädchen, die gehn noch in die Schule. Ich hoffe nur, dass sie rechtzeitig einen Mann finden und heiraten, dann brauchen sie nicht mal eine Lehre zu machen."

Draußen hatte der Polier schon wieder die Bahnschiene angeschlagen und gerufen: „An die Arbeit, Männer!" Die meisten steckten sich noch eine Zigarette an und traten ins Freie.

Als der Polier um halb eins zur Mittagspause läutete, war eine Wand schon über einen Meter hoch, und man konnte den Ausschnitt für ein Fenster erkennen. „Was wird das eigentlich?", fragte Gero Heini, als sie die Baracke betraten.

„Das wird das Maschinenhaus. Da laufen alle Leitungen zusammen, die Pumpen und so. Ich weiß auch net so genau." Bernd ergänzte: „Die vielen Ventile und vor allem eine riesige, wandhohe Schalttafel. Das wird en toller Arbeitsplatz.

Wer den bekommt, der schiebt en schlaue Lenz. Wenn alles läuft, hat er nix zu tun, kann es sich gemütlich machen und Kreuzworträtsel lösen."

„Du hast ja überhaupt keinen blassen Dunst!", rief Sammer dazwischen. „Ein ausgebildeter Techniker muss das sein, der nicht nur alles überwacht. Der muss auch immer wieder Wartungsarbeiten durchführen. Und weißt du, wie das dann hier riecht? Das Abwasser und die Kacke der ganzen Stadt kommen hier zusammen. Von wegen gemütlich! Ich kann mir was Besseres vorstellen."

Allgemein vernahm man zustimmendes Gemurmel. Offenbar war man sich darüber einig, dass eine Arbeit draußen an der frischen Luft vorzuziehen sei. – Die meisten Arbeiter hatten mit Wurst und Käse belegte Brote. Hendrik breitete ein großes Stück Butterbrotpapier vor sich aus, zog aus einem Stoffbeutel ein Viertel Brotlaib, eine hart geräucherte schwarze Blutwurst und zwei saure Gurken. Mit seinem Taschenmesser schnitt er eine Ecke Brot ab und biss hinein, schnitt zwischen Daumen und Zeigefinger Stücke von der Wurst und führte sie, das Messer in der Hand, zum Munde, und genauso machte er es mit den Gurken. Wenn der vorlaute Hans ihn wegen seines rustikalen Stils beim Essen aufzuziehen versuchte, blickte er nur kurz auf und bemerkte: „Mir schmeckts. Es geht nix über Hausmacherwurscht. Der Metzgerfraß kann mir gestohle bleibe." Um seine Feststellung zu bestärken, trank Hendrik einen Schluck Bier und ließ einen lauten Rülpser hören.

Nachdem Sammer das Ende der Mittagspause eingeläutet hatte, rief er: „Jetzt gehts auf der anderen Seite weiter. Steine! Speis! Tempo – Tempo! Es gibt keinen Feierabend, bevor wir nicht auf Gerüsthöhe sind." Gero hörte die ruhigen Gespräche der Maurer, dazwischen erscholl immer wieder die schneidige Stimme des Poliers. Heini redete nun weniger, Gero gar nichts mehr. Wenn er sich zwischendurch aufrichtete, blickte er hinüber zu den Zimmerleuten, die unbehelligt durch den Polier ihre Arbeit ruhig vorantrieben. Bisweilen unterbrachen sie ihre Tätigkeit und unterhielten sich, gestikulierten mit dem Zollstock und dem Zimmermannsbleistift. Fast schien es, als seien sie dem Polier überhaupt nicht unterstellt, sondern erfüllten ihre Aufgaben eigenverantwortlich.

Immer wieder blickte Gero auf die Uhr, und der Nachmittag zog sich hin.

„Na, Gero, wie hat dir der erste Tag gestern geschmeckt?", fragte Bernd am nächsten Morgen, bevor sie die Baubude verließen.

„Ziemlich zerschlagen war ich gestern Abend", antwortete Gero. „Aber sag mal, Bernd, ihr habt gar keine Hilfsarbeiter. Ich würde eigentlich lieber bei euch als bei den Maurern arbeiten."

Bernd lachte. „Ja, weißt du, bei uns gibts eigentlich so gut wie keine Handlangerarbeit. Ja, vielleicht mal, wenn wir a groß Schalung baue. Aber jetzt bei dem Dachstuhl kann uns keiner helfe, der net vom Fach ist."

Bernd zog den Latthammer aus seiner Kiste und hängte ihn in seine Gürtelschlaufe. Er nahm noch den großen Winkel, die Gestellsäge und die Nagelaxt, nickte Gero zu und schritt hinüber zum Zimmerplatz.

„Wo ist der Student, verdammt noch mal?", hörte Gero den Polier brüllen. „Sitzt der schon am frühen Morgen auf dem Abort?"

Gero verließ eilends die Baracke, in der nur noch der Kaffeekoch hantierte und schob seine Schubkarre zu den Maurern.

Sammer stand breitbeinig vor dem brusthohen Mauerkranz und fuhr Gero an: „Die Karre brauchst du erst mal nicht. Geh mit den anderen Bohlen holen! Da drüben."

Gero fragte Heini, der ihm schon mit einer Diele auf der Schulter entgegenkam: „Was soll das? Wird nicht weiter gemauert?"

„Es geht jetzt auf'm Gerüst weiter. Du siehst doch, die Maurer stelle schon die Böck auf. So, jetzt mach zu, der Alte war schon sauer auf dich!"

Gero hob eine Bohle auf seine Schulter, versuchte die Mitte zu finden und balancierte sie zu den Maurern. Das war ungewohnt, die Bohlen waren unhandlich und schwer. Aber er durfte sich nichts anmerken lassen, musste mithalten. Die Böcke an einer langen und an einer kurzen Seite standen bereits. Die vier Maurer warteten, nahmen die Bohlen an und legten sie auf. Der Polier drängte: „Tempo – Tempo, ihr lahmen Ärsche! Bewegt euch! Das geht noch flotter."

Tatsächlich stand das provisorische Gerüst nach einer halben Stunde. Die Maurer stiegen hinauf und riefen: „Steine! Speis!" Nun wurde die Arbeit schwerer, denn sie mussten jeden einzelnen Stein hinaufwuchten. Fritz hatte den Mörtel eimerweise auf das Gerüst zu stellen, wo die Maurer ihn in ihre Wannen kippten.

Nach der Mittagspause waren sie gerade dabei, das Gerüst umzubauen, als ein Lastwagen sich langsam näherte. Sammer winkte ihn heran. Die ganze Pritsche war mit Zementsäcken beladen. Sammer rief: „Alle Mann zum Abladen!" Anscheinend fühlten die Zimmerleute sich nicht angesprochen. Während die Maurer und die Hilfsarbeiter herüberkamen, hatte der Fahrer eine Bordwand heruntergeklappt und sich eine Zigarette angezündet. Zum Polier gewandt bemerkte er: „Das Wetter soll schön bleiben. Genau richtig für den Zement. Man braucht die Säcke dann nicht abzudecken."

„Was redest du für einen Quatsch! Natürlich werden die über Nacht abgedeckt. – So, Leute, legt ein paar Bohlen nebeneinander, und dann gehts los. Und du", sagte er zum Fahrer. „Du steigst hinauf und legst ihnen die Säcke auf die Schultern."

„Ich? Was denkst du?", protestierte der Fahrer. „Ich bin Lkw-Fahrer, und nur dafür werde ich bezahlt. Außerdem muss ich mal nach dem Kühlwasser gucken." Er ging nach vorne und öffnete die Motorhaube.

Sammer gab Hendrik einen Wink, der sofort auf die Pritsche kletterte, und er begann, einen Sack nach dem anderen an die Ladekante zu stellen. Während die Ladung oben abgetragen wurde, wuchs unten auf den Bohlen ein Stapel. Gero gab sich Mühe, das Tempo der anderen mitzuhalten. Sammer war nach vorne gegangen und unterhielt sich mit dem Fahrer.

Anscheinend war die halbe Ladung gelöscht, da rief Hans übermütig: „Ein halber Zentner, das ist doch gar nix! Komm, Hendrik, leg mir noch en zweite Sack drauf. Ha, ist mir natürlich klar, dass das net jeder kann!"

Einige hörte man murren, aber keiner wollte sich lumpen lassen. Selbst Gero ließ sich zwei Säcke auf die Schulter legen. Doch bei dem Stapel angelangt, rutschte ihm der obere Sack herunter, knallte auf die Kante einer Bohle und platzte auf. Seine Hose war mit grauem Zementstaub bedeckt. Sofort war Gero von einigen Kollegen umringt, die ihm erklärten, wie man auch zwei Säcke sicher ablegen könnte. „Immer schön die Balance halte. Und dann langsam herunterrutsche lasse. Aber hier auf den Stapel."

„Ja, ja! Ist mir auch klar", beschwichtigte Gero. „Theoretisch jedenfalls."

„He! Was ist denn da für eine Volksversammlung?", brüllte Sammer.

„Dem Student ist en Sack runtergefalle", erklärte einer der Maurer.

„Was! Kannst du nicht mal einen Zementsack tragen?", schrie Sammer.

„Natürlich kann ich einen tragen. Aber der zweite ist mir runtergerutscht", erklärte Gero.

„Wer hat dir denn gesagt, dass du zwei Säcke auf einmal tragen sollst?"

„Alle haben zwei getragen", antwortete Gero.

Da schaltete sich Hendrik ein: „Sie wollte doch nur mal zeige, dass sie auch zwei Säck trage könne. Alle können's. Nur mit dem Absetze is es ein bissi schwierig."

„So! Also, Schluss jetzt mit dem Unsinn!", entschied Sammer. „Jeder trägt nur immer einen Sack. Und du, eigentlich sollte ich dich mit den bloßen Händen den Zement aufsammeln lassen, du verhindertes Genie! Immer passiert was, wenn man nicht dabeisteht. Ach, es ist zum Haareraufen!"

Der neu entstandene Raum war vollgestellt mit knapp drei Meter langen Kiefernstämmen, sodass es aussah wie ein künstlicher Wald. Oben hatten die Maurer die Stempel mit waagerecht angenagelten Brettern verbunden. Nach den Stempeln mussten die Hilfsarbeiter nun Schaltafeln herbeitragen und hochreichen. Die Maurer standen oben und legten die Tafeln aus.

Seit zwei Tagen waren auch zwei Eisenbieger auf der Baustelle, die Moniereisen zuschnitten und in immer wieder gleiche Profile bogen. Gerade hatten sie sich auf der Biegebank niedergesetzt, um eine Zigarette zu rauchen, als der Polier ihnen zurief: „Pause machen wir alle gemeinsam. Also, her mit dem Eisen!"

Und an Heini, Gero und die anderen Hilfsarbeiter gewandt, sagte er: „Ihr nehmt immer zu zweit ein Bündel."

Die Eisenbieger, diese vierschrötigen Burschen in ihren schweren rostbraunen Zunfthosen, luden ihnen nun jeweils ein halbes Dutzend gebogene Eisen auf. Die waren schwer und schlingerten hin und her, sodass man nur mit Mühe geradeaus gehen konnte. Mit Stricken zogen die Maurer die Eisen in die Höhe und legten sie oben auf der Schalung aus. Danach kamen einige fertig gebundene Körbe, wie die Bieger sie nannten, kastenförmige Gittergebilde, für die Treppenluke sowie die Stürze der Tür und der Fenster. Schließlich mussten sie noch einfache Eisen, die fünf bis sechs Meter lang waren, hinüberschleppen. Gero konnte sich gar nicht vorstellen, was die Maurer mit all dem Eisen anfingen. Ein schönes Durcheinander wird das da oben wohl werden, dachte er.

„So, alle Mann nach oben!", befahl Sammer. „Die Maurer kennen sich aus. Aber die Hilfsarbeiter müsst ihr einweisen, damit die keinen Mist bauen", sagte er zu den Rostbraunen. Jedem Hilfsarbeiter drückte der Polier eine schmale Monierzange und eine Rolle Bindedraht in die Hand.

Nun sah Gero zum ersten Mal die Decke von oben, die quer liegenden gebogenen Eisen und die längs durchgeschobenen geraden, zwischen denen die gelben Schaltafeln hindurchleuchteten. Einer der Eisenbieger, ein Hüne von Gestalt, an dem wirklich alles, sogar das Gesicht, braun war, schritt auf Gero zu und fragte: „Hast du schon mal Eisen gebunden? Nein? Also schau her, ich zeigs dir. Pass auf! Ist ganz einfach. Einen Bogen machst du mit dem Draht. Zange angesetzt und gedrillt. Abkneifen und fertig. Und das bei jedem Kreuzungspunkt. Klar?"

„Klar!", bestätigte Gero.

„Jetzt mal nur hier, hier an diesem einen Eisen entlang bis zum Ende. Und dann das nächste."

Erst ging es langsam und mühselig, aber die neue Arbeit bot doch immerhin eine Abwechslung, dachte Gero. Jedenfalls angenehmer als Schubkarre fahren und Steine oder Zementsäcke tragen. Er hatte sich niedergehockt und mit dem Binden begonnen. Da stand der Polier neben ihm und stieß ihn mit dem Schienbein an. „He, was soll das? Sitzt du bei der Arbeit? Wir binden im Stehen und bücken uns. Und so gehst du weiter von einem Punkt zum anderen."

Nach einer halben Stunde schmerzte Geros Rücken. Er richtete sich auf und reckte sich. Die anderen schienen daran gewöhnt zu sein, in dieser gebückten Haltung zu arbeiten. Als es auf den Feierabend zuging, fragte Gero sich, wie viel Drahtknoten er gemacht hatte, wie viel sie alle zusammen?

Es wäre wohl einfacher, das auszurechnen, als zu zählen. Und dann gar bei dem Faulturm oder einem Hochhaus! Ein Architekt oder ein Bauingenieur wüsste das. Aber er, Gero, wollte es gar nicht wissen. Ein paar Tausend mehr oder weniger, dachte er, das ist mir ziemlich piepe.

Die Zimmerleute hatten aus Rundhölzern einen etwa vier Meter hohen Galgen mit einer Rolle aufgerichtet, dem drei Böcke einen festen Stand verleihen sollten. Um die Stabilität zu testen, hatte Gero sich in eine Schlaufe des Seils zu stellen, und man zog ihn einen Meter in die Höhe.

„Alles bestens!", rief Sammer. „Unser Kran funktioniert. Heini und Schorsch, ihr geht heute zum Peter an die Maschine – Kies und Zement. Karl und Fritz, ihr fahrt den Beton zur Rolle. Der Neue zieht die Eimer hoch. Die Maurer sind oben. Ihr wisst, was ihr zu tun habt."

Damit hatte Sammer nicht nur die Arbeit verteilt, sondern auch einen neuen Hilfsarbeiter vorgestellt. Der Neue, er hieß Hartmut, hatte an dem zweiten Friedberger Gymnasium das Abitur bestanden, wollte aber nur drei Wochen jobben. „Für eine Reise nach Norden", hatte er Gero zugeraunt. „Will ja auch noch was von den Ferien haben."

Heini wies auf den Galgen und sagte zu Gero: „Bei dem Faulturm hatten wir en richtige Kran. Mit dem würden wir die halbe Zeit brauche. Er soll ja wieder komme, hab ich gehört. Aber das wird heut a Aktion wie im Mittelalter."

Peter, der Maschinist, war schon dabei, ganz bedächtig die Maschine vorzubereiten. Gero ging zu ihm, um die einzelnen Handgriffe zu verfolgen. Peter war außer dem Polier der einzige auf der Baustelle, der keinen Dialekt sprach. Er hatte ein pockennarbiges Gesicht mit breit ausladenden, fleischigen Wangen und einem schmalen Menjoubärtchen über der Oberlippe.

„Das ist ja ein Museumsstück", konstatierte Gero altklug.

„So, das meinst aber nur du", gab der Maschinist zurück. „Das ist mein Herzchen. Keiner hier auf der ganzen Baustelle kann die fahren, nicht mal der Polier."

Er drehte eine Schraube aus dem Motorblock, die innen aufgebohrt war und steckte ein rotes Papierröllchen hinein.

„Das sieht aus wie eine Platzpatrone. Ist das vielleicht eine Art Zünder?", fragte Gero.

„Du hast es erraten! Komm, du kannst mir helfen. Hier, drück den Hebel nach links. Wenn ichs dir sage, lässt du ihn los."

Er hob eine schwere Kurbel vom Boden auf, steckte sie in die Achse des großen Schwungrads, fasste die Kurbel mit beiden Händen und drehte – einmal, zweimal, dreimal mit beiden Händen – dann rief er: „Jetzt – loslassen!"

Und tatsächlich – der alte Diesel machte tuck – tuck – tuck – tuck. Grauer Rauch kam stoßweise aus dem Auspuffrohr. Der Maschinist zog den Gashebel nach unten, und schon lief die Maschine rund. Heini hatte bereits Kies in den Aufzugsbehälter gekippt. Der Maschinist brüllte Gero an: „Ein Sack Zement!"

Gero lief hinter die Maschine, wo ein Stapel mit Zementsäcken mit einer Plane abgedeckt war. Er schlug diese beiseite, lud sich einen Sack auf die Schulter und legte ihn neben dem Aufzugsbehälter ab.

„Hinein!", rief der Maschinist. Heini sprang herbei und warf den Sack auf den Kies. Mit der Schaufel stieß er zweimal kräftig in den Papiersack und zog ihn seitlich hoch, sodass der Zement sich auf den Kies ergoss und die beiden in einer Staubwolke standen. „Guck, so macht man das", sagte er.

„Komm!", rief Heini. „Kies holen. Den Rest kann er alleine."

Peter zog an einem langen Hebel und der große Behälter mit Kies und Zement wurde an zwei Drahtseilen in die Höhe gezogen und in die rotierende Trommel gekippt, während Peter Wasser zulaufen ließ. Nun lief der Betrieb auf Hochtouren.

In der Frühstückspause wollten die Handwerker den Neuen ausfragen, der bereitwillig Auskunft gab. Eigentlich bedurfte es nur einer einzigen Frage, und Hartmut schien lediglich auf das Stichwort für seinen Auftritt gewartet zu haben, um einen ausführlichen Bericht über alles zu geben, was man wissen wollte und noch einiges mehr. Während sie vor drei Wochen Gero die Würmer einzeln aus der Nase hatten ziehen müssen und er kein Wort zu viel von sich gegeben hatte, erlebten sie nun das genaue Gegenteil. Hartmut biss nur einmal in sein Vesperbrot, das er aber gleich wieder zur Seite legte, um auch die Hände frei zu haben und mit seinem Bericht zu beginnen.

Hartmuts Eltern besaßen auf der Kaiserstraße einen gut gehenden Laden für Damenkonfektion. Bei diesem Wort schnalzte Hartmut mit der Zunge, was so viel hieß wie: exquisit – und eigentlich nichts für Euch. Da seine ältere Schwester hier schon mitarbeitete und von der Stammkundschaft, der betuchten Damenwelt von Friedberg, sehr geschätzt wurde, sollte sie das Geschäft einmal übernehmen. „Ist doch klar!", betonte Hartmut, worauf fast alle zustimmend nickten. Für ihn sei es schon immer beschlossene Sache gewesen, dass er studieren werde. Schon früh hätten die Eltern seine Begabung erkannt. Obwohl seine Schwester, das müsse er doch ergänzen, nicht nur eine ausgesprochene Schönheit sei, sondern auch in der Schule durch überdurchschnittlich gute Leistungen geglänzt habe.

„Meine Schwester hat mehr Geschäftssinn als ich, und da sie die höhere Handelsschule besucht hat, kann sie natürlich auch das kleine und vor allem das große Geld zählen." Hartmut lächelte verschmitzt. Seine kleine Untertreibung schien er besonders witzig zu finden.

Das Lachen in der Baracke durfte Hartmut als zustimmenden Applaus verbuchen. Nun musste er natürlich auf sich zu sprechen kommen. Betriebswirtschaft wolle er studieren, erfuhr man.

„Aber nicht einfach so, um zu lernen, wie man viel Geld verdient. Ein Vermögen will ich aufbauen, versteht ihr!" Hartmut hob kurz den linken Zeigefinger, und sein Blick streifte die Gesichter der Bauarbeiter. „Bezüglich der Höhe will ich nichts ausschließen. Im Gegenteil – ja, da guckt ihr. Ich will vor allem eine große Karriere hinlegen und eigentlich nur nebenbei reich werden. Aber dazu gehört mehr als nur der Riecher eines einfachen Kaufmanns. Man muss auch wissen, warum und mit welcher Legitimation man das tut und wie man die Menschen mit Angeboten und klugen Argumenten überzeugt. Aus diesem Grund werde ich ein Promotionsstudium beginnen, wobei ich als Nebenfächer Philosophie und Psychologie belege."

Für einen Moment war es totenstill in der Baracke. Alle hatten aufgehört zu kauen und richteten ihre Blicke auf Hartmut. Dann begann sich der eine oder andere zu räuspern.

„Ja – tüchtig – der Hartmut – ja, ich glaub, der machts richtig. – Ja, alle Achtung! – En intelligenter junger Kerl, der weiß, wie mans anstellt. – Ja-ja."

Hartmut machte eine Handbewegung, als wollte er das Thema wegwischen.

„Aber jetzt", begann er. „Jetzt gehts erst mal nur um mein Taschengeld für die Sommerreise. Eine Nordlandreise solls werden, bevor das zweite Semester beginnt. Natürlich könnten meine Eltern das bezahlen – wär eigentlich kein Problem. Aber mein alter Herr hat seine Prinzipien. Bahn, Bus und Schiff bezahl ich dir, hat er gesagt. Und dazu noch zwanzig Mark pro Tag für Verpflegung. Für alles andere aber, mein Sohnemann, musst du selber aufkommen. Geh für drei oder vier Wochen auf den Bau und verdiene dir dein Taschengeld. – Ja, und deshalb bin ich hier."

Hartmut drehte den Kopf nach links und dann nach rechts und wartete auf eine Reaktion, die dann auch kam.

„Ja, dein Vater hat Recht. der machts richtig – man solls de Kinder net zu leicht mache – meine kriege auch net jeden Wunsch erfüllt – mei Älteste trägt schon Zeitung aus – schon, wenn sie in der Lehr sind, müsse sie auch was abgebe, damit sie net übermütig werde."

Der Polier war aufgestanden und hatte draußen mit drei Schlägen auf die Eisenbahnschiene die Pause beendet. Hartmut biss noch einmal in sein Vesperbrot und packte es hastig weg.

Das Betonieren der Decke ging zügig weiter. Etwa eine halbe Stunde nach dem Ende der Mittagspause schaltete Peter den Diesel auf Leerlauf und brüllte, dass alle auf der Baustelle es hören konnten: „Männer, gönnt euch eine Zigarettenpause. Der Maschinist geht scheißen."

Peter lief zu dem Klo-Häuschen hinüber und verschwand hinter der grau verwitterten Brettertür mit dem ausgeschnittenen Herz. Gero hatte diesen Auftritt mit Erstaunen verfolgt und blickte Heini an. Schließlich fragte er: „Was war denn das jetzt? Sollte das ein Scherz sein?"

Heini stützte sich auf seine Schaufel und lachte: „Hast du das noch net mitgekriegt? Das Theater führt er doch jeden Tag auf – immer a halb Stund nach dem Mittag. Aber kei Sau interessiert sich dafür. Er spielt sich halt a bissi auf, weil sonst keiner die Maschin fahrn kann."

„Und der Polier?", fragte Gero.

„Was soll er mache? Jeder hat das Recht, scheiße zu geh – aber keiner macht davon en Aufhebens, nur der Peter spielt das Theater."

Als Peter das Klo-Häuschen verließ, schrie er: „Scheiß Scheißerei – es kommt doch nix Gescheites dabei heraus. Also an die Arbeit, Männer!"

„Merkst du was", murmelte Heini. „Am liebste möcht er a bissi Polier spiele. Lasse wir ihm den Spaß, wenns ihm gut-tut."

Nachmittags gegen vier war die Decke fertig mit Beton ausgegossen. Danach ging das Reinigen und Wegräumen der Arbeitsgeräte und Werkzeuge in aller Ruhe vonstatten. Da und dort standen zwei oder drei Männer beieinander, rauchten und unterhielten sich, bis der Feierabend eingeläutet wurde.

Für Gero war es ein schöner Sommer. Fast immer stand die Sonne über der Baustelle, sodass er schon nach der Vesper-pause sein Hemd auszog. Äußerst selten hatte es über all die Wochen und Monate geregnet. Die Bauern, aber auch die Kleingärtner unter den Maurern klagten über die Trocken-heit, aber Gero kümmerte das nicht. Er genoss dieses Wetter.

Hartmut hatte bereits nach zwei Wochen die Baustelle wieder verlassen, weil er in einem Baustoff-Großhandel eine angenehmere Arbeit gefunden hatte. So kam man in den Pau-sen zu den üblichen Gesprächsthemen zurück. Bei der Politik lief es meistens darauf hinaus, dass die Anhänger der Schwarzen und der Roten sich ihre Parolen um die Ohren schlugen, und wenn einer durch Lautstärke unbedingt recht behalten wollte, setzte der Polier dem Streit ein entschiede-nes Ende, sodass man es nur noch hier und dort eine Weile grummeln hörte. Gern erzählten die Handwerker von zu Hause, von ihrem Garten, ihrem Haus oder ihrer Familie. Doch hatten diese Erzählungen wenig Unterhaltungswert, weil sie ohne Zusammenhang und Höhepunkte nur so dahin-plätscherten. Eine Ausnahme bildete da der jungverheiratete Hans, der sich gern mit Andeutungen von seinem munteren Sexualleben brüstete. Verhielt er sich ausnahmsweise einmal still, fragte man ihn, ob er sich in der letzten Nacht bei seiner Ilsebill allzu sehr verausgabt hätte. Wenn er besonders gut aufgelegt war, wollte man wissen, wie oft er denn am letzten Abend zum Schuss gekommen sei. Da Hans derlei Erkundigungen nie als aufdringlich empfand, sondern auf seine muntere Art stolz detailreich berichtete, versprach auch der kleinste Impuls immer eine vergnügliche Unterhaltung.

An einem Montagfrüh betrat Hans mit einer schlechten Nachricht die Baubude: „Das ganze Wochenend hat sie mir verhagelt. Am Samstag und am Sonntag hab ich mich besoffe. Die Woch treff ich mich zweimal mit de Fußballfreunde."

„Ja, wie kommts? Hängt der Haussege schief?", fragte der bedächtige Hendrik. „Ich denk mir, dass sie es bei dir net leicht hat, wenn du so umtriebig bist und so viel rumquasselst."

„Ach, Unsinn", konterte Hans. „Es liegt doch net an mir. Besuch hat sie, vom Rotschwänzche. Das verdirbt mir immer den Spaß."

„Ach du armer, armer Hans!", frotzelte Werner. „Soll ich dich a bissi bedauern, oder brauchst du a Adress? Kennst du den Goldene Engel hier in der Friedberger Altstadt? Ich weiß, wer dir da garantiert aus der Not hilft."

Hans brummte ärgerlich vor sich hin, da er nicht wusste, ob Werner ihn nur auf den Arm nehmen oder ihm wirklich helfen wollte. Nach dem Ende der Mittagspause ging Hans mit Werner ein paar Schritte zur Seite und erkundigte sich näher nach der Kneipe, in der Gero einmal mit Klassenkameraden ein Bier getrunken hatte. Obwohl sie nur Skat gespielt hatten, waren sie damals überzeugt gewesen, ein kleines verruchtes Abenteuer bestanden zu haben.

Wenn den Kollegen, was doch recht selten vorkam, die Gesprächsthemen gänzlich ausgegangen waren, sprachen sie Gero in den Pausen auf seine Studienpläne an.

„Architekt willst du wern – warum schaffst du dann als Hilfsarbeiter? Hier lernst du doch nix. Warum machst du kein Praktikum?"

„Nein, ich will doch Chemie studieren", erklärte er.

„Chemie? Dann würd ich an deiner Stell doch in en chemische Betrieb geh. Und wenns nur a Drogerie wär oder a Lackfabrik", schlug Hendrik vor.

„Mein Schwager könnt dir weiterhelfe", warf Bernd ein. „Der schafft als Laborant in de Farbwerke Höchst. Das wär doch net zu weit für dich. Du könntest mit der Bahn hinfahrn. Soll ich ihn frage?"

„Hm – hm", machte Gero. „Ich muss mir das überlegen." Allerdings dachte er: So weit kommts noch, dass mir die Bauarbeiter Berufsberatung geben. Indem er alle Ratschläge in den Wind schlug, ahnte er, dass sie gar nicht so weit daneben lagen, während er seine Überlegungen viel zu kurzsichtig angestellt hatte. Ihm war es ausschließlich darum gegangen, möglichst viel zu verdienen, und nirgendwo war der Stundenlohn für ungelernte Hilfskräfte so hoch wie auf dem Bau. Hinzu kam, dass er sich zunehmend mehr von seinem bisher so hochgehaltenen Studienwunsch zu entfernen begann, worüber er allerdings noch mit niemandem gesprochen hatte.

Der schönste Augenblick war es immer, wenn der Polier zum Feierabend mit seinem Hammer die Eisenbahnschiene zum Klingen brachte. Dann kamen die Schubkarren und sämtliche Werkzeuge in die Hütte, und jeder wollte so schnell wie möglich die Baustelle verlassen. Nur der Polier saß noch über die Pläne gebeugt an seinem Tisch.

Gero gondelte auf seinem Fahrrad nach Hause. Die freien Abende hatte er sich allerdings anders vorgestellt. Er hatte sich vorgenommen, zu lesen, zu zeichnen und zu malen. Vor allem wollte er im Garten auf der Bank sitzen und nachdenken. Denn noch war nichts entschieden.

An die Arbeit hatte Gero sich insofern gewöhnt, als die Hornhaut seiner Hände tatsächlich robuster geworden war, sodass er sich an rauen Dielen und scharfkantigen Steinen nicht mehr verletzte. Ob sein Körper auch muskulöser geworden war, wusste er nicht, allerdings registrierte er mit Genugtuung, dass er geschickter mit schweren Lasten umgehen, auch mit einer beladenen Schubkarre sicher über eine schwankende Diele fahren oder mit einer Last auf den Schultern eine Leiter sicher hinaufsteigen konnte. Doch da er sich nie schonte, sondern sich gegenüber den älteren Hilfsarbeitern keine Blöße geben wollte, war er weiterhin abends zum Umfallen müde.

Doch wenn er nach Hause kam, hatte der Vater noch Arbeit für ihn. Er sollte für die Ziege Gras mähen oder im Garten noch etwas tun. Wenn sie dann zu Abend gegessen hatten und Gero tatsächlich mit einem Buch in der Hand auf der Gartenbank saß, sank er in sich zusammen, die Augen fielen ihm zu, und er mochte nichts mehr lesen, nicht einmal die Zeitung, und er wollte auch keine Nachrichten mehr hören. Der Rücken schmerzte, und die ausgetrocknete Haut der Hände brannte.

An den Sonntagen unternahm er lange Spaziergänge durch die flachen Wetterauer Wiesen rund um Unter-Warstein. Im Gegensatz zu dem vielen Grau auf der Baustelle war hier die Landschaft in ein sattes Tiefgrün getaucht. Hier kam er endlich zur Ruhe, zu sich selber und zum Nachdenken, und von Woche zu Woche trat die Einsicht deutlicher hervor, dass er ein Studium von zwanzig Semestern unter diesen Bedingungen kaum durchstehen werde. Nach jeweils zwei Semestern zwei Monate auf dem Bau zu arbeiten – es war äußerst fraglich, ob er das im Studienablauf überhaupt durchhalten könnte.

Abitur hatte er, und Chemie wollte er studieren, das hatte er den Eltern vollmundig erklärt. Aber mit einem Mal passte da einiges nicht mehr zusammen, nachdem das Bild der Schule nach einem Vierteljahr zu verblassen begann. Sein Schulfreund Robby hatte ihm geschrieben, dass er die Grund ausbildung bei der Bundeswehr hinter sich hätte und dass er zu einem ersten Offizierslehrgang nach München reisen würde. Er schrieb:

Das Schlimmste habe ich hinter mir. Die Schleiferei, die Gepäckmärsche, das Robben im Dreck – vor allem die Unterwerfung unter diese kleinen Arschlöcher von Unteroffizieren – vorbei! Ab sofort wird es anspruchsvoller und angenehmer. Außerdem werde ich dann auch wieder Musik machen. Wenn alles gut geht, kann ich in gut einem Jahr als Leutnant der Reserve meinen Abschied nehmen und mich mit Elan auf mein Jurastudium werfen. Darauf freue ich mich schon.

Ja, sinnierte Gero, der Robby hats richtig gemacht. Bei mir ist das dumm gelaufen. Aber nun muss ich meinen eigenen Weg finden. Zum Glück habe ich noch Zeit.

Den Dachstuhl über dem Maschinenraum hatten die Zimmerleute an einem einzigen Tag aufgerichtet, was Gero nur aus einem Augenwinkel, jedoch mit großem Interesse zu verfolgen versuchte. Allzu gerne hätte er dabei mitgearbeitet. Doch er befand sich weit vom Ort dieses Geschehens entfernt, wo Peter mit dem Bagger die Fundamente für das Nachklärbecken aushob und er gemeinsam mit Heini mit Spaten und Schaufel die Kanten zu begradigen hatte.

Im Juli hatten die Zimmerleute die Schalung für die erste Wand des Beckens montiert, und die Eisenbieger setzten die Moniereisen ein. Als am Montag mit dem Betonieren begonnen werden sollte, fehlte Peter, der Maschinist.

„Wo krieg ich jetzt einen Maschinisten her!", rief Sammer verzweifelt. „Das wird wohl heute nichts mehr. Seit zwei Jahren ist der Peter bei mir auf allen Baustellen gewesen, und nie ist er ausgefallen. Oder weiß von euch einer, wie man dieses Wunderwerk von einem Mischer zum Laufen bringt?"

Die Maurer schauten einander ratlos an und schüttelten die Köpfe.

„Ich werde mal im Büro anrufen, damit ich morgen einen Ersatzmann bekomme, der hoffentlich mit der alten Mühle umgehen kann," sagte Sammer und ging zum Telefonieren in die Hütte.

Während die Zimmerleute und die Eisenbieger an ihren Arbeitsplätzen beschäftigt waren, standen die Maurer und die Hilfsarbeiter beieinander, rauchten und warteten auf den Polier und dessen Anweisungen. – Sammer trat aus der Hütte und sagte: „Wahrscheinlich kommt morgen einer. Das ist ziemlich dumm. Wir müssen die Zeit jetzt irgendwie mit Aufräumarbeiten nutzen."

Gero, der abseitsgestanden hatte, drängte sich an den Maurern vorbei und sprach den Polier an: „Ich könnte es mal versuchen", sagte er.

„Du?" Sammer lachte, als hätte der Schüler einen schlechten Witz gemacht, und einige Maurer fielen ein. „Das Studentche!", rief einer. „Na, das wär was! Keiner kann mit dem alte Ding umgeh", meinte ein anderer.

„Ich sag ja nicht, dass ichs kann. Aber versuchen könnte ichs mal", schränkte Gero sein Angebot ein.

„Na los, Schorsch", sagte Sammer grinsend. „Zeig, was du kannst."

Gero ging in die Baracke, wo der Kaffeekoch dabei war, den Ofen auszuräumen.

„Manni, hast du eine Ahnung, wo der Peter seine Zünder aufhebt?", fragte er unsicher.

„Guck mal da in seinen Klamotten!", schlug Manni vor.

In der Hose waren Zigaretten, ein Feuerzeug und ein Taschentuch. Aus der Weste zog er eine kleine rote Pappschachtel, die ein wenig größer war als eine Streichholzschachtel. Gero bemerkte befriedigt: „Ich hab sie!" Er steckte die Schachtel in seine Hose und ging hinaus.

Heini rief er zu: „Heini, komm! Hilfst du mir?"

Die Maurer feixten: „Die zwei – na, das wird was!"

Während sie auf die Maschine zuschritten, rief der Polier ihnen zu: „Eine halbe Stunde geb ich euch – keine Minute länger!"

„Oh, Gero, hoffentlich blamiern wir uns net! Ich hätt das net gesagt. Wenn du die Kist net zum Laufe bringst, wern die lästern, solang du hier bist. Und hinterher wern sie noch jahrelang davon erzähle, weil ihne nix Besseres einfällt. Du weiß ja: Schadenfreud ist die schönste Freud."

Gero fand auch gleich den Schraubenschlüssel und drehte die Schraube aus dem Zylinder, setzte einen Zünder ein, drehte die Schraube wieder hinein und zog sie mit dem Schlüssel fest. Er griff nach dem Dekompressionshebel und sagte zu Heini: „Da, nimm die Kurbel. Und jetzt drehst du so schnell, wie du kannst."

Nach der dritten Umdrehung ließ Gero den Hebel los und rief: „Weiterdrehen!"

Und tatsächlich: Der Diesel machte *tuck – tuck, tuck – tuck – tuck*, und er lief!

Im nächsten Moment waren die beiden von den Kollegen umringt, die durcheinanderriefen: „Er hats tatsächlich geschafft! Wie hast du das gemacht?"

Schließlich kam auch der Polier. Mit einem feinen Lächeln sagte er: „Gut, Herr Studiosus. Du bist technisch nicht ganz unbegabt. Also Leute, dann können wir ja doch mit dem Betonieren anfangen. Wolf, du gehst an die Maschine. Heini und Schorsch, ihr bringt Kies und Zement. Karl und Fritz, ihr fahrt den Beton mit den Kippmulden, und die Maurer sind bei der Schalung."

Als die anderen gegangen waren, meinte Heini halblaut, damit Wolf es nicht hören konnte: „Eigentlich hätt er dich bei der Maschin lasse könne. Das versteh ich net."

„Stimmt, ich hätte das gern gemacht. Aber ich kann mir auch denken, warum er sich so entschieden hat", antwortete Gero. „Ich soll nicht übermütig werden. Ich soll mir nicht einbilden, ich könnte den Maschinisten ersetzen. Aber der arme Wolf wird degradiert, weil er ein schlechter Maurer ist. So tickt unser Polier."

Obwohl er es sich und vor allem Heini gegenüber nicht eingestehen wollte, beschäftigte es Gero noch einige Tage, dass der Polier ihm nicht mehr Anerkennung gegönnt hatte. Da Peter bereits am folgenden Tag wieder auf der Baustelle erschien, nachdem er eine Reifenpanne an seinem Motorrad geflickt hatte, konnte eigentlich alles weitergehen wie gewohnt. Eine kurze Aufregung gab es, als der Maschinist seine Zünder nicht fand, die Gero noch in seiner Hosentasche hatte. Peter wollte einen Tobsuchtsanfall in Szene setzen, der ihm jedoch verhagelt wurde, da Gero sich vielmals entschuldigte und der Polier meinte, er solle doch froh sein, dass der Schorsch mal ausnahmsweise einen lichten Moment gehabt hätte und so die ganze Situation hatte retten können. Da auch die Maurer sich dieser Version anschlossen, beruhigte sich Peter recht schnell und fand auch binnen kurzem wieder in die Spur seiner gewohnten Sprüche.

Das riesige Nachklärbecken wurde in mehreren Etappen eingeschalt und betoniert. Wenn die Maurer gemeinsam mit einem Zimmermann eine Schalung abbauten, trugen die Hilfsarbeiter die Schaltafeln, die Bretter und die Balken weg und stapelten sie getrennt. Danach erhielten Gero und Heini ein einfaches Kratzwerkzeug, mit dem sie die Bretter und Schaltafeln von Betonresten zu befreien hatten. Es war dies ein etwa zwanzig Zentimeter langes Brettstück mit schrägen Sägeeinschnitten, in die ein Stück Bandeisen eingelassen war. Einen Tag lang kratzten sie die Schaltafeln und anschließend die Bretter ab. Am nächsten Tag drückte der Polier ihnen je einen Eimer mit einer milchigen Emulsion, die er als Schalöl bezeichnete, sowie einen Schrubber in die Hand, und sie hatten sämtliche gereinigten Flächen einzustreichen.

Ein Vierteljahr arbeitete Gero bereits auf der Baustelle, und nach seinen ursprünglichen Vorstellungen waren für nun mehr als drei Viertel seines Einsatzes vorüber. Immer öfter dachte er über die Sinnhaftigkeit nicht nur seiner Tagesabläufe auf der Baustelle, sondern auch über seine weiteren Pläne für das nächste Jahrzehnt nach. Dabei stieß er auf zunehmend mehr Widersprüche und Unausgegorenes.

Gewiss, während der drei Jahre in der Oberstufe war Chemie sein Lieblingsfach gewesen. Er hatte sich in der Dorfapotheke und in einer Friedberger Drogerie mit Chemikalien und Reagenzgläsern versorgt und auf dem maroden Tisch in der Waschküche Schießpulver, Zündschnüre und kleine Raketenantriebe hergestellt. Wenn er sich mit zwei Klassenkameraden, die mit ihm gemeinsam eine Chemie-AG besuchten und ebenfalls auf eigene Faust ziemlich riskante Versuche machten, über seine Erfahrungen austauschte, fühlte er sich in seinen Experimenten bestätigt und zu einer Fortsetzung ermutigt. Doch seine Vorstellungen und Wünsche reichten über den Chemie-Saal der Schule nicht hinaus. Von einer Universitätslaufbahn wagte er nicht zu träumen, und eine Mitarbeit in einem großen Konzern der Chemie-Industrie übte keine Anziehung auf ihn aus. Er hatte in den letzten Wochen eine Geschichte der Chemie gelesen, die bei ihm eine große Ernüchterung hervorrief. Das hatte doch alles kaum eine Spur mit einem Labor zu tun, was er da in der düsteren Kellerecke getrieben hatte. Diese völlig dilettantischen und unverbindlichen Versuche in seiner Bastelküche brach er einen Monat vor den Abiturprüfungen ab, ohne dass ihm etwas fehlte.

Da hatte es doch andere Beschäftigungen während seiner Schulzeit gegeben, die er kontinuierlich und mit einer gewissen Konsequenz getrieben hatte. An das Zeichnen, Malen und das konstruktive und plastische Bauen musste er denken. Vor allem an letzteres wurde er bisweilen erinnert, wenn auf der Baustelle Wände gemauert und Schalungen gebaut wurden, die man mit Beton ausgoss, sodass eine dauerhafte plastische Form entstand. Gero beobachtete diese produktiven Prozesse mit zunehmendem Interesse und fühlte sich jedoch ständig an die Peripherie des Geschehens gedrängt, wobei er sich in seinen handwerklichen Fähigkeiten und seinem technischen Verständnis bei weitem unterschätzt und unterfordert sah.

In seinem Elternhaus war er über jene untergeordnete Rolle längst hinausgewachsen. Nachdem seine beiden älteren Brüder geheiratet und das Haus verlassen hatten, der Vater jedoch wenig handwerkliches Geschick zeigte, wandte die Mutter sich in den letzten Jahren zunehmend öfter in einem naiven Vertrauen mit Aufträgen an ihren Jüngsten. Hatte sich am Schuppen oder an der Stalltür ein Brett gelockert, war eine Fensterscheibe zerbrochen, führte eine Steckdose plötzlich keinen Strom mehr, oder blieb das Bügeleisen kalt – die Mutter sagte einfach: „Gero, mach das!" Lange genug hatte er den Brüdern bei handwerklichen Arbeiten zugesehen oder sie auch mit Handreichungen unterstützt. Als einer nach dem anderen auszog, hatte er darauf bestanden, dass sie eine gewisse Grundausstattung an Werkzeugen zurückließen mit der Begründung, dass diese nicht ihnen persönlich, sondern zum Haus gehörten.

Bereits auf der Oberstufe hatte Gero jeweils in den langen Sommerferien für drei oder vier Wochen auf dem Bau gearbeitet. Da er damals nur fünf Mark Taschengeld pro Woche bekam, hatte er sich mit seinem Ferienjob ein finanzielles Polster geschaffen, auf das er während des gesamten Jahres immer wieder einmal zurückgreifen konnte. Jener Zeitraum von einem knappen Monat war immer überschaubar geblieben, sodass die Arbeit, die er schon immer für stumpfsinnig gehalten hatte, ihm gleichgültig geblieben war. Doch konnte er sich während der gesamten Woche schon auf den

Samstagmittag freuen, wenn der Polier ihm seine Lohntüte überreichte, die er jedes Mal wie ein Geschenk entgegennahm.

Natürlich freute Gero sich auch in diesem Sommer auf das Ende der Woche und seine Lohntüte, deren Inhalt er zum großen Teil auf sein Sparbuch einzahlte. Doch wuchs von Woche zu Woche sein Unmut über die Ignoranz des Poliers, der ihn wie einen Arbeitssklaven einsetzte. Gewiss, er hätte damals, als Peter nicht gekommen war, nicht aus dem Stand zum Maschinisten avancieren können. Man hätte ihm sagen müssen, in welchem Verhältnis der Beton und der Mauermörtel anzumischen waren. Auch wäre er nicht fähig gewesen, den Bagger zu fahren. Es war nicht die uralte Mischmaschine, die sein Interesse geweckt hatte. Es war die Zeit, jenes Vierteljahr, das bei ihm etwas ausgelöst hatte, was weit über die handwerklichen Tätigkeiten, die er aus unmittelbarer Nähe beobachten konnte, hinausging.

Seit Wochen schwelte und rumorte etwas in ihm, ohne dass es ihm zum Bewusstsein kam und er seine Gefühle hätte artikulieren oder deuten können. Doch als der kleine Zünder den alten Dieselmotor zum Laufen brachte, da machte es bei Gero unüberhörbar *klick*, und er wusste, dass dieser Sommer sich nicht nur quantitativ von den Sommern der letzten drei Jahre unterscheiden würde. Als Pennäler hatte er jenen Monat in der Entfremdung überblicken und sozusagen überspringen können. Es war ihm jedes Mal gelungen, die Eintönigkeit der Arbeit mit einer Spur von Ironie als ein Rollenspiel abzuliefern. Doch mit einem Mal war ihm das nicht mehr möglich gewesen, weil er über seine Beobachtungen hinaus auch Zugang zum Denken der Handwerker bekam und er damit begann, sich zu ihren Tätigkeiten Versatzstücke zu einer Theorie zu konstruieren. Zugleich registrierte er, dass der Polier sich mit seinen Plänen abschottete und seine

Einsichten an die Maurer, die Zimmerleute und die Eisenbieger, nur in Minimaldosen weitergab. Für den stumpfsinnigen Einsatz der Hilfsarbeiter hingegen gab es kein Konzept; sie wurden spontan da- oder dorthin geschickt, und auch ein Vorarbeiter unter den Maurern hätte das je nach Bedarf regeln können.

Mehr als einmal fragte sich Gero, wozu er eigentlich das Gymnasium besucht und es mit dem Abitur abgeschlossen hatte. Sämtliche Studienräte, die über all die Jahre mit der größten Ernsthaftigkeit ihr jeweiliges Fach als wesentlichen Teil der eigenen Person vertreten und vermittelt hatten, erschienen ihm mit einem Mal nicht mehr als die Repräsentanten der sogenannten höheren Bildung, nicht mehr als die Geistesgrößen, als welche die meisten sich aufspielten, sondern nur noch als kuriose Gestalten, als Karikaturen jener hohen Ideale. In der Schülerrolle hatte er sie mit anderen Augen gesehen; wenige hatte er geschätzt oder geachtet, einige gefürchtet und wenige sogar verachtet. Das Gymnasium wäre keine Perspektive für ihn, das stand für ihn fest. Was auch immer er studieren würde, an eine höhere Schule wollte er nicht zurückkehren. Erschrocken musste er feststellen, dass nicht die sogenannte Reifeprüfung ihm die Studierfähigkeit beschert hatte; es war die Baustelle, die ihn wachgerüttelt hatte und ihn geradezu mit der Nase auf die Notwendigkeit stieß, endlich mit dem selbstständigen und eigenverantwortlichen Denken zu beginnen.

Noch sah Gero kein konkretes Ziel, doch zeichnete sich deutlicher der Drang ab, seine Fähigkeiten, seine Fertigkeiten und seine Einsichten zu erweitern, zu vertiefen und danach zu vermitteln. Diese lagen auf einem weiten Feld, wo sie sich für ihn zwischen Kunst, Handwerk, Technik und ihrer Geschichte erstreckten. Würde das auf ein Lehramtsstudium hinauslaufen? Er wollte sich über einschlägige Studiengänge informieren, die beispielsweise zum Kunstlehrer, zum

Werklehrer oder zum Gewerbelehrer führten. Vielleicht wäre es auch erstrebenswert, in einem Museum historische, künstlerische oder technische Gegenstände zu vermitteln. So viel stand für ihn fest: Auf das erste Vierteljahr auf dem Bau sollte kein zweites folgen. Vier Wochen würde er sich noch zumuten, wobei er intensiver über eine realistische Berufsperspektive nachdenken und über diese Klarheit gewinnen wollte.

Schreiner Knobel

Die weiße Renault Dauphine überquerte die Mainbrücke und bog rechts ab in die Hauptstraße von Flörsheim. Mitten im Ort, hatte der Kollege Michler gesagt, auf der linken Seite sehe er das große graue Hoftor neben dem schmalen giebelständigen Haus. *Bau- und Möbelschreinerei Knobel* stehe auf dem Schild. Aber welcher Schreiner baue heutzutage noch Möbel? Höchstens einmal eine Reparatur. Ein-Mann-Betrieb. Aber zwei kleine Regale – das werde der schon machen. Er sei ein Sonderling, und nicht jeder komme mit ihm klar. Er möge die kleinen Werkstätten, hatte er geantwortet, wo man mit dem Meister reden könne und wo es nach Holz und Knochenleim rieche. Na, dann sei er beim Knobel an der richtigen Adresse.

„Denn der riecht, glaube ich, selber nach Leim", schloss Michler.

Er fuhr langsam, fast Schritt, um das Haus nicht zu übersehen. Denn die meisten Häuser waren von diesem Typ. Schmale Hausfront mit hohem Tor, das einen Einblick in den Hof verwehrte. Er näherte sich der Ortsmitte am Gasthaus zum Lamm, der Sparkasse und einem Friseur war er schon vorbeigekommen. Dann hätte er es doch fast übersehen, das kleine nussbraune Holzschild mit der weißen Aufschrift: *Bau- und Möbelschreinerei H. Knobel*. Es gab wenig Verkehr gegen halb drei nachmittags, sodass er einfach auf der Straße wenden und sein Auto direkt vor dem Wohnhaus abstellen konnte. Durch die schmale Tür betrat er den Hof, der mit grobem Basaltpflaster bedeckt war, das nur rechts durch ein betoniertes Karree, das fast bis zur Grenzmauer reichte, unterbrochen war. Hier wird wohl früher einmal die Mistgrube gewesen sein, dachte er. Man hat es sich leicht gemacht, einfach die Grube mit Erde aufgefüllt und mit Beton geschlossen. Das Pflaster ist hier abgetaucht wie der Grund eines Teichs, nur dass da kein Platz mehr bleibt für Frösche oder Fische. Auf der Betonplatte stand wie ein Pferd in seiner Box ein Kleinlaster mit Pritsche, auf der Kiefernbretter lagen. Im Übrigen war der Hof leer.

Über drei ausgetretene Sandsteinstufen ging es links in das einstöckige Haus mit zwei Dachgauben zum Hof, das vermutlich einmal hell verputzt gewesen war und sich nun in eine staubgraue Unsichtbarkeit hüllte. Anscheinend hatte die vorige Generation hier eine kleine Landwirtschaft betrieben, denn der Hof wurde hinten durch einen hohen Bau abgeschlossen, der vom Wohnhaus links bis zu der Begrenzungsmauer rechts reichte und dessen First an den des Hauses im rechten Winkel anschloss. Das Scheunentor und die Türen und Fenster des Stalls waren durch eine Balkenkonstruktion ersetzt worden, und nur noch je eine schmale, etwa drei Meter hohe Wandscheibe aus rotem Ziegelstein zu beiden Seiten zeugte von dem ursprünglichen Zustand. In der Mitte gab es eine zweiflüglige, in der oberen Hälfte verglaste Tür, über der es aus einem Ofenrohr qualmte; zu beiden Seiten der Tür folgten weitere Fenster. Über der Werkstattfassade reichte ein mit Tuffsteinen ausgemauertes Fachwerkband, das dort, wo das Scheunentor gewesen sein musste, durch senkrecht aufgenagelte Bretter unterbrochen wurde, bis zur Dachtraufe hinauf. Der gesamte Umbau, der vermutlich nur ein gutes Jahrzehnt alt war, also aus den Nachkriegsjahren datierte, hatte dieselbe leicht ins Bläuliche gehende graue Farbe wie das Hoftor.

Er trat durch die Tür, grüßte und ging auf den Meister zu, der an der Hobelbank stand, in die er eine Türzarge, die unten durch zwei Bretter provisorisch zusammengehalten wurde, eingespannt hatte.

„Ich wollte", sagte er und hielt den Zettel mit seiner Zeichnung hoch. „Ich wollte …"

Knobel unterbrach ihn: „Erst muss ich das fertigmachen. Der Leim kann nicht warten."

„Ja, natürlich. Entschuldigen Sie bitte", sagte er. „Lassen Sie sich nur Zeit. Ich sehe mich in der Zwischenzeit hier um. War schon immer gern in Schreinereien. Am liebsten würde ich hier arbeiten."

Der Schreiner machte eine wegwerfende Bewegung mit dem Kopf, weil er seine beiden Hände brauchte. „Eine Scheißarbeit ist das mit dem Knochenleim", sagte er. „Aber der Kaltleim hält nicht so gut."

Mitten in der Werkstatt bollerte der kleine Kanonenofen, den man bei den angenehmen Märztemperaturen eigentlich hätte entbehren können. Aber der Leim in dem kleinen Wassertopf musste allzeit flüssig gehalten werden. Neben dem Eingang waren mehrere fertiggestellte Zimmertüren an den Balken zwischen zwei Fenstern gelehnt. Auf der gegenüberliegenden Seite stand vor dem Fenster eine zweite Hobelbank, auf der einige Schraubzwingen lagen, dazwischen standen zwei Bierflaschen, eine volle und eine angebrochene. In dem offenen Werkzeugschrank an der Wand waren Hobel, kleine Sägen und Beitel in allen Größen eingeordnet. Die Spannsägen hingen an Zimmermannsnägeln direkt an der Wand. Weiter nach hinten schloss sich ein unübersichtliches Holzlager an, das aus Kanthölzern, Brettern, Sperrholz- und furnierten Spanplatten sowie Leisten bestand, die teils in einer Balkenstellage lagen, teils an der Wand lehnten. Die zweite Hälfte der Werkstatt bildete der Maschinenraum mit der üblichen Ausstattung mit Kreissäge, Bandsäge, Fräse und Hobelmaschine.

Sein Bruder hatte auch Schreiner gelernt, und während seiner Schulzeit hatte er ihn einige Male in der Werkstatt im Nachbarort besucht. Auch das war ein Kleinbetrieb gewesen, jedoch deutlich größer als die Werkstatt von Knobel. Tagsüber hatte das Tor dort immer offen gestanden, von dem man in einen lang gestreckten Hof trat. Gegenüber von dem im

Stil einer Fabrikantenvilla zweistöckig gebauten Wohnhaus zur Linken erstreckte sich der lange Flachbau der Werkstätten durch den ganzen Hof, der durch ein offenes Holzlager abgeschlossen wurde. Es gab zwei ebenerdige Werkstätten, zwischen denen der um zwei Stufen abgesenkte Maschinenraum lag. Ein riesiger Elektromotor, der fast ununterbrochen lief, trieb eine Transmission mit mehreren Riemenscheiben an, an die jede Maschine bei Bedarf angekuppelt werden konnte. Der Bruder hatte sich auf die Arbeit an den Maschinen, auf das Einrichten und die Wartung, spezialisiert, während an den Hobelbänken und auf den Baustellen noch einmal sechs Gesellen arbeiteten. Der Meister legte nur selten selber Hand an.

Er wandte sich an den Schreiner: „Sie haben moderne Maschinen, jede ist mit einem eigenen Motor ausgestattet. Keine Transmission in der Werkstatt."

„Das gibts doch heut nicht mehr", brummte Knobel.

Da war noch die zweite Hobelbank. Deshalb fragte er: „Haben Sie noch einen Gesellen oder einen Stift?"

„Der Gesell bin ich selber", antwortete Knobel. „Nein, ich will mich nicht mit Leuten rumärgern. Wenn der krank wird, kostet er mich weiter Geld, und er fehlt mir bei der Arbeit. Nein, will ich nicht. Allein gehts am besten. Da weiß ich, was ich eingenommen hab, das gehört mir."

„Aber gerade am Bau", wandte er ein. „Am Bau ist es doch praktischer, wenn man zu zweit ist."

Knobel nuschelte etwas Unverständliches. Anscheinend wollte er sich nicht weiter auf dieses Thema einlassen. Er ging zu der anderen Hobelbank und griff nach der Flasche. „Hier", sagte er und hob sie in die Höhe, wobei er über das ganze Gesicht grinste. „Das hier ist mein Stift. „Der lernt hier nix, aber er hilft mir." Als er trank, war das Gluckern deutlich zu vernehmen.

Knobel richtete die geleimte Wange mit dem großen Winkel aus und setzte noch eine letzte Schraubzwinge an, wobei er auf beiden Seiten kleine Brettstücke unterlegte. Hier in der Werkstatt war alles mit einer feinen, hellen Staubschicht bedeckt. Dass die Schirmmütze auf dem Kopf des Schreiners, auf der sich über Jahr und Tag Holzstaub gesammelt hatte, einmal blau gewesen war, ließ sich nur erahnen. Knobel trug eine verwaschene ockerbraune Latzhose, ein blau-braun-weiß kariertes Hemd mit hochgekrempelten Ärmeln und darüber eine über die Jahre von Leimspuren steif gewordene braune Schürze.

Der Knobel kann gar nicht viel älter sein als ich, höchstens Anfang dreißig, aber doch schon ziemlich verschroben. Ein Kauz. – Unter den Arbeitskollegen seines Bruders war jeder zweite ein Original gewesen. „Weißt du, warum die Schreiner bei der Arbeit immer eine Schürze tragen, hatte ein Geselle den Halbwüchsigen einmal gefragt, als er bei seinem Bruder hineinschaute. „Damit ihr den überflüssigen Leim dranschmieren könnt oder …", hatte er vermutet. Der Geselle schmunzelte. „Ich wills Dir verraten. Damit man nicht sieht, dass einer Langholz führt." – „Ach so", antwortete der Pennäler verdutzt und ein wenig verlegen. Dann mussten sie beide lachen.

Knobel stellte den Leimkessel wieder in das Wasserbad auf den Ofen und trat auf den Kunden zu. „Jetzt zeigen Sie mir mal, was Sie da haben."

„Ja, ich wollte ..."

„Also ein Regal, einszwanzig mal achtzig, mal dreißig. Zwei Böden. Welches Holz?"

„Zwei Regale. Zwei gleiche. In Limba, dachte ich."

„Furnier natürlich. Furnierte Spanplatten nehme ich dafür. Auch lackieren?", fragte Knobel.

„Ja, dann wollte ich noch wissen, was das kostet. So ungefähr."

„Das kann ich jetzt nicht sagen. Kommt auf die Arbeitszeit an, und das Material, na, das muss ich dann ausrechnen. Wenn ich Ihnen ein hohes Regal baue, können Sie genau so viel drin unterbringen, und es wird billiger", schlug der Schreiner vor.

Er schüttelte den Kopf und antwortete: „Die Wände sollen oben frei bleiben – für Bilder." Dass er ein großes Regal in seinem Kleinwagen gar nicht transportieren könnte, erwähnte er nicht.

„Wird schon nicht so teuer. Was steht da? Walt Passer, was bedeutet das? Hat der die Zeichnung gemacht?"

„Das bin ich, Herr Knobel. Ich wollte noch fragen, wann Sie die Regale fertig haben."

„In einer Woche können Sie mal fragen."

Walt Passer musste mehrmals nachfragen. Nach einer Woche hatte Knobel noch nicht angefangen. Dringende Arbeiten am Bau gehen natürlich vor. Nach zwei Wochen war das Material zugeschnitten. Nach drei Wochen waren die Regale fertig, waren sogar lackiert. Nun wurde Knobel doch ein wenig gesprächiger. – Wo er denn wohne? In Rüsselsheim? Und er fahre wegen zwei Regalen immer hier herüber? Und was er arbeite? Im Büro? Was, bei Opel. „Natürlich, wer arbeitet da drüben nicht bei Opel!"

Dann kam Knobel mit einem unerwarteten Vorschlag, einer spontanen Einladung: „Ach, wissen Sie, Herr Passer, hier in der Werkstatt kann man nicht richtig miteinander reden. Kommen Sie doch heut Abend zu mir. Wir setzen uns da drüben bei mir gemütlich in die Wohnstube. Da können wir uns unterhalten und ein Bierchen trinken."

„Heute geht es bei mir nicht", zögerte Walt. Sollte er tatsächlich? Es war ja kein Risiko. Er musste sich nicht immer nur mit Arbeitskollegen aus der Werbung, den Designern und den Griechen im Café treffen. Warum nicht auch mal miteinem Handwerker? Und Schreiner mochte er besonders. „Morgen hätte ich Zeit", sagte er.

„Also gut", meinte Knobel gut gelaunt. „Morgen Abend um acht, Herr Passer. So, ich trag Ihnen die Regale noch raus."

Sie ließen sich mit knapper Not auf dem Rücksitz verstauen. In der Bahnhofstraße in Rüsselsheim fuhr direkt vor dem Café ein Auto weg, sodass ein Parkplatz frei wurde. Walt stellte die Regale erst einmal auf den Bürgersteig, dann in den schmalen Flur. Herr Molina kam zur Treppe heruntergepoltert und stutzte. „Hallo, Signore, wie lange sollen die hier im Weg stehen?"

„Wenn Sie mir jemanden zum Helfen schicken, sind sie ganz schnell weg" meinte Walt.

„Warten Sie, Alberto hat gerade nix zu tun. Er kann sich bei Ihnen ein Trinkgeld verdienen."

Walt trug zunächst einmal die lose eingelegten Böden in den dritten Stock. Als er wieder herunterkam, stand der Kellner im Flur – schwarze Hose, weißes Hemd und schwarze Weste. Vor einem halben Jahrhundert haben Büroangestellte sich so schick angezogen, dachte er. Und sie hätten sich ein Möbelstück vom Schreiner nach oben tragen lassen.

„Alberto, das ist nett, dass du mir helfen willst. Fasse hier am Sockel an und geh voraus, da ist es leichter."

In jedem Stockwerk setzten sie ab. Dennoch atmeten sie beide schwer, als sie oben ankamen.

„Hier, nimm das für ein Bier!" Er drückte ihm ein Zweimarkstück in die Hand. „Und danke vielmals, Alberto."

„No, Signore, ich kaufe kein Getränk. Das bekomme ich im Café umsonst. Ich spare für einen Alpha."

„Oh Alberto, das ist ein großes Projekt. Dann muss ich dir gleich noch eine Mark drauflegen, damit du schneller zu deinem Traumwagen kommst."

„Mille gracie, Signore", sagte der Kellner und deutete eine Verbeugung an.

Walt trat erst einmal auf seinen Balkon, blickte über die Dächer hinüber zum Opel-Werk, dann hinunter auf den

Verkehr und das Gewimmel von Fußgängern. Sein Auto, das musste er wegfahren. Er hatte ganz vergessen, diese verdammte Parkuhr zu füttern.

Wieder fuhr die weiße Dauphine über die Mainbrücke, doch Passer musste die Geschwindigkeit kaum vermindern, denn das Haus mit dem grauen Tor brauchte er nicht mehr zu suchen. Hätte er Herrn Knobel nicht doch ein Gastgeschenk, eine kleine Aufmerksamkeit mitbringen sollen? Nun würde er dastehen wie der letzte Stoffel. Andererseits – das hatte er sich auch immer wieder gesagt – er war ja nur zu einem Bier eingeladen. Und wenn man für acht Uhr einlud, gab es natürlich nichts zu essen. Knobel würde aber sicher etwas zum Knabbern hinstellen, ein paar Salzstangen oder Erdnüsse. Wie dem auch sei, er hätte mit einer Flasche Wein souveräner dagestanden als nun mit leeren Händen. Wenn dann womöglich doch ein Essen auf dem Tisch stünde, wäre es ein wenig peinlich. Es war schon fünf nach acht. Knobel hatte sicher schon alles gerichtet und würde ihn erwarten.

Walt parkte das Auto auf dem Gehsteig vor dem grauen Tor und öffnete zögernd die Türe zum Hof. Er stutzte. In der Werkstatt brannte noch Licht, und unüberhörbar drang das Heulen der Hobelmaschine nach außen. Sollte es möglich sein, dass Knobel die Verabredung vergessen hatte? Am liebsten wäre Walt umgekehrt und wieder nach Hause gefahren, zumal er noch eine Akte daliegen hatte. Sein Chef hatte ihm den Textentwurf in die Hand gedrückt und ihn gebeten, ihm dazu Verbesserungsvorschläge zu machen. Jetzt wollte er wenigstens zeigen, dass er an die Einladung gedacht hatte. Er würde Knobel nur kurz begrüßen, sich vielleicht sogar für die Störung entschuldigen und ganz schnell wieder verschwinden – nun aber für immer.

Als er die Werkstatttür öffnete, war ihm sofort klar, dass bei diesem ohrenbetäubenden Lärm ein Austausch von Höflichkeiten nicht angebracht wäre. Der Knobel registrierte ihn mit einem kurzen Blick; er zog ein Brett aus der Dickenhobel maschine und brüllte herüber: „Einmal muss es noch durch."

Walt Passer, der seine Kamera mitgebracht hatte, blickte sich um. Den Einfall, hier zu fotografieren, verwarf er. Um auch für die Wohnung des Schreiners vorbereitet zu sein, hatte er eigens einen hochempfindlichen Rollfilm eingelegt. Er war gespannt darauf, wie ein Wohnzimmer mit ausschließlich selbst entworfenen und von Knobel hergestellten Möbeln aussehen würde.

Nachdem der Schreiner an dem Handrad die endgültige Dicke eingestellt hatte, schob er das Brett ein letztes Mal in die Maschine. Sofort hörte man anstelle des hohen Heultons das kraftvolle Knarren der Hobelmesser. – Es wäre schön, mit einem netten Schreiner befreundet zu sein, bei dem ich ab und zu einmal in der Werkstatt etwas arbeiten könnte, hatte Walt schon manchmal gedacht. Aber der Knobel kam da wohl nicht infrage.

„Das war überhaupt nicht dringend", sagte der Schreiner lächelnd, nachdem er die Maschine ausgeschaltet und das Brett beiseitegestellt hatte. Ich wollte nur die Zeit nutzen. Ich wusste ja nicht, wann Sie kommen."

„Wir hatten acht Uhr gesagt", klärte Passer ihn auf.

„Kommt nicht drauf an. Aber jetzt gehn wir ins Haus." Der Schreiner zog seine Schürze aus, hängte sie samt der eingestaubten Mütze an einen Nagel an der Wand und löschte das Licht.

„Kommen Sie, Herr Prasser, kommen Sie", sagte er.

„Passer", berichtigte Walt. „Passer heiße ich."

„Ach ja, Passer. Das ist so eine Sache mit den vielen Familiennamen, die man sich gar nicht alle merken kann. Ich heiße Johannes. Aber mich nennen alle John oder Jonny. Wir sollten uns duzen."

Knobel stand auf der ersten Stufe der Haustreppe und blickte auf seinen Gast zurück, der auf dem Hof stehen geblieben war.

„Ja, ja, wir machen das oben, ganz wie es sich gehört, stoßen wir an. Ist doch klar. Ich wollte ja nur mal sagen …"

Sie stiegen die steile Holztreppe hinauf in den ersten Stock. Es ging durch einen dunklen Flur, bis Knobel, der sich hier natürlich auch im Dunkeln zurechtfand, eine Tür öffnete, durch die sie das Wohnzimmer betraten.

„So", sagte Knobel. „Setzen Sie sich, machen Sie es sich bequem. Wo wollen Sie sitzen?"

Knobel hatte sich bereits auf das Sofa fallen lassen, vor dem ein langer Tisch stand. Vis-à-vis stand ein voluminöser Sessel. Der war Walt recht. Um seine Entscheidung anzudeuten, hatte er die Fingerspitzen auf die Sessellehne gelegt. Bevor er sich setzte, wollte er seinen Blick durch den Raum schweifen lassen.

„Sie erlauben doch, Herr Knobel, dass ich mich erst einmal umsehe", sagte Walt Passer. „Für mich ist es immer wieder interessant zu sehen, wie ein Schreiner sich mit Möbeln von seiner eigenen Hand eingerichtet hat."

„Ach, hören Sie auf. Wer baut denn heut noch Möbel! Nein, das lohnt sich nicht. Ich arbeite seit Jahren fast nur noch als Bauschreiner. Aber jetzt hole ich uns erst mal was zum Trinken." Knobel erhob sich mühsam und verschwand durch die Tür. In der Tat gab es in diesem Raum kein einziges Möbelstück, das handwerklich hergestellt gewesen war. Der Tisch, der fast die Länge des Sofas hatte, war aus einem rötlichen Holz hergestellt, vermutlich Makoré und hochglänzend lackiert. Er besaß zwei bauchig gedrechselte Beine, die auf leicht geschwungenen Kufen ruhten. Die Platte war mit einer Glasplatte abgedeckt, in deren Mitte auf einem Häkeldeckchen eine leere Kristallvase stand. An Sofa und Sessel war keinerlei Holz zu sehen; sie bestanden an ihren Oberflächen ausschließlich aus einem flauschigen Stoff mit einem großflächigen rotbraunen Rankenmuster auf hellgrauem Grund. Der Sessel, auf dem zwei Kissen mit einer Mohnblumenstickerei an den Seitenlehnen standen, schien lange nicht genutzt worden zu sein. Die gleichen Kissen und ein paar Plattenhüllen lagen auf dem Sofa, das in der Mitte deutlich eingesessen war. Das schien Knobels abendlicher Stammplatz zu sein, von dem aus er den Fernseher, der ihm gegenüber neben dem Gaubenfenster auf einem kleinen Tischchen stand. Diese Wand war bis in Hüfthöhe senkrecht, um dann bis zur Decke schräg nach innen abzufallen. Die linke Seitenwand nahm ein großes Büffet fast vollständig ein, das anscheinend aus derselben Serie wie der Tisch stammte. Hinter Glasschiebetüren in der Mitte standen in Gruppen Gläser für Wein, Sekt, Schnaps, Cognac sowie ein Stapel Glasschalen und eine geschnitzte und bunt bemalte Nussknackerfigur mit einem grimmigen Gebiss. Hier wurde anscheinend regelmäßig Staub gewischt, denn die Simse des Büffets glänzten. In der Giebelwand zur Rechten öffnete sich ein Fenster zur Straße hin, unter dem eine kleine, im Stil passende Anrichte stand, in deren Mitte eine ausladende Keramikschale mit drei Äpfeln aus Pappmaschee. Links und rechts vom Fenster hingen zwei kleine Blumenaquarelle. Eigentlich waren es sehr sorgfältig mit hartem Bleistift gezeichnete Sträußchen, links Schlüsselblumen und rechts Veilchen, wie mit einer unsichtbaren Schnur zusammengehalten; sparsam koloriert standen sie vor weißem Grund. Beide waren signiert mit *B. K. 55*. Im Übrigen gab es auch noch ein großes, repräsentatives Gemälde über dem Sofa.

Walt hörte Stimmen im Flur – eine Frauenstimme und die von Knobel, der sich anscheinend in der Küche ein Bier geholt hatte. Jetzt verstand Walt, was Knobel, der ziemlich gereizt klang, rief: „Nein, nix! Geh, bleib fort und lass uns in Frieden!"

Die Tür ging auf, durch die Knobel mit zwei Bierflaschen in der Linken hereinkam, während sich Schritte auf der Treppe entfernten.

„Ach, immer die", murrte er.

„Wohnen Ihre Eltern unten?", erkundigte sich Passer.

„Die Mutter", antwortete Knobel. „Immer will sie was. Ratschläge und weiß alles besser, die Alte."

„Sie wohnen allein hier im Dachgeschoss?, fragte Walt weiter.

„Ja, seit zwei Jahren. Endlich hab ich meine Ruh."

„Sie waren verheiratet, haben sich scheiden lassen?", fragte Passer.

„Die hat sich einen anderen angelacht und ist auf und davon. Die bin ich los."

„Wenns an ihr lag, war sie nicht die Letzte", versuchte Walt ihn zu trösten. „Andere Eltern haben auch schöne Töchter."

„Ach, bleiben Sie mir fort mit Schönheit. Ja, so eine Lackierte war sie, und das war der Fehler. Ein eitler Fratz. Alles sollte hübsch sein, die Wohnung, Kleider und immer der Blick in den Spiegel. Und immer hat sie gelacht, mich angelacht oder ausgelacht, genau weiß ich's nicht – auch wenn ich bei der Arbeit war. Ich geh mal schnell was besorgen, hat sie geflötet, und weg war sie. Und der doofe Jonny musste das Geld ranschaffen. Reisen hätte sie auch wollen, aber wir hatten ja kein Auto, nur den Laster für den Betrieb. Und die neue Hobelmaschine musste ich noch fertig abbezahlen. Aber auf einmal hatte sie einen anderen und wollte die Scheidung. Und was glauben Sie, wie es ausging? Der Herr Johannes Knobel war schuldig, weil er seine Frau vernachlässigt hätte."

„Aber Sie sagten doch, sie hatte einen Liebhaber", entgegnete Passer.

„Ja, das sollte ich beweisen, sagte der Richter. Ich hab doch in der Werkstatt und auf dem Bau geschafft, wenn sie unterwegs war, hab ich dem Richter erklärt. Ihr Anwalt hat sich aufgeregt und gesagt, dass das eine üble Nachrede ist mit dem Ehebruch. Ich soll mich nicht unterstehen, das noch einmal zu wiederholen; er könnte mich dafür verklagen. Da ist mir der Kragen geplatzt, und ich hab gebrüllt: Ihr könnt mich alle mal kreuzweise – und wollte aus dem Gerichtssaal raus.

Aber die zwei Polizisten haben mich aufgehalten. Ja, mein Lieber, da ist einiges faul im Staate Deutschland. Die Gerichtskosten sind an mir hängen geblieben, und ich musste ihr noch zwölftausend bezahlen. Gerechtigkeit ist was anderes. Ich hatte keinen Anwalt, das war mein Fehler. Ach, hör auf! Es gibt erfreulichere Themen", schloss er.

Er stellte die beiden Flaschen auf den Tisch, sodass Glas auf Glas hart aufschlug. Mit dem Daumen drückte er den Schnappverschluss seiner Flasche auf, und die ausströmende Kohlensäure zischte kurz auf. Walt hielt seine Flasche mit der Linken, während er den Verschluss mit der Rechten sachte öffnete. Knobel hob seine Flasche, um mit Walt anzustoßen, der ihm entgegenkam, und der Schreiner rief freudig: „Also auf unsere Freundschaft, auf eine Freundschaft unter Männern. Ich bin der John."

„Ich heiße Walt", sagte Passer, der sich über diese Verbrüderung nicht recht freuen mochte.

Die Flaschen schlugen aneinander. Dann tranken sie, Knobel in langen Zügen. Als er die Flasche absetzte, war sie zur Hälfte geleert. Walt hatte nur einen Schluck getrunken. Knobel sah ihn durchdringend an: „Wald, das ist doch kein richtiger Name. Ist das dein Spitzname oder heißt du Waldemar oder wie?"

„Walt kommt von Walter; das ist eine Kurzform. Du kennst doch zum Beispiel Walt Disney."

„Ach, der mit der Micky Mouse. Mir würde der Name nicht gefallen. Ich glaube, ich sage lieber Waldi zu Dir."

„Nein, das möchte ich nicht. Waldi ist ein Name für einen Dackel oder einen kleinen Jagdhund. Aber Walt ist mein richtiger Name, der sogar in meinem Ausweis steht."

„Na gut, also dann Prosit."

Walt nahm seine Kamera aus der Bereitschaftstasche und klappte das Objektiv mit dem Balgen heraus. Er blickte kurz durch den Sucher, stellte dann aber die offene Kamera auf den Tisch. Knobel blickte ihn verdutzt an und fragte: „Willst du mich fotografieren, oder was hast du vor?"

„Vielleicht", erwiderte Walt. „Ich muss mal kurz messen, ob das Licht hier ausreicht." Aus der Hosentasche zog er einen Belichtungsmesser und richtete ihn auf das Sofa. „Wenn du ein bisschen stillhältst, wird es gehen – offene Blende und eine zehntel Sekunde."

Da saß Johannes Knobel in seiner Arbeitshose auf dem Sofa und hielt die Bierflasche auf dem rechten Knie. Die Knopfleiste seiner Hose stand sperrangelweit offen, sodass man seine graue Unterhose sehen konnte. Ihn schien das nicht zu stören. Unter der Schürze konnte man das tagsüber nicht sehen, und abends war er gewöhnlich alleine. Anscheinend hatte er sich an diesen Zustand gewöhnt. Seinen Bauchansatz konnte man im Sitzen deutlich erkennen, seine Gesichtshaut war blass, schlaff und leicht aufgedunsen. Sein schütteres Kopfhaar verriet, dass es einmal rötlich gewesen war und nun allmählich, bevor es ganz ausfiel, in ein undefinierbares helles Blond hinüberwechselte. Über dem Kopf des Schreiners hing an der Wand ein Landschaftsbild, eine Blumenwiese, durch die ein Weg schräg in die Tiefe führte. Es war ein vollkommen ruhiges, eigentlich langweiliges Bild. Der Maler hatte versucht, eine große Stille auf seine Leinwand zu bannen, indem er neben dem Weg drei Obstbäume angeordnet hatte, die sich in ihrer Gestalt nur wenig unterschieden und deren Kronen vom oberen Bildrand angeschnitten waren. Hinter den Bäumen dehnte sich eine endlose Fläche, deren blau-grüner Horizont bis in die Bildmitte reichte.

Darüber erhob sich ein tiefblauer Himmel, unter dem nur ein paar kleine weiße Wolken hingen.

Walt wählte den Bildausschnitt so, dass das quadratische Format unterhalb von Johns Knien begann und oben mit dem Kopf vor dem Landschaftsbild endete. Da er beim Auslösen die Luft angehalten und John sich nicht gerührt hatte, durfte die Aufnahme wohl nicht verwackelt sein. Passer raffte sich

zu einem geheuchelten Kompliment auf, das er sofort be-
reute: „Ein hübsches Bild hast du da. Es strahlt viel Ruhe
aus." Insgeheim freute er sich schon auf ein großes Schwarz-
Weiß-Foto mit der Bierflasche neben der offenen Hose.

„Ich sehe das gar nicht mehr. Von meinen Eltern war das
zur Hochzeit. Reden wir von was anderem. Ich mach mal ein
bisschen Musik, schöne Musik", versprach John. „Meine
Lieblingsmusik. Hier: Freddy."

Knobel hielt eine Plattenhülle in die Höhe. „Die leg ich
auf."

„Moment mal, ich wollte dich vorher noch was fragen.
Sagtest du, dass dein Vater nicht mehr lebt? Er muss früh ge-
storben sein. War er auch Schreiner wie du?"

„Er war ein stiller, ein sehr guter Mensch. Nicht so nervig
wie die Alte unten. Er wollte mein Bestes. Hat in der Modell-
schreinerei von Opel drüben in Rüsselsheim gearbeitet und
hat seinen Beruf geliebt. Holz ist der schönste Werkstoff, hat
er immer wieder gesagt. Wenn man gesehen hat, wie er mit
der Hand über ein Werkstück gegangen ist, hat mans verstanden. Deshalb musste auch ich Schreiner lernen, sollte allerdings auch den Meister machen. Mein Vater hat unten die
Scheune und den Stall umgebaut und eine Maschine nach der
anderen gekauft. Als alles fertig war, habe ich gerade die Gesellenprüfung gemacht. Er hat bei Opel und dann hab ich bei
meinem Meister in Raunheim gekündigt, und wir haben uns
selbstständig gemacht. Das Schild unten am Tor hat er sel-
bergemalt. Heinrich hat er geheißen. Deshalb H. Knobel. So
musste ich das Schild nicht ändern, denn er hat mich immer
nur Hannes genannt. Ja, er konnte alles, sogar Schrift malen.
Ich bin nicht so begabt. Das Geschäft ist von Anfang an gut
gelaufen, denn es wurde viel gebaut hier in Flörsheim. Drei
Jahre später, ich hatte geheiratet, und er hatte seinen vierund-
fünfzigsten Geburtstag gefeiert, bekam er seine Diagnose:
Lungenkrebs. Ein knappes Jahr später war er tot. Der Haus-
arzt hat total versagt. Ich hab jetzt einen anderen. Und er hat

immer so gesund gelebt, keinen Alkohol getrunken. Aber er hat viel geraucht. Und deshalb hab auch ich das Rauchen aufgegeben. Ja, seither leb ich gesund. So, jetzt weißt du Bescheid."

Knobel warf einen Blick auf die Plattenhülle, die er noch immer in den Händen hielt. „Ja, ich vermisse ihn", sagte Jonny mit weinerlicher Stimme. „Aber die Meisterprüfung kann ich nicht machen. Ich kann nicht so gut lernen. Er hat das gekonnt. Er hätte mir auch geholfen, aber allein schaff ich das nicht. So, jetzt reicht's aber damit. Jetzt machen wir Musik."

Er legte die Platte auf den Spieler, der unter dem Fernseher stand. „Das ist Musik, da kann ich alles vergessen. Das ist mein Leben."

Freddy sang: *Du musst alles vergessen, was du einst besessen, Amigo.*

„Ja", sagte Knobel. „Alles vergessen, das tut gut. Jeden Tag wieder neu anfangen. Aber das ist hart."

„Aber wenn du neu anfangen willst, müsstest du dir wieder eine Frau nehmen. Doch du arbeitest den ganzen Tag, und du trinkst zu viel Bier", mahnte Passer.

„Hör auf mit Frauen. Davon will ich nichts mehr hören. Die Arbeit, ja. Hör zu, was der Freddy singt." Er wies mit der Bierflasche in der Hand zu dem Plattenspieler. Und Freddy sang: *Viele Jahre schwere Fron, harte Arbeit, karger Lohn. Tagein, tagaus, kein Glück, kein Heim. Alles liegt so weit, so weit.*

„Genau das ist es." Er wiederholte Freddys letzten Satz: „Alles liegt so weit, so weit. – Prost!", rief er, setzte seine Flasche an und trank sie aus. „Du trinkst ja gar nichts!"

„Ich trinke langsamer als du", versetzte Walt. „Schließlich muss ich noch mit dem Auto nach Hause fahren und auch noch etwas arbeiten. Dazu brauche ich einen klaren Kopf. Aber du musst dich nicht um mich kümmern."

Knobel stand auf, unterdrückte nur mühsam ein Rülpsen und ging hinaus, um sich eine neue Flasche Bier zu holen.

Nun sang Freddy: *Seemann, lass das Träumen, denke nicht an zuhaus.*

„Hörst du John", sagte Walt. „Lass das Träumen. Du lebst in der Vergangenheit anstatt im Heute."

„Nein, du verstehst den Freddy falsch. Der weiß auch nicht genau, was er tun soll. Immer will er fort in die Ferne, in die Fremde, und dann hat er Heimweh. Das ist doch verrückt. Warum bleibt er nicht gleich daheim?", fragte Knobel.

„Und wie ist es bei Dir? Fühlst du dich in Flörsheim wohl, oder möchtest du auch mit einem Schiff in die Südsee zu einer Palmeninsel fahren?", fragte Walt.

Knobel nickte heftig. „Ja, das möchte ich schon. Aber meinst du, dass so ein Hula-Mädchen mich nehmen würde? Guck mich doch an, wie ich aussehe!"

„Ich glaube sogar, dass dich hier eine Frau mögen würde", vermutete Passer. „Du müsstest dich nur nach der Arbeit waschen und dich frisch anziehen."

Knobel blickte unschlüssig zu seinem Gast hinüber. „Aber ich würde dumm herumstehen und ein blödes Gesicht machen. Ich kenn das. Ich kenne mich. Mit den Klamotten ist es nicht getan. Prost!"

Die Zimmertür öffnete sich langsam, und eine zierliche Frau, offenbar Johns Mutter, stand da. Nur einen Schritt hatte sie ins Zimmer getan. Sie durfte Ende fünfzig sein, sah sympathisch aus, aber machte einen verhärmten Eindruck. Walt erhob sich, um sie zu begrüßen. Knobel drehte den Kopf weg und machte eine Armbewegung, als wollte er eine unangenehme Vorstellung verscheuchen.

„Geh, lass uns in Ruh! Ich will mit meinem Freund reden", herrschte er sie an.

„Hannes", sagte sie. „Junge, habt ihr was gegessen? Nicht immer nur das Bier!"

„Trink du deinen Kamillentee, und wir trinken unser Bier. Das ist flüssiges Brot. Ich mach dir auch keine Vorschriften. Jetzt verschwinde!"

„Wie du wieder auf dem Sofa sitzt! Hättest dich wenigstens umziehen können. So kriegst du nie eine gescheite Frau", sagte die Mutter.

Knobel erhob sich mühsam und drehte sich zu ihr. Obwohl er seine Schultern hängen ließ und den Rücken gebeugt hatte, überragte er sie deutlich. Nur eine knappe Armeslänge stand er vor ihr. Seine Augen, die Walt bisher nur immer als müde und glanzlos gesehen hatte, funkelten mit einem Mal wütend. Er war aufgebracht.

Während Walt sich wieder in den Sessel niederließ, versuchte er möglich langsam und gefasst zu sprechen: „Jonny, bitte beruhige dich. Deine Mutter meint es gut mit dir."

„Gar nichts hat sie zu meinen!", entfuhr es ihm.

Und dann wandte er sich wieder ihr zu, wobei er die Augen zusammenkniff und mit dem Zeigefinger der rechten Hand mitten in ihr Gesicht zeigte. Er zischte: „Ich brauch keine Frau! Es geht nichts über einen guten Freund. Aber du, ja, du bist scharf, du geile Schlampe! Ich glaub, du musst mal zum Bock."

Sie stieß einen sonderbaren Laut aus. Es klang wie ein unterdrückter, ein erstickter Schrei, für den ihr die Luft fehlte. Hastig stürzte sie zur Tür hinaus.

Der Schreiner stand unschlüssig und ein wenig unbeholfen neben der Tür. Er griff zu seiner Flasche, die auf dem Rand der Tischplatte stand und trank sie in einem Zuge aus.

„Die sind wir für heut los", brummte er. „Die Platte ist abgelaufen. Ich dreh sie gleich um. Erst muss ich mir ein neues Bier holen."

Walt hatte krampfhaft überlegt, wie er diesen Auftritt kommentieren sollte, rutschte unschlüssig auf dem Sessel hin und her. Als der Schreiner mit der neuen Flasche hereinkam, holte Walt Luft, um etwas zu sagen. Doch Knobel hatte das erwartet, weshalb er schnell sagte: „Nix mehr! Jetzt keine Diskussion mehr. Es ist gleich halb zehn. Es wird Zeit, dass die Gemütlichkeit hier einzieht."

Er ließ den Flaschenverschluss aufspringen, trank in langen Zügen und stellte die Flasche unverschlossen auf den Tisch. Dann wankte er hinüber, um die Platte umzudrehen. Die Nadel kratzte und rumpelte unangenehm über die Platte. „Jetzt kommt mein Lieblingslied", verkündete er.

Freddy hatte zu singen begonnen: *Junge, komm bald wieder, bald wieder, nach Haus, Junge, fahr nie wieder, nie wieder hinaus. Ich mach mir Sorgen, Sorgen um dich. Denk auch an morgen, denk auch an mich.*

Knobel saß zusammengesunken auf dem Sofa. Sein Gesichtsausdruck war entspannt, fast verklärt.

Bei Freddy ging es weiter: *Wohin die Seefahrt mich im Leben trieb, ich weiß noch heute, was mir Mutter schrieb. In jedem Hafen kam ein Brief an Bord. Und immer schrieb sie: Bleib nicht solange fort.*

Knobel richtete sich ein wenig auf, fummelte in seiner Hosentasche, fand nicht, was er suchte und wischte sich mit der Hand über die Augen. Dabei warf er einen verstohlenen Blick zu Walt hinüber. Der meinte aber, jetzt sei der rechte Zeitpunkt gekommen. Deshalb wagte er sich aus seiner Deckung mit den Worten: „Eigentlich magst du deine Mutter doch und möchtest dich auch mit ihr versöhnen."

Damit hatte er in ein Wespennest gestochen. Knobel wollte aufspringen, sank jedoch sogleich wieder zurück, aber er schrie, wobei sich Schaum in seinen Mundwinkeln bildete: „Verdammtes Arschloch, du steckst mit der alten Geiß unter einer Decke!"

Walt hob beide Hände für einen Moment über der Tischplatte und bewegte sie auf und ab. Erst dann fragte er mit ruhiger Stimme: „Auf wen bist du wütend? Auf mich? Auf deine Mutter? Auf Freddy? Oder auf dich selber?"

Mit einem Mal leuchteten Knobels Augen, als sei ihm etwas aufgegangen. „Natürlich!", rief er. „Du hast recht! Natürlich bin ich nicht wütend auf dich. Du bist doch mein Freund. Der Freddy, dieser Sauhund. Der macht mich immer traurig mit diesem verdammten Lied. Ich kann das einfach nicht mehr hören, dieses verdammte Gesäusel. Das ist nicht auszuhalten!"

Er nahm einen langen Zug aus der Flasche, schleppte sich mühsam zum Plattenspieler und zog die Platte, ohne den Tonarm anzuheben, vom Teller. Es kratzte fürchterlich.

„Aus mit Freddy! Schluss mit Freddy, mit diesem Saftheini, diesem Arsch! So was kann doch ein vernünftiger Mensch nicht hören. Da geht ja die beste Freundschaft flöten."

Mit beiden Händen fasste er die Platte und schlug sie mit aller Kraft auf sein Knie, sodass sie in zwei Teile zerbrach. Er stieß das Gaubenfenster, das nur angelehnt war, mit dem Ellbogen auf und warf die beiden Plattenhälften hinunter in den Hof. Walt hörte kurz hintereinander zweimal ein leises Klacken.

„So", meinte der Schreiner. „Jetzt kommt aber das Allerbeste. Das verdirbt keine Stimmung, das macht gute Laune."

Er hatte sich wieder auf das Sofa gesetzt, den Kopf zurückgeneigt, seine glasigen Augen blickten ins Leere. Doch als die Musik begann, wurde er noch einmal munter. Zunächst versuchte er beim Refrain mitzusingen, was ihm jedoch nicht gelang, weil seine Zunge schwer geworden war. So summte er nur selig vor sich hin und lächelte. Dann jedoch begann er einen Dialog mit dem Sänger. Es war Paul Kuhn.

Paulchen: *Und nur vom Hula-Hula geht der Durst nicht weg.*

Jonny: „Ha, haaa, ist doch klar. Geht er nicht weg."

Paulchen: *Meine Braut, die heißt Marianne, wir sind seit zwölf Jahren verlobt, sie hätt' mich so gern zum Manne.*

Jonny: „Hätt sie gern, könnt ihr so passen, ha, haaa."

Paulchen: *Und hat schon mit Klage gedroht. Die Hochzeit wär längst schon gewesen.*

Jonny: „Ho-Ho-Hochzeit. Verlobung reicht, sag ich dir. Walt, Verlobung ist schon zu viel."

Paulchen: *Wenn die Hochzeitsreise nicht wär.*

Jonny: „Reise, von wegen Reise. Ha!"

Paulchen: *Denn sie will nach Hawaii, ja, sie will nach Hawaii, und das fällt mir so unsagbar schwer.*

Jonny: „Will nach Hawaii, ja will awaii, awaii …"

Walt hatte den letzten Schluck aus seiner Bierflasche getrunken. Die Kamera hatte er zusammengeklappt und in der Ledertasche verstaut. Er richtete sich im Sessel auf, nickte dem Schreiner zu und bemühte sich zu lächeln.

„Ja, John, es war nett von dir, mich einzuladen. Aber nun muss ich nach Hause. Ich muss noch etwas erledigen."

Knobel versuchte zu protestieren: „Aber es ist noch früh, und du hast nur *eine* Flasche getrunken ..."

Walt stand hastig auf. „Ich habe noch eine dringende Arbeit daliegen. Du kannst ja noch ein Weilchen hier sitzen."

„Aber du kommst morgen wieder? – Unbedingt!", rief Knobel.

„Morgen nicht", stellte Passer fest.

„Aber am Sonntag?", fragte Knobel.

„Da fahre ich zu Freunden an die Bergstraße."

„Freunde hast du?", fragte Knobel. „Aber am Montag kommst du ganz bestimmt!"

Walt stand schon in der Tür. „Hm, mal sehn. Bleib nur sitzen, John. Ich finde den Weg."

Schnell eilte er die Treppe hinunter, über den Hof, an den beiden Schallplattenhälften vorbei und zum Tor hinaus, als sei er auf der Flucht. Erst als er im Auto saß, atmete er einmal tief durch. So eine Panne, dachte er. Hastig startete er den Motor und fuhr mit quietschenden Reifen los. Auf der Mainbrücke verlangsamte er das Tempo, denn eigentlich hatte er es nun gar nicht mehr eilig. In der Grabenstraße fand er auf der Brücke seinen Parkplatz, den ihm nur selten jemand streitig gemacht hatte.

Im Café waren wie jeden Abend zu dieser Zeit alle Tische besetzt. An ihrem Tisch in der äußersten hinteren Ecke saßen die fünf Griechen, die in ihrem Gespräch sofort auf Deutsch umschalteten, als Walt sich zu ihnen setzte. Der magere Stelios mit seinen geölten Locken, wie immer im viel zu weiten nadelgestreiften Zweireiher und mit speckiger Krawatte. Jannis, der abgebrochene Student mit den besten Deutschkenntnissen, der bei Opel den Dolmetscher spielte, lässig gekleidet in sportlichen Jeans, offenem Hemd und locker fallendem Pulli. Zu den anderen hatte Walt nur einen recht losen Kontakt.

„Guten Abend, Walt, wir haben schon auf dich gewartet. Du warst noch unterwegs?", forschte Jannis.

Nein, er habe bis jetzt gearbeitet. Nun müsse er noch ein Bierchen mit seinen griechischen Freunden trinken. Jannis stutzte. Er meinte, er habe eben doch Walts weiße Dauphine vorbeifahren sehen. Walt schüttelte gleichmütig den Kopf. Er habe nur umparken müssen, von der Parkuhr weg, flunkerte er.

„Weißt du schon, Jannis soll Lehrer machen für Griechisch", platzte Stelios mit der Neuigkeit heraus. „Er wird reich. Will uns alle einladen."

„Oh, toll!", rief Walt. „Welche Schule? Und wann fängst du an?"

„Nächste Woche soll ich mich im Gymnasion vorstellen, in Würzburg ", erklärte Jannis.

„Dann ist es noch gar nicht entschieden, wenn ich recht verstehe. Geht es um eine feste Stelle im Angestelltenverhältnis oder nur um ein paar Stunden in der Woche? Und wie kommst du gerade auf Würzburg?", fragte Walt weiter.

Jannis breitete seine Arme aus. „Eine tolle Stelle mit einem richtigen Gehalt wie jeder andere Lehrer. Der Direktor hat mir einen Brief geschrieben. Aber ich muss mir noch einen Anzug kaufen. Kannst du mir zweihundert Mark leihen?"

„Jannis, ich habe selber Schulden. Mein Auto ist noch nicht bezahlt. Tut mir leid, aber das kann ich mir nicht leisten", erwiderte Walt.

„Alle meine Freunde haben mir Geld gegeben." Die vier am Tisch nickten heftig.

Stelios sagte: „Andere Kollegen von Opel Geld geben. Alle Freunde. Du bist auch Freund von uns."

Jannis fügte hinzu: „Dir würde ich es zuerst zurückzahlen. Schon nach einem Monat, wenn ich mein Gehalt bekomme. Ich muss auch die Bahnfahrt bezahlen und das Hotel. Oder kannst du mir dein Auto leihen – nur zwei bis drei Tage. Und deinen Fotoapparat. Ich will die Schule fotografieren. Dann zeige ich euch die Bilder, und wir feiern. Ich lade euch alle ein. Bitte Walt, mit deinem Auto würde ich viel Geld sparen. Oder willst du mich hinfahren, und wir machen uns schöne Tage." Jannis schien davon überzeugt zu sein, dass er Walt nur um einen kleinen Gefallen bäte, der leicht zu erfüllen wäre.

Walt wiegte verneinend den Kopf. Er sagte: „Es tut mir leid, aber ich kann nicht einfach von der Arbeit wegbleiben, und mein Auto brauche ich jeden Tag."

Jannis zog ein trauriges Gesicht, und er wirkte tief enttäuscht. Er senkte den Kopf und strich sich über die Augen. Erst nach einem Moment des Schweigens, den die anderen kaum ertrugen, antwortete er: „Wir kennen uns schon einige Wochen. Ich dachte, wir sind Freunde. Aber deinen Fotoapparat kannst du mir leihen, ja?"

Walt überlegte, doch wie er mögliche Argumente auch hin- und herdrehte, ihm fiel keine überzeugende Begründung ein. Schließlich sagte er: „Ich überleg es mir. Wann hast du den Termin?"

„Andere Woche!", rief Jannis. „Es ist noch fast eine Woche, und wir sehen uns hier jeden Abend. Ich freue mich, dass ich so viele Freunde habe, griechische und deutsche."

Walt hatte sich erhoben, um sich zu verabschieden. Er griff nach der Stuhllehne, aber da hing seine Kamera nicht. Er musste sie wohl im Auto liegengelassen haben. Also machte er noch einen kleinen Umweg durch die Grabenstraße. Aber auch in seinem Auto fand er sie nicht. Das war nun ziemlich ärgerlich, denn er hatte sich fest vorgenommen, John Knobel nicht noch einmal zu treffen. Nun sah er jedoch keine Möglichkeit, dem zu entgehen. Er müsste es vor allen Dingen vermeiden, gegen Abend oder gar am Wochenende bei ihm zu erscheinen.

Gleich bei Arbeitsbeginn bat er Fräulein Hellborn, die Sekretärin des Abteilungsleiters, um einen kurzen Gesprächstermin bei seinem Vorgesetzten. Da er seit seinem Arbeitsantritt vor einem Jahr noch keinen einzigen Fehltag hatte, musste er darauf achten, dass man in seiner Umgebung, dass vor allem bei Herrn Vorholz, auch weiterhin keine Zweifel an seiner Zuverlässigkeit aufkämen. Selbst wenn es nur um zwei Stunden ging, wollte er den Eindruck eines absoluten Ausnahmefalls vermitteln. In der etwas unübersichtlichen Abteilung der Designer war das äußerst wichtig, weil diese gern das Image von Künstlern pflegten und bisweilen versuchten, sich durch unkonventionelles Verhalten von den Verwaltungsleuten und den Technikern abzuheben. Obwohl Vorholz selber einmal ein Kreativer bei der Konkurrenz in Köln gewesen war, legte er großen Wert darauf, dass vor allem die Stars unter den Entwerfern nicht allzu sehr über die Stränge schlugen. Deshalb brach er mehrmals am Tag zu einem Rundgang auf, und er runzelte die Stirn, wenn er auf rauchende und diskutierende Gruppen stieß, obwohl auch ihm niemand erklären musste, wie wichtig die Kommunikation zwischen all diesen Individualisten war. Mit Wohlwollen nahm er zur Kenntnis, wenn er Walt Passer an seinem Zeichenbrett stehen und still vor sich hinarbeiten sah. Schon um halb zehn rief die Sekretärin ihn in das Büro des Chefs.

Er habe am Montag um neun Uhr einen Arzttermin und bitte um circa zwei Stunden Urlaub. „Es ist doch hoffentlich nichts Ernstes?", fragte Vorholz. Walt Passer winkte ab und sagte: „Nein, ich bin gesund, es geht nur um eine Routineuntersuchung."

„Herr Passer, ich wollte noch über ein anderes Thema mit Ihnen sprechen", begann Vorholz. „Ich hatte Ihnen doch einen Textentwurf gegeben. Sind Ihnen dazu Verbesserungsvorschläge eingefallen?"

„Es tut mir leid, Herr Vorholz", sagte Walt Passer. „Erst am Wochenende kann ich mich damit befassen, und Sie erhalten am Montag meine Vorschläge."

„Ich will Ihnen sagen, worum es geht", sprach der Abteilungsleiter. „Der Bereich Design ist die letzte große Abteilung, die nicht binnenstrukturiert ist. Das hat den Vorteil, dass alle Fäden bei mir zusammenlaufen, aber die Nachteile sind größer. Die Geschäftsleitung hat beschlossen, dass auch wir Teamleiter einsetzen. Diese sollen weiter produktiv mitarbeiten, aber zugleich innerhalb des Teams moderieren und kommunizieren, die Verbindung zur Abteilungsleitung halten und sich gelegentlich auch mit anderen Teamleitern, vor allem dem Modellbau, absprechen. Könnten Sie sich vorstellen, diese Funktion zu übernehmen. Ich würde Sie der Geschäftsleitung gerne als Teamleiter des Zeichensaals vorschlagen."

„Oh, das kommt für mich ziemlich überraschend", sagte Walt Passer. „Aber Ihr Vorschlag ehrt mich, und ich könnte mir das gut vorstellen."

„Also, am Montag sollte ich Ihre Stellungnahme haben. Und was die Teamleitung betrifft, von mir kommt nur der Vorschlag. Die Entscheidung wird eine Etage oberhalb getroffen. Und bitte, Herr Passer, das bleibt vorerst unter uns!"

In dem Brief von Vorholz an die Geschäftsleitung ging es um die Neuordnung der Design-Abteilung. Allerdings wurden ausschließlich Strukturen, Kommunikationswege und Soziogramme aneinandergereiht. Namen wurden nicht genannt. An dem allem korrigierte Passer nichts, doch fügte er an jeden der knappen Absätze eine Begründung, und an das Ende setzte er eine vorsichtige Gesamtbewertung mit dem Blick auf die positiven Folgen für die Produktivität der Abteilung. Man musste diese Schlusssätze schon sehr genau durchleuchten, um darin auch ein dezentes Eigenlob zu entdecken. – Walt legte Wert darauf, seinen persönlichen Anteil bei der Abfassung dieses nunmehr doch recht schwergewichtigen Schreibens herunterzuspielen. Deshalb steckte er es in einen Umschlag, um diesen am Montag gleich nach seiner Ankunft in der Fabrik der Sekretärin verschlossen zu übergeben.

Am Abend wollte er nur für eine halbe Stunde zu den Griechen ins Café gehen. Obwohl er sich über die weitgehenden und wie er es empfand, unverschämten Bitten von Jannis geärgert hatte, wollte er sich nicht feige wegducken. Da seine Mittelformatkamera, die noch aus seiner Schulzeit stammte, technisch völlig überholt war, würde er es verschmerzen, wenn er sie womöglich beschädigt zurückbekäme. Eigentlich wäre es an der Zeit, sich eine Kleinbild-Kamera, eine Spiegelreflex *Made in DDR*, anzuschaffen. Das wollte er in der allernächsten Zeit angehen.

Am Montag fuhr Walt Passer nach Flörsheim und parkte sein Auto um neun Uhr vor dem Tor der Schreinerei Knobel. Als er den Hof betrat, sah er sofort, dass er zu früh war, denn in der Schreinerwerkstatt brannte noch kein Licht. Er ging zum Wohnhaus und klingelte im ersten Stock. Als sich auch beim zweiten Läuten niemand meldete, versuchte er es im Erdgeschoss. Er hörte Schritte, die Tür wurde geöffnet, und Johann Knobels Mutter stand vor ihm.

„Entschuldigen Sie bitte vielmals, Frau Knobel, wenn ich Sie am frühen Morgen störe. Aber ich habe am vorigen Donnerstag, als ich Ihren Sohn besuchte, meine Kamera in seinem Wohnzimmer liegen lassen. Meinen Sie, ich könnte hinaufgehen …?" Er war sich nicht sicher, ob das der richtige Einstieg war.

„Ach, Sie sinds!", rief sie. „Ich hab Sie gar net gleich erkannt. Natürlich, der Foto. Im Sessel war er, da hab ich ihn beim Putze gefunde. Ich hab ihn hier liege. Der Hannes schläft noch. Ich darf ihn net wecke, dann schreit er mich an. Er trinkt zu viel, Sie habe es ja erlebt. Er hat gesagt, Sie komme heut Abend wieder. Dann könnte Sie ihm ja noch mal zurede, dass er net so viel trinkt. Bitte!"

„Frau Knobel, ich habe ihm nichts versprochen. Ich fürchte, ich kann ihm nicht helfen. Er braucht eine Entziehung. Und wenn er die nicht freiwillig macht, geht er vor die Hunde. Sagen Sie ihm, er soll unbedingt zu seinem Arzt gehen. Nach der Entziehung würde ich ihn wieder besuchen. Richten Sie ihm bitte viele Grüße von mir aus. Und danke für die Kamera!"

Am Abend wurde er im Café freudig begrüßt, als er die Kamera ohne Kommentar mitten auf den Tisch legte. Jannis öffnete sie, blickte durch den Sucher und fragte: „Hast du einen Film drin?" Als Walt den Kopf schüttelte, lachte Jannis wie ein Kind, drückte mehrmals auf den Auslöser und tat so, als würde er von jedem der Anwesenden eine Porträtaufnahme machen. „Muss ich morgen einen Film kaufen", sagte er und klappte die Kamera zu. Dann wurde er ernst. „Um elf Uhr zehn morgen geht mein Zug. Alle meine Freunde kommen mit mir zum Bahnhof. Du kommst doch auch?"

„Tut mir leid", sagte Walt. „Ich war heute Vormittag nicht arbeiten. Hatte einen wichtigen privaten Termin. Und in meiner Abteilung wartet viel Arbeit auf mich. Ihr werdet es schon gut machen." Er nickte den griechischen Freunden aufmunternd zu.

Am Vortag hätten sie Jannis zum Bahnhof begleitet, erzählte Stelios. Er habe seinen neuen Anzug angehabt, und mit einem kleinen Koffer sei er in den Zug gestiegen. Alle seien sehr traurig gewesen, obwohl sie ihm alles Glück der Welt wünschten, damit er die Stelle als Griechisch-Lehrer an dem Würzburger Gymnasium bekäme. Ob er noch heute oder erst morgen zurückkäme, erkundigte sich Walt. Morgen sei erst der Termin bei dem Schulrektor, erfuhr er von Stelios.

Die nächsten Wochen vergingen wie im Flug. Nicht nur, weil Walt wirklich viel zu arbeiten hatte, sondern weil Vorholz ihn fast täglich zu sich rufen ließ, um mit ihm Details zu der Neuordnung zu beraten. Da sein Weg ihn jedes Mal durch das Sekretariat führte, wechselte er auch immer ein paar Worte mit Fräulein Hellborn, der Sekretärin. Sie gefiel ihm, und er merkte an ihrem Lächeln, dass auch sie ihn sympathisch fand. Deshalb lud er sie kurzerhand zu einem Sonntagsspaziergang im Ostpark ein. Anschließend aßen sie noch ein Eis miteinander. Der Funke hatte gezündet, sodass sie sich auch in der Woche danach zweimal trafen.

In das Café ging er nur noch selten, nicht nur weil er abends müde war, sondern auch, weil er die Gesellschaft von Ulrike Hellborn vorzog. Obwohl Jannis sich immer wieder vor seinen Freunden wie ein Pfau aufgeplustert hatte, was schwer zu ertragen war, vermisste Walt ihn, denn die anderen sprachen nur sehr schlecht Deutsch. Immerhin, so viel hatte er verstanden. Jannis habe seine Stelle angetreten, und es gehe ihm sehr gut. Stelios hatte einen Brief bekommen, in dem er erfuhr, dass Jannis ein sehr nettes italienisches Mädchen kennengelernt habe.

Nach einem Vierteljahr erhielt Walt Passer einen Brief von der Geschäftsleitung, in dem er zum Teamleiter des Zeichenbüros ernannt wurde. Er sei in allen Angelegenheiten nun direkt dem Abteilungsleiter unterstellt. Seine Verantwortlichkeiten im Team und darüber hinaus wurden detailliert aufgeführt. Vor dem Abteilungsleiter solle er seine Er nennung schriftlich bestätigen. Zwei Tage später wurden sämtliche Mitarbeiter der Abteilung zusammengerufen, wobei Vorholz die Namen aller Teamleiter bekannt gab und die neuen abgestuften Verantwortlichkeiten erläuterte. „Wenn Sie in Zukunft Fragen haben oder es sachliche Probleme gibt, dann wenden Sie sich zunächst an Ihren Teamleiter", sagte Vorholz. „Mir ist natürlich klar, dass es einer gewissen Eingewöhnungszeit bedarf, aber letztlich werden wir langfristig alle davon profitieren."

Tatsächlich dauerte es volle zwei Monate, bis die Neuerungen in allen Köpfen angekommen waren. Die wenigen, die sich übergangen fühlten, brauchten noch etwas länger, um den Kollegen an der Spitze des Teams in der neuen Funktion und Verantwortlichkeit auch zu akzeptieren.

Im Betrieb siezten Walt Passer und Rike Hellborn einander weiterhin, um ihre Freundschaft, die sich zu einer Liebesbeziehung entwickelt hatte, geheim zu halten. Doch beide genossen die sparsamen Blickkontakte, wenn Walt wieder einmal zu einer Besprechung gerufen wurde. Die Pfingstwoche hatte begonnen, die Griechen im Café erzählten, dass Jannis für eine Woche kommen wolle, um seine Freunde zu treffen. Walt stand vor seinem Zeichenbrett und überlegte, ob er Rike ein Wanderwochenende vorschlagen solle, als sie aus ihrem Büro trat und zu ihm herüberkam. „Herr Passer, kommen Sie schnell", rief sie. „Ein Anruf für Sie. Ein Freund von Ihnen. Den Namen habe ich leider nicht verstanden."

Er eilte in das Sekretariat, nahm den Hörer auf, der auf dem Schreibtisch lag und meldete sich: „Hallo, hier ist Walt Passer. Wer ist da?"

Zunächst war die Stimme am anderen Ende der Leitung vernuschelt. Doch nach einer weiteren Rückfrage verstand er: „Hier ist der John, dein alter Freund, der versoffene Schreiner aus Flörsheim. Ich bin seit drei Wochen in einer Klinik bei Wald-Michelbach auf Entzug. Das liegt im Oden wald. Du könntest mich doch an Pfingsten mal besuchen. Die geben mir hier keinen Urlaub."

„Jonny!", rief Walt. „Du hast es tatsächlich geschafft, bist in dem idyllischen Michelbach. Mann, das finde ich ganz große Klasse. Es könnte sein, dass sich das einrichten lässt. Gerade wollte ich meiner … meiner Bekannten vorschlagen, dass wir am Wochenende im Odenwald wandern. Ich werde sie fragen, und dann gebe ich dir Bescheid." Er blickte zu Rike hinüber, die neben ihrer Schreibmaschine stand und mitgehört hatte. Sie strahlte ihn an und nickte lebhaft.

„Jonny", rief Walt Passer. „Die Sache geht klar und ist schon genehmigt. Wir besuchen dich am Pfingstsonntag in Michelbach."

Die heiße Sphinx

Bei den Ausschachtungsarbeiten für den Bau eines kirchlichen Gemeindezentrums in dem Odenwalddorf Rodenthal hatte der Baggerführer immer eine Schar Zuschauer. Schulkinder blieben nur kurz stehen, ein paar Rentner hielten es länger aus, denn sie begleiteten nicht nur die Arbeit der Maschine mit ihren Erinnerungen aus früheren Jahren, sondern sie hatten auch einmal äußerst treffende, ein andermal völlig abwegige Kommentare parat. Sogar der Pastor ließ es sich nicht nehmen, immer einmal für eine halbe Stunde das Pfarrhaus zu verlassen, um das Voranschreiten der Arbeit zu verfolgen.

Der Baggerfahrer Hermann Mäscher, gelernter Schlosser, der seit beinahe einem Jahrzehnt als Baumaschinenführer arbeitete, kannte sein Raupenfahrzeug mit dessen Möglichkeiten und Grenzen. Am liebsten waren ihm Aushubarbeiten auf gewachsenem Boden, denn da hatte der Bagger einen stabilen Stand, und die Schaufel schnitt kraftvoll ins Erdreich, das nur wenig Widerstand bot. Bei Abrissen war die Arbeit mühsamer, wenn unterirdisches Mauerwerk abzuräumen war. Hier bei dem Rodenthaler Projekt lagen die Verhältnisse um einiges komplizierter. Mäscher sollte mit seinem Bagger eine Baugrube schaffen, wo angeblich vor mehr als fünfzig Jahren ein Haus abgebrannt war, das man unprofessionell abgerissen hatte. Ein Kohlenhändler hatte nach Kriegsende das Grundstück nur pachten können, weil es im Gemeinderat noch Zweifel an der Rechtmäßigkeit der Eigentumsverhältnisse gab. Er bezahlte auch nur eine geringe Pacht, denn die Gemeinde bestand auf einer jährlichen Kündigung. Der Kohlenhändler, der inzwischen auch Heizöl verkaufte, hatte auf dem Grundstück zwei Wellblechgaragen aufstellen lassen, die nun verschwunden waren, und seine Fahrzeuge parkten am Straßenrand.

Von einem Vermessungstechniker waren nur provisorische Markierungspfähle eingeschlagen worden, doch hatte man Hermann Mäscher keine Pläne in die Hand gegeben, sodass dieser sich äußerst mühsam von einem Baggerbiss zum nächsten ein grobes Bild von den unsicheren Bodenverhältnissen verschaffen musste. Als der Bagger am zweiten Tag plötzlich auf einer Seite absackte und umzukippen drohte, mussten ihn zwei Bauern mit ihren Traktoren freischleppen. Der Architekt bestellte noch einmal den Vermessungstechniker, der mit einer Stahllanze den Boden sondierte und mit weiteren Pfählen die vermuteten Abmessungen des einstmaligen Baus markierte. Ausnahmsweise erlaubte der Techniker Mäscher, diese Pfähle wegzubaggern, sofern es sich zeigen sollte, dass sie innerhalb des ehemaligen Gebäudes standen. Zunächst müsse der frühere Keller freigelegt werden, erst danach könne er die endgültigen Pfähle einschlagen und das Schnurgerüst aufstellen, so entschied der Geodät.

Nun hatte Mäscher wohl keine sicheren Anhaltspunkte, doch vorerst größte Freiheiten. Er fuhr von außen vorsichtig an die Stelle heran, wo er eingesackt war, und begann, den Boden abzutragen. Schon nach gut einem Meter förderte der Bagger allerlei Trümmer und Unrat zutage. Ein Lkw fuhr Mutterboden im Wechsel mit Mauerwerk und Balken weg. Für die Rentner gewann das Schauspiel ab jetzt ein größeres Interesse, denn sie gestikulierten lebhafter mit ihren Stöcken und versuchten, bei jedem sichtbar werdenden Mauerstück zu erraten, ob hier eine Außenwand, eine Zwischenwand oder was auch immer gewesen war.

In der Nacht hatte es so heftig geregnet, dass in der Grube eine große Pfütze stehen geblieben war. Das brachte den Vorteil, dass der Abraum nicht mehr staubte, wenn er auf die Pritsche des Lasters polterte. Doch die Erde und der Lehm, womit sämtliche Kellerräume ausgefüllt waren, klebte an der Baggerschaufel, und es fiel Mäscher schwer, Steine und Erde zu trennen. Der Hilfsarbeiter Hans, der sich bisher an seiner Schaufel festgehalten und sich schon manchmal für seine Anwesenheit insgeheim geschämt hatte, bekam ab sofort mehr Arbeit. Mal auf dem Lkw und dann auch wieder am Boden, mühte er sich mit seinem groben Werkzeug ab und musste auch immer wieder einmal mit den bloßen Händen zufassen.

Pfarrer Wohlleb war wieder einmal zu einer Stippvisite erschienen. Er hielt beide Hände vor seinem Bauch gefaltet und schenkte jedem ein mildes Lächeln, der zu der Grube kam. Als die Baggerschaufel einen großen Lehmklumpen heraufbeförderte, der an einem Ende hell metallisch aufblitzte, zuckte Wohlleb kurz zusammen und spannte seine Gesichtszüge. Hermann Mäscher und der Geistliche dachten in diesen Sekunden dasselbe: Das ist kein Messing – das sieht nach etwas Wertvollerem aus! Dem Pastor schoss es durch den Kopf, dass hier an einem Projekt seiner Kirche gewirkt wurde und dass ihm als dem geistlichen Oberhaupt der Gemeinde die Rolle des Bauherren zukam. Er erhob beide Arme in die Luft, mit denen er heftig winkte und rief: „Hierher – hierher zu mir!"

Gehorsam senkte Mäscher die Baggerschaufel zu des Pfarrers Füßen. Den armen Hans, der sich gerade mit einem an einem Balken hängenden Stück Blech abmühte, herrschte der Herr in Schwarz an: „Jetzt komm doch erst mal hier her zu mir! Trag mir *das da* hinüber auf den Treppenabsatz vom Pfarrhaus." Er selber ging gemessenen Schrittes hinter dem Bauhelfer zu dem alten, jedoch noch recht ansehnlichen Fachwerkhaus, wobei ihm auf halbem Weg Hans schon wieder begegnete, dessen Hände, Jacke und Hose nun mit Lehm verschmiert waren. „Recht so mein Sohn. Gott vergelts dir!", waren die dem Theologen als angemessen erscheinenden Dankesworte.

Den beiden Rentnern, die sich gerade in einem heftigen Disput befanden, wäre der spektakuläre Fund beinahe entgangen, wenn Wohlleb mit seinem Winken und seinem

Geschrei nicht so auffällig auf sich aufmerksam gemacht hätte. Sie begaben sich langsam auf den Weg um die Baugrube herum. Doch als sie an der Stelle anlangten, wo der Klumpen gelegen hatte, zeugten von diesem nur noch einige Lehmreste. Hans schimpfte: „Verdammte Sauarbeit! Guckt euch das an, wie ich aussch! Der scheißfreundliche Herr Pfarrer hat sich aufgespielt, als wärn wir beim Barras. Da is der Hermann en annerer Charakter. Nie übertriebe freundlich, aber immer Mensch."

„Jetzt sag schon, Hans, was war das für en Dreckknäuel, das er unbedingt haben wollte?", fragte einer der Rentner.

„Is es was Wertvolles gewese?", ergänzte der andere.

„An eim End hats a bissi geglitzert", antwortete Hans. „Aber eigentlich hat sichs angefühlt wie en Tontopf. Mich hat die ganz Sauerei überhaupt net interessiert."

„Er wirds schon wisse, weshalb er es habe wollt", meinte der erste Rentner. „Der Herr Pfarrer is gebildet, und der soll was verstehe von wertvolle Altertümer."

Auch der Baggerführer Hermann Mäscher hatte sich über den forschen Auftritt des Geistlichen geärgert, es aber nicht gewagt, dagegen aufzubegehren. Für den Rest des Tages wurde er den Gedanken und das damit verbundene ungute Gefühl nicht mehr los.

Es dämmerte schon, als Hermann in seiner schwarzen Lederkluft von seiner 250er BMW stieg und sie unter der Laterne vor dem Haus, in dem er mit seiner Familie wohnte, abstellte. Charlotte begrüßte ihn mit einem Kuss und fragte wie immer, wie sein Arbeitstag verlaufen sei.

„Mein Bagger kann nicht jeden Tag versacken. Da haben wir jetzt vorgesorgt. Aber heut hab ich anscheinend was Wertvolles aus fast zwei Metern Tiefe geholt."

„Etwas Wertvolles," fragte sie. „Nun erzähl schon! Was wars?"

Die beiden Mädchen, die am Küchentisch saßen und *Mensch ärger dich nicht* spielten, riefen: „Ein Schatz! Papa, hast du en Schatz ausgegrabe?"

„Wenn ich das nur selber wüsste!", knurrte Hermann. „Der Wohlleb stand an der Grube, und er hatte genau wie ich etwas Goldenes blinken sehen. Er war ganz aus dem Häuschen und hat dem Hans befohlen, dass er den Klumpen zum Pfarrhaus trägt."

„Und der Pfarrer hat jetzt den Goldschatz!", rief Melani, die Jüngere.

„Ich finde das gemein", protestierte Emmy, deren Gefühl für Gerechtigkeit stark ausgeprägt war. „Papa, wenn du den Goldklumpen gefunden hast, gehört er auch dir und keinem anderen."

„Nun mal sachte, meine Lieben", versuchte Hermann die Gemüter zu beruhigen. „Bauherr ist die Kirchengemeinde, und deshalb gehört alles, was auf dem Grundstück steht oder in der Erde ist, der Kirche. Ich hätte nur auch gern einen Blick drauf geworfen. Innerhalb von zwei Minuten war das Ding weg. Wenigstens bedanken hätte er sich bei mir können, der alte Stoffel."

Melani meinte kleinlaut: „Im Religionsunterricht ist er doch immer so nett."

Emmy konterte: „Und jetzt hat er den riesigen Goldklumpen. Was will er denn damit? Wir könnten uns bestimmt damit ein schönes Haus bauen."

„Kinder, macht den Tisch frei!", rief die Mutter. „Es gibt Essen. Ihr könnt nachher fertigspielen."

Während Charlotte den Tisch deckte, hatte Hermann seinen bequemen Jogging-Anzug angezogen und es sich auf der Eckbank bequem gemacht.

Während des Essens wurde nicht viel gesprochen. Mit dem Satz „Wir sparen weiter, und in ein paar Jahren bauen wir auch ohne einen Goldschatz unser eigenes Häuschen", versuchte Charlotte, das Thema abzuschließen.

Später, die Mädchen lagen längst in den Betten, hatte Hermann seiner Charlotte noch einmal alles detailliert erzählt, und er versuchte, die Sache für sich abzuhaken, indem er sagte: „So sind sie halt, die hohen Herrschaften."

Doch die beiden Mädchen fanden lange keinen Schlaf, und sie überlegten, was so ein großer Goldklumpen wohl wert sei und dass man mit dem Geld, das man dafür bekäme, sicher ein tolles Haus mit Garten oder vielleicht sogar ein Schloss bauen könnte. „Und dann wären wir die Prinzessinnen", jubelte Melani. Danach waren sie bald eingeschlafen.

Pfarrer Wohlleb hatte nach seiner Frau gerufen und ihr befohlen, *das hier* ganz vorsichtig hinunter in die Waschküche zu tragen und abzuwaschen. Indem er seine beiden Hände wie erstarrt von seinem Körper wegspreizte, obwohl er noch gar nichts angefasst hatte, sagte er, er müsse zunächst ins Bad gehen, um sich die Hände gründlich zu waschen.

Als er in den Keller kam, stand das rätselhafte Gebilde schon gesäubert und blinkend auf der Waschmaschine, während die Pfarrfrau mit dem Wasserschlauch den mit Sandsteinplatten ausgelegten Boden reinigte und die Reste von Schlamm und Lehm in den Gully in der Mitte des Raums schwemmte.

„Nun solltest du das aber noch abtrocknen, damit ich es auch anfassen und ans Licht tragen kann", mahnte der Pastor.

Die Pfarrfrau seufzte: „Oh Gottfried, was hast du uns denn da ins Haus gebracht!"

Er brummte nur etwas Unverständliches, umfasste mit beiden Händen die notdürftig abgetrocknete, anscheinend tönerne Trouvaille, trug sie, behutsam eine Stufe nach der anderen nehmend, hinauf ins Wohnzimmer und stellte sie mitten auf den Tisch. Sein Atem ging schwer von dieser ungewohnten Anstrengung. Er musste einige Male kräftig durchatmen.

Elisabeth Wohlleb betrat das Zimmer und seufzte: „Das ist ja schrecklich! Mir gefällt dieses Wesen überhaupt nicht. Ist das etwa eine Höllengestalt oder eine Art Götzenbild? Du willst es doch sicher nicht hier im Haus behalten. Warum hast du es nicht den Arbeitern gelassen?"

Er drehte die Figur etwas näher zum Fenster hin, sodass man sie besser betrachten konnte. Diese stellte ein ausnehmend hübsches Monstrum dar, ein Mischwesen mit einem geflügelten Löwenkörper, mit herrlichen, ziemlich stark idealisierten menschlichen Brüsten und einem ausgesprochen schönen Frauenkopf mit goldenem Haar. „Da sieh mal einer an!", rief der Pfarrer verblüfft. „Eine Sphinx hat sich zu uns verirrt."

„Das ist doch sicher ein heidnisches Wesen, das hier bei uns nichts verloren hat", vermutete die Pfarrfrau. „Was hast du damit vor?"

„Einen ägyptischen Sphinx müsste man als heidnisch bezeichnen, und er wäre uns in der Tat ausgesprochen wesensfremd", belehrte Wohlleb seine Frau. „Er gilt als Wächter des Totenreichs, so wie die Sphinxen bei den Pyramiden die Pharaonengräber bewachen sollten. Dies hier ist aber vom Typus her eine thebanische Sphinx, die Ödipus überwindet, indem er ihr Rätsel löst."

„Ein Rätsel hat sie gestellt?", fragte Elisabeth.

Wohlleb erzählte: „Ein Rätsel, ja. Das ging so: Was ist das? Es geht morgens auf vier Beinen, mittags auf zweien und abends auf dreien."

Sie zuckte unwillig die Schultern, worauf sie etwas übellaunig hinzufügte: „Vielleicht gab es bei den alten Griechen solche Wesen."

„Natürlich ist es der Mensch!", rief der Gottesmann mit einem überlegenen Lächeln. „Als Baby krabbeln wir auf allen vieren, dann gehen wir viele Jahre aufrecht, und im Greisenalter greifen wir zum Stock. Das leuchtet doch ein!"

„Ja-jaaa, das hast du natürlich gelesen", vermutete die Pfarrfrau. „Damals, wärst du so ein alter Grieche gewesen, wär dir das auch nicht gleich eingefallen. Aber sag mir noch, wieso hat dieser Ödipus mit der Lösung des Rätsels die Sphinx besiegt? Das leuchtet mir nicht ein."

„In diesem Rätsel, diesem Geheimnis bestand die Überlegenheit der Sphinx", erläuterte Wohlleb. „Sie hatte sich blamiert. Und nun stand sie quasi mit leeren Händen da, und sie stürzte sich aus Verzweiflung in den Abgrund."

„Na, da hat sie aber ganz schön übertrieben. Kein vernünftiger Mensch würde das heute tun. Ich hätte mich ein bisschen geärgert und wäre weggegangen."

„Nun, das ist ja keine alltägliche Geschichte von hier und heute mit biederen Dorfbewohnern als Akteuren", dozierte der Pfarrer. „Hier wird ein Mythos erzählt, hinter dem sich eine tiefere Weisheit verbirgt."

„Ach ja, ich glaube, jetzt verstehe ich den Sinn!", rief Elisabeth erfreut. „Jeden Sonntag kommen die Dorfbewohner in die Kirche, um deine Predigt zu hören. Niemand zwingt sie dazu. Sie merken, dass du mehr weißt als sie, dass du ein schier unermessliches Wissen hast. Und du verkündest ihnen ja auch nie deine gesamte Weisheit auf einmal, sondern immer nur ein kleines Häppchen, das du in eine Geschichte kleidest. Wenn die Gemeinde darauf bestehen würde, dass du einmal dein ganzes Wissen ausbreitest, könnten sie dich danach fortjagen."

Das Gesicht des Geistlichen war rot angelaufen, und sein Blick begann unruhig zu flattern. Verärgert zischte er: „Überhaupt nichts hast du verstanden! Kommst mir hier mit kommunistischen Parolen – *Wissen ist Macht* oder dergleichen! Was hat denn die Verkündigung des Gotteswortes mit Wissen zu tun? Mehr als jedem anderen Menschen hier in diesem Dorfe sollte dir bewusst sein, dass ich bei der Vorbereitung meiner Sonntagspredigt mit mir ringe, damit der Herr mir seinen Geist schickt. – Oh, Elisabeth! Ich fürchte, der Herr wollte mich prüfen. Zunächst werde ich dieses geheimnisvolle Bildwerk einmal in mein Studierzimmer bringen."

„Dann komm aber bitte gleich zurück, denn das Mittagessen ist fertig", mahnte sie.

Als Pfarrer Wohlleb von seinem Mittagsschlaf erwachte und sich gemächlich von dem Sofa im Wohnzimmer erhob, stieg ihm ein verführerischer Duft in die Nase. Die Pfarrfrau goss den Kaffee ein, und sie ermunterte Wohlleb, auch von dem Gebäck zu nehmen, das sie frisch aus dem Backofen geholt hatte. Auch sie setzte sich an den großen Eichentisch mit der Häkeldecke im Wohnzimmer. Sie beobachtete den Pastor, der anscheinend gedankenverloren auf die Tischdecke blickte und ganz gegen seine sonstige Gewohnheit stumm blieb. Sie fragte ihn: „Schmecken dir die Sankt-Albert-Kekse heute nicht? Ich habe sie zur Abwechslung einmal glasiert."

Er nahm einen Keks, biss ein Stück ab und schien kaum den Kiefer zu bewegen, um zu kauen. „Doch-doch!", sagte er, als sei er erst in dieser Sekunde erwacht. „Gut sind sie, besonders gut, sehr gut, ja-jaaa."

„Natürlich", erwiderte sie und strich kurz mit ihrer Hand über seinen Unterarm. „Ich hatte ganz vergessen, dass heute Freitag ist und du mit der Vorbereitung deiner Predigt beginnen willst." Sie blickte ihn liebevoll von der Seite an.

„Ja", sagte er. „Allmählich solltest du wissen, wie mein Dienst für die Gemeinde meiner Woche eine weihevolle Ordnung verleiht, wie die Spannung steigt, je mehr wir uns dem Tag des Herren nähern."

Elisabeth ließ ihren milden Blick für einen Moment auf dem Gesicht des von ihr noch immer geliebten und vor allem verehrten Mannes ruhen. Dann fragte sie vorsichtig: „Aber du predigst schon mehr als vierzig Jahre. Deshalb denke ich mir, dass du schon lange kein Lampenfieber mehr kennst, nicht wahr."

„Ach!", stieß er unwillig hervor. „Das ist ein gänzlich unpassendes Wort. Das Gotteshaus ist doch kein Theater! Ich glaube, anstatt täglich all die verwirrenden Meldungen in der Frankfurter Zeitung zu lesen, solltest du dich öfter in die Segenssprüche in unseren *Herrnhuter Seelentröster* versenken."

Er steckte sich den angebissenen Keks in den Mund, goss einen kräftigen Schluck Kaffee nach und erhob sich. Kauend stand er schon in der Tür zu seinem Arbeitszimmer, als er murmelte: „In einer Stunde könntest du mir einen schwarzen Tee und ein paar Kekse bringen. Ja?" Geräuschvoll schlug er die Tür hinter sich zu.

Gottfried Wohlleb hatte es sich in dem Lehnstuhl hinter seinem Schreibtisch bequem gemacht und die Schreibtischlampe mit dem Schirm aus einer feinen Tierhaut angeknipst, die ein warmes Licht verbreitete. Der Raum besaß zwei Fenster, auf die der Pfarrer von hier blickte, doch nur im Winter fand das Sonnenlicht den Weg in den düsteren Raum, da die riesigen Kastanien vom Frühjahr bis zum Herbst die Fassade verdunkelten. Elisabeth hatte schon mehrfach angeregt, doch wenigstens einen der alten Bäume fällen zu lassen. Doch davon wollte der Pastor nichts wissen, da er meinte, dass mit dem hellen Tageslicht sich vielleicht die moderne Zweckrationalität hereindrängen könnte, die womöglich das Metaphysische, den Heiligen Geist vertriebe.

Wohlleb griff nach dem dicken schwarzen Heft im Quart-Format, das er kurz öffnete und schnell wieder schloss. Nein, er konnte noch nicht beginnen! Während des Mittagsschlafs hatte er von der Sphinx geträumt, die ihm allerdings bedeutend größer erschienen war, ihn beinahe um Haupteshöhe überragt hatte. Er musste sie noch einmal genau ansehen, um dann konzentriert und ohne jegliche Ablenkung seine Predigt niederzuschreiben.

Mühsam erhob er sich und näherte sich mit zögernden Schritten dem Harmonium, auf dem das Werk stand. – Recht klein ist sie, vielleicht fünfzig Zentimeter hoch, dachte er. – Und nicht annähernd so bedrohlich wie in meinem Traum. Doch was mochte der Künstler sich wohl gedacht haben, als er die Figur nicht hell, sondern schwarz glasierte! Nur an wenigen Stellen war es ein tiefes Schwarz, das mal in ein dunkles Grau, mal in ein schweres Braun, und das im Gesicht und an den Brüsten in einem abgründigen Ultramarin changierte. Ja, diese schwellenden Brüste waren wunderschön! – Er konnte ja einmal mit den Kuppen von Zeige- und Mittelfinger darüberstreichen. Und dann die aufgerichteten Brustwarzen, die der Künstler nicht rot bemalt, sondern vergoldet hatte! Das hätte ihn, so erinnerte er sich, vor einem Jahrzehnt noch ein wenig verwirrt, um nicht zu sagen: erregt.

Und nun dieser bannende Blick! Es war kaum möglich, ihm zu entgehen. Zweifelsfrei waren es menschliche Augen, keine Tieraugen. Ihre Lider hatte die Sphinx so weit geöffnet, dass man oberhalb und unterhalb der Iris noch einen schmalen weißen Streifen sehen konnte. Nein, sie war kein Dämon, denn der Blick hatte nichts Bedrohliches; er war fordernd! Alles Menschliche, das Gesicht und die Brüste blieben ganz ruhig, nur die goldenen Haare schienen von einem heftigen Windstoß umhergewirbelt zu werden. Ihren kräftigen Schwanz hatte die Sphinx neben dem linken Schenkel ruhig abgelegt, doch der übrige Tierkörper wirkte angespannt, fast wie auf dem Sprung, was man an der sich deutlich abzeichnenden Muskulatur des Ansatzes der ganz leicht angehobenen Flügel, der Schulterpartie, vor allem aber der Hinterläufe erkennen konnte. Wie saß dieses Mischwesen eigentlich? Ruhte es auf den Gesäßbacken, oder hob es diese schon ein wenig an? Dennoch hatte das Wesen eine deutliche Verbindung zum Boden.

Wohlleb drehte die Figur zur Seite, wandte den Kopf und bückte sich. – Himmel, das hätte ich nicht für möglich ge halten! Ich dachte, das gäbe es nur im Zoo bei den schamlosen Pavianen, bei deren Käfig wir unsere Schritte beschleunigt hatten, denn das war allzu peinlich gewesen, erinnerte er sich. – Und nun diese einmalige, diese wollüstige Sphinx, die wie auf Kissen auf dem geröteten, dem erhitzten Fleisch ihres Geschlechtes saß!

Der Pastor wischte sich ein paar Schweißperlen von der Stirn. Dieses gotteslästerliche Bildwerk konnte nicht hier in diesem Haus bleiben! Aber er hatte nun nicht die Zeit, darüber mit kühlem Kopf nachzudenken oder gar eine gottgefällige Entscheidung zu treffen. Also wandte er sich kurz entschlossen zu seinem Schreibtisch, ließ sich in seinen Lehnstuhl sinken und öffnete das schwarze Heft auf einer neuen Seite. Mit der braunen Tinte seines Füllfederhalters schrieb er:

Freitag vor dem dritten Sonntag nach Trinitatis
L. G.! Es steht geschrieben in Psalm 90: Unser Leben
währet siebzig Jahre, und wenn's hochkommt, so sind's
achtzig Jahre, und wenn's köstlich gewesen ist, so ist es
Mühe und Arbeit gewesen; denn es fährt schnell dahin,
als flögen wir davon.

Er begann sein Konzept grundsätzlich mit *L. G.*, das für *Liebe Gemeinde* stand, obwohl er sich das eigentlich hätte ersparen können. Denn seit vier Jahrzehnten sprach er seine Gemeinde in dieser Weise an. Doch hier am Schreibtisch sollten ihn die beiden Buchstaben daran erinnern, dass er keine erbauliche Abhandlung für das Sonntagsblatt schrieb, sondern dass er in zwei Tagen auf der geschnitzten und in zahlreichen Grautönen bemalten Kanzel stehen, auf die Häupter der ihm als Hirte anvertrauten Gemeinde hinabblicken und ihnen die Frohe Botschaft verkündigen würde. Das Rätsel der thebanischen Sphinx hatte ihn auf das Thema der menschlichen Lebensalter gebracht. So wollte er vom Alten Testament über die griechische Antike den Bogen bis in die Gegenwart spannen.

Ein leises Klopfen kam von der Tür.

„Ja, bitte!", rief er mit gedämpfter Stimme, als befände er sich in tiefer Meditation über die Botschaft der Bibel.

Es war seine Frau, die den quietschenden Dielenboden auf Zehenspitzen betrat, Tee und Gebäck vorsichtig auf den Schreibtisch stellte und sich schon wieder lautlos zurückziehen wollte, als sie stockte: „Du hast noch gar nicht angefangen! Ist was mit dir? Du wirst doch hoffentlich nicht krank?"

„Ach was!", entfuhr es ihm unwirsch. Dann sprach er in milderem Ton weiter: „Ich musste über deine recht befremdlichen Worte nachdenken, die du heute Mittag über die Bedeutung der Predigt geäußert hast. Mich hat das sehr besorgt. Wo liest du solche Sachen – doch nicht etwa in der Zeitung?"

„Ach, entschuldige bitte, mein lieber Gottfried. Nein, ich weiß es selber nicht, wie ich darauf gekommen bin. Es tut mir sehr leid." Mit hängenden Schultern verließ sie den Raum.

Der Pastor schraubte wieder seinen Füllhalter auf und schrieb nieder, was seine Fantasie ihm an Bildern eingab: Von krabbelnden Kleinkindern, von spielenden und tobenden Schulkindern, von arbeitsamen Erwachsenen und von müden und nachdenklichen Greisen mit der Hand am Stock auf der sonnigen Bank vor dem Häuschen sitzend und das Leben und Treiben auf der Straße beobachtend. Das alles floss ihm beinahe schneller zu, als er es niederschreiben konnte. Er verwob die vertrauten Alltagserfahrungen mit der Weisheit des Psalmschreibers und illustrierte dieses wiederum mit dem antiken Mythos, um schließlich beim Sinn und Ziel des Lebens eines Christenmenschen anzulangen, einer rechtschaffenen und gottesfürchtigen Lebensführung und der Hoffnung auf Gnade angesichts der unvermeidlichen und vielfältigen Sünden, auf die er jedoch auf keinen Fall näher eingehen wollte.

Er lehnte sich zurück und versuchte sich zu vergegenwärtigen, welcher Verfehlungen er sich in den letzten Stunden wohl schuldig gemacht hatte. Aus dem Bücherregal zog er einen Bildband über das Werk des flämischen Malers Hieronymus Bosch und öffnete die mit einem Lesezeichen markierte Seite mit dem Tisch der sieben Todsünden. Er fragte sich, wie er als überlegener Seelenhirte den armen Sündern seiner Gemeinde drohend ins Gewissen reden konnte, wenn er selbst derart schwach war, dass ihm der Hochmut, die Wollust, der Zorn, der Neid und die Faulheit als Vorwürfe unmittelbar vor Augen standen! Dennoch musste er sich eingestehen, dass auch er als Gottesmann nur ein Mensch mit allen menschlichen Schwächen war, allen auch nur denkbaren Anfechtungen ausgesetzt und auf die Gnade des Herren angewiesen war.

Mit den Armen auf den Lehnen stemmte er sich in die Höhe. Ja, trotz aller Verzögerungen und Umwege war er mit seiner Sonntagspredigt doch recht zügig zu Ende gekommen. Er würde sie morgen noch einmal durchlesen und sich dann, wie er es immer tat, seinen Spickzettel für die Kanzel schreiben, denn natürlich würde er seine Predigt frei halten und nicht ablesen.

Noch einmal trat er zum Harmonium und blickte die Sphinx an. Mit einer Fingerkuppe strich er leicht über eine Wange, dann über die unwiderstehlichen Brüste. Als er in die goldene Haarpracht fasste, musste er an Gretchen denken, wie sie den gestohlenen Goldschmuck vor dem Spiegel anlegt und ausruft: *Nach Golde drängt / Am Golde hängt / Doch alles! Ach wir Armen!* Er drehte den Kopf der Sphinx zur Wand, bückte sich, und ein Schauer lief ihm über den Rücken, denn dieses zarte Polster, das dieses Wesen mit lüsterner Energie gegen den Deckel des Harmoniums presste, erschien ihm jetzt bei sinkender Sonne in einem feurigen Rotviolett.

„Ach was für ein Unsinn!", sprach er halblaut vor sich hin, und er dachte weiter: Wieso soll das eine Sünde sein! Es ist doch nur ein Traum, eine Art Spiel. Es schenkt mir ein kleines Glücksgefühl und schadet niemanden. Wir modernen evangelischen Christen stehen nicht wie die Menschen im Mittelalter unter dem Diktat des Vatikans oder der Inquisition. Da es für uns keine Todsünden gibt, dürfen wir guten Gewissens alle fleischlichen Freuden genießen.

Ein Gerücht kursierte im Dorf zunächst nur unter den Schulkindern, dann auch unter den Erwachsenen und natürlich auch unter den Rentnern, die wieder öfter zu der weiten Baugrube kamen. Der Müller Karl und der Leinß Herbert bestätigten, dass sie es gesehen hätten, aber nicht genau. Der Wohlleb hätte es gar zu eilig gehabt und den Hans angetrieben, dass er es wegtrug zum Pfarrhaus. Von Gold hatten sie eigentlich nichts erkennen können, nur eben einen dreckigen Klumpen. Alle, die hier an der Baugrube diskutierten, wunderten sich überhaupt nicht, dass man dieses oder jenes alte Gelump finden könnte, wenn ein zugeschütteter Keller nach fünfzig Jahren ausgebaggert wird, dass aber gerade der Gemeindpfarrer, der sich gewöhnlich nur in Zeitlupe bewegte, einen derart heftigen Eifer entwickelt hatte, das musste einen doch zum Grübeln bringen.

Die Baugrube bildete in der Tat ein riesiges rechteckiges Loch und war natürlich viel zu groß für den geplanten Bau. Das hing damit zusammen, dass Hermann Mäscher zunächst das alte Kellergeschoss freilegen und abtragen musste. Da es offenbar keine alten Pläne gab, musste der Bagger den Grundriss rekonstruieren, der, wie es sich nun zeigte, geradezu zerklüftet wirkte. Nach drei Seiten gab es vorspringende Mittelrisalite, dazu kam nach vorne ein von vier Säulen getragener Portikus und nach hinten eine sich über die gesamte Breite erstreckende Kolonnade, an die sich vor dem Garten eine Terrasse angeschlossen hatte. Dies alles mit Ausnahme der Terrasse, war unterkellert gewesen.

Hermann Mäscher legte von der linken Seite her eine flach abfallende Böschung an, damit er mit dem Bagger auf die Sohle der Grube hinunterfahren konnte, um den Grund einzuebnen. Diesmal musste ein Vermessungsingenieur mit zwei Gehilfen kommen, denn es ging jetzt darum, wegen der zu großen Grube ausnahmsweise die Schnurgerüste nicht oben, sondern unten auf der Sohle aufzustellen. Der Ingenieur nivellierte zunächst zwei Messpunkte schräg hinab in die Grube, was anscheinend einige Umstände bereitete.

Während der Nivellierarbeiten hatte Mäscher die Kabine des Baggers verlassen und vom Grubenrand aus zugeschaut. Sogleich gesellte die heute fünfköpfige Rentnergruppe sich ihm zu und versuchte, ihn in ein Gespräch zu verwickeln. Natürlich wollten sie erfahren, was er vor einer Woche ausgebaggert und dem Pfarrer vor die Füße gelegt hatte. Wahrheitsgemäß antwortete er, dass er es nicht wisse und dass es ihm letztlich auch egal sei. Als die Alten weiterbohren wollten, ließ er sie wortlos stehen, stieg wieder in seine Kabine und lenkte den Bagger auf den Tieflader, der gerade angekommen war. Danach fuhr er mit seiner 250er zur Baustelle im Nachbarort, wo er heute den Bagger nur abladen und morgen mit einer neuen Baugrube beginnen würde.

Auch zum Bürgermeister war das Gerücht von dem Goldschatz vorgedrungen, der durch seine Sekretärin, deren Jüngster noch in die Schule ging, davon erfahren hatte. „Das glaub ich nicht, bevor ichs nicht gesehen hab. Sofort geh ich hin und rede mit dem Baggerführer. Wenns keiner weiß, der muss es wissen!" Doch als er zur Baugrube kam, in der nur die frisch eingerichteten Schnurgerüste standen, war der Bagger weg, und ausnahmsweise stand kein einziger Mensch am Rand, denn im Moment gab es nichts Bemerkenswertes zu sehen. – Ins Pfarrhaus geh ich jetzt nicht, sagte er sich. – Das wär ja noch schöner! Ich käme mir wie ein Bittsteller vor. Nein, ich rufe ihn an.

Bei der Rückkehr in sein Büro erfuhr er, dass der Pfarrer vor wenigen Minuten angerufen habe und ihn, den Bürger meister hatte sprechen wollen. „So ist es mir lieber. Bestimmt will er etwas von mir. Jetzt kann ichs abwarten", sagte er zur Sekretärin und wandte sich einer Akte zu, deren Studium er vor einer halben Stunde unterbrochen hatte.

Tatsächlich rief Wohlleb am selben Nachmittag noch einmal an. „Herr Bürgermeister", sprach er. „Die Baustelle macht mir große Sorgen. Die Kosten drohen außer Kontrolle zu geraten, noch bevor wir den Grundstein gelegt haben. Wir benötigen dringend materielle Unterstützung von der weltlichen Gemeinde."

„Nicht wir, sondern die Kirchengemeinde ist die Bauherrin", erwiderte Bürgermeister Kandter ungerührt. „Sicher haben Sie einen Finanzierungsplan, den Sie mit dem Kirchengemeinderat und der Landeskirche abgestimmt haben. Wir wollen Ihnen da in keiner Weise hineinreden. Vergessen Sie bitte nicht, dass wir Ihnen mit dem Erbbauvertrag und der symbolischen Pacht in Höhe von jährlich zehn Mark bereits sehr großzügig entgegengekommen sind. Dafür bin ich im Gemeinderat schon arg gescholten worden, vor allem von den wenigen Katholiken."

„Diese riesige Baugrube war nicht geplant", sagte Wohlleb. „Wir wollten den Bau nicht unterkellern, sondern ihn, um Kosten zu sparen, einfach auf eine Betonplatte stellen. Und nun?"

„Sie wussten, dass es einen Vorgängerbau gab", erinnerte Kandter. „Da war also kein gewachsener Boden. Sie könnten den Bau auf sechs Pfeiler stellen und um diese herum alles auffüllen. Oder Sie nutzen die Gelegenheit, unterkellern doch und gewinnen zusätzlichen Raum. Aber da habe ich nicht mitzureden."

„Sie hätten das Grundstück, das der Gemeinde auf so fragwürdige Weise zugefallen ist, auch nicht einfach verkaufen können", mahnte der Geistliche. „Nur eine karitative Verwendung kann hier eine Art Sühne bilden."

„Was im November 1938 passiert ist, steht hier nicht zur Debatte", sagte Kandter in einem schärfer werdenden Ton. „Ich bin in jenem Jahr geboren worden. Wir leben heute in einer Demokratie, und das Gelände ist als unbelastetes Eigentum der Gemeinde im Grundbuch eingetragen. Aber, Herr Pfarrer," der Bürgermeister räusperte sich. „Wenn wir schon dabei sind, uns Eigentumsrechte ins Gedächtnis zu rufen, möchte ich Ihnen eine Frage stellen. Im Dorf geht das Gerücht um, bei den Ausschachtungsarbeiten sei durch den Bagger ein wertvolles Objekt nach oben befördert worden, das Sie persönlich an sich genommen hätten. Können Sie mir das bestätigen?"

Wohlleb versuchte, amüsiert zu lachen. „Was die Leute sich so ausdenken – wertvolles Objekt! Eine Keramik ist es ohne besonderen Wert. Das kann ich Ihnen versichern."

Joseph Kandter konnte seinen Ärger kaum unterdrücken. „Wert hin, Wert her! Aber die Keramik gehört nicht Ihnen, sondern der bürgerlichen Gemeinde. Ich muss Sie hiermit auffordern, diesen Gegenstand binnen kurzem hier in meinem Büro abzuliefern."

„Wenn Sie sagen würden, dass ich einen Bodenfund nicht behalten darf, müsste ich Ihnen zustimmen", erklärte Wohlleb ruhig. „Doch eine wirkliche Entscheidung kann nur die Denkmalschutzbehörde treffen."

„Das lassen Sie mal meine Sorge sein. Also, Sie bringen mir schleunigst die besagte Keramik, und ich werde alles Weitere mit dem Denkmalschutz veranlassen. Ich danke Ihnen für die Informationen. Auf Wiederhören, Herr Pfarrer." Bürgermeister Kandter legte auf, ohne Wohlleb noch die Möglichkeit zu einer Erwiderung zu geben.

„Donnerwetter!", rief Kandter, der am nächsten Tag erst nachmittags in sein Amt kam, nachdem er von einer Besprechung mit dem Landrat zurückgekehrt war. „Das ging ja schneller, als ich gedacht hatte."

Die Sekretärin lächelte. „Anscheinend wusste er, dass Sie nicht da sind. Er kam Punkt elf Uhr und hatte das empfindliche Stück in einige Bögen Zeitungspapier eingeschlagen."

Nun stand die schwarze Sphinx mit den goldenen Haaren mitten auf dem Schreibtisch des Bürgermeisters. Er setzte sich und drehte die Plastik einmal langsam um ihre eigene Achse. „Schön", sagte er, indem er triumphierend grinste. „Wirklich ein schönes Stück. Kann mir gut vorstellen, dass der alte Speckjäger es gerne behalten hätte. Ja, danke, Frau Kiesewetter, stellen Sie es da drüben auf den Aktenschrank. Ich muss dann wohl mal mit dem Denkmalamt telefonieren. Dann sehen wir weiter."

„Darf ich Ihnen einen Vorschlag machen, Herr Kandter?", fragte Frau Kiesewetter etwas unsicher. „Am Telefon lässt es sich doch ganz schwer beschreiben, was das für ein Gebilde ist. Wenn wir ein Foto hätten, könnte man das einem kurzen Brief beilegen, und die Fachleute wüssten gleich Bescheid."

„Ausgezeichnete Idee!", rief der Bürgermeister. „Es kommt ja auf ein paar Tage nicht an. Ich bringe morgen meinen Foto-Apparat mit, und dann machen wir das so. Das wird dann nur ein kurzes Anschreiben. Ich wüsste auch gar nicht, wie ich dieses komische Wesen beschreiben sollte. Schließlich bin ich ein Verwaltungsfachmann. Ich kann auch gar nicht abschätzen, ob der Kitsch überhaupt etwas wert ist."

Es vergingen drei, dann vier Wochen, und die schwarz-goldene Gestalt begann schon leicht einzustauben, sodass sie zunehmend unauffälliger vor der angegrauten Wand erschien. Dann traf vom Direktor des Landesdenkmalamts ein Brief ein. Er bedankte sich wortreich für die Mitteilung und das Foto und lobte das korrekte Verhalten der Ortsverwaltung. Bedauerlicherweise würden derartige Funde auf dem Lande allzu oft unterschlagen und verschwänden illegal im privaten Bereich der Verantwortlichen. Die Denkmalbehörde sei jedoch nur für echte Bodenfunde, also Altertümer, zuständig.

Hier handele es sich jedoch um einen Fund, zu dem der Eigentümer fehle. Es handele sich bei der Sphinx um das ausgesprochen schöne Exemplar einer Jugendstilplastik, die besonders gut in die Sammlung des Landesmuseums passen würde. Er habe den Museumsdirektor darauf hingewiesen, der sehr interessiert sei und, sobald es seine Zeit erlaube, persönlich nach Rodenthal kommen wolle.

Bürgermeister Kandter strahlte über das ganze Gesicht. „Unser Dorf, der Name Rodenthal, wird bald im Landesmuseum und darüber hinaus ein fester Begriff sein, wenn unsere Sphinx einmal dort steht. Bei der Vorstellung werde ich es mir nicht nehmen lassen, persönlich hinzufahren. Es soll ja ein großes, ein sehr reiches Museum sein, und es ist wirklich an der Zeit, dass ich mal hinkomme. Würden Sie auch mitfahren, Frau Kiesewetter?", fragte er.

„Aber natürlich, Herr Kandter!", rief sie freudig erregt.

„Dann fahren wir zu viert in meinem Auto", entschied er. „Meine Frau und Ihr Mann kommen selbstverständlich auch mit. Die Gemeinderäte werden Fahrgemeinschaften bilden, denke ich. Dann sind wir eine respektable Abordnung."

Der Museumsdirektor hatte es offenbar nicht eilig, diese Kostbarkeit seiner Sammlung einzuverleiben. Allein um einen Brief an Bürgermeister Kandter zu schreiben, brauchte er zwei Wochen. Er habe die Absicht, persönlich zum Fundort zu kommen, schrieb Dr. Feinlein, doch bitte er um Verständnis dafür, dass der Augenschein des Objekts ihm nicht genüge und er unbedingt Einzelheiten zu dessen Provenienz benötige wie genaue Bestimmung des Fundorts, die Eigentumsverhältnisse des Grundstücks in den letzten hundert Jahren und weitere Auskünfte über die Eigentümer. Er bitte die Ortsverwaltung, in den Akten zu recherchieren und die Direktion zu benachrichtigen, sobald alle Daten vorlägen. Dann könne man telefonisch einen Besuch vereinbaren.

„Da kommt nicht nur eine unangenehme Arbeit auf mich zu, ich muss mich auch mit einer Zeit befassen, die ich längst für mich abgehakt hatte, die Nazi-Zeit", sagte der Bürgermeister zu seiner Sekretärin.

Sie versuchte, seine Bedenken zu zerstreuen: „Es trifft Sie doch keine Schuld. Sie waren damals ein Kind. Unsere Eltern, ja, die hatten alle mehr oder weniger was mit dem System von Hitler zu tun. Aber Sie und ich, wir können unsere Hände in Unschuld waschen."

„Ich meine ja keine direkte Schuld. Natürlich waren wir Kinder. Sie kamen mit ihren Eltern aus Oberschlesien, und ich bin hier aufgewachsen. Und wir dachten beide, wir sind eine neue Generation, die für das neue, das demokratische und bessere Deutschland stehen. Den braunen Sumpf mit allem was dazugehört, wollten wir hinter uns lassen, am liebsten vergessen. Ich habe mit Absicht die Verwaltungslaufbahn eingeschlagen, weil ich mit der Tagespolitik möglichst wenig zu tun haben wollte. Ich bin kein Parteipolitiker, sondern ein Lokalpolitiker."

„Das ist Ihnen doch bisher gut gelungen", bestätigte sie. „Sie sind beliebt in Rodenthal, weil man merkt, dass Sie als Parteiloser keine Gruppeninteressen bedienen, sondern das Gemeinwohl im Blick haben. Ich meine, Sie haben sich nichts vorzuwerfen, was die Alten früher verbockt haben."

„Sie sprechen von den Alten. Doch was die denken, was die damals sagten und entschieden, das steht mir noch heute vor Augen, nicht zuletzt mit dieser verrückten Sphinx hier über unseren Köpfen und der offenen Baugrube, aus der sie auferstanden ist. Ich will Ihnen etwas erzählen, damit Sie das besser verstehen. Vielleicht machen Sie uns einen Kaffee."

Frau Kiesewetter hatte die Kaffeekanne und zwei Tassen auf Kandters Schreibtisch gestellt, ihren Stuhl von der Schreibmaschine herübergeholt und an den Schreibtisch ihres Chefs geschoben. Sie arbeitete lange genug für Kandter, um zu wissen, dass dieser ausnahmsweise einmal weiter ausholen wollte.

Mit einer Kopfbewegung wies er kurz zum Arbeitsplatz von Frau Kiesewetter und sagte: „Soweit ich Fakten erwähne, die den Fall direkt betreffen und für Herrn Dr. Feinlein eventuell von Interesse wären, könnten Sie sich ein paar Notizen machen."

Sie verstand, holte Stenoblock und Bleistift und setzte sich wieder, nun allerdings in deutlich aufrechter Haltung und mit gespannter Aufmerksamkeit.

„Der Platz, wo wir jetzt die Baustelle haben, hat keinen Namen. Ist das nicht sonderbar?", fragte Kandter.

Frau Kiesewetter stimmte zu. Nach kurzer Überlegung ergänzte sie: „Ich meine, ich hätte schon mal den Namen Löwenplatz gehört."

„Richtig", bestätigte Kandter. „Die Villa hieß im Volksmund auch Löwenhaus, weil sie Salomon Löwy gehörte. 1938 bekam der Platz offiziell den Namen Adolf-Hitler-Platz. Seit 1945 ist er namenlos."

„Wissen Sie, ob dieser Löwy hier unbeliebt war, weil man ihm sein Haus abgefackelt hat?", fragte sie.

„Überhaupt nicht! Im Gegenteil", erwiderte er. „Mein Vater hat mir erzählt, dass Löwy den Viehhandel fast im gesamten südlichen Odenwald beherrschte. Als einziger Einwohner des Dorfes besaß er ein Automobil mit Chauffeur, während der Arzt Dr. Piscator mit einem Einspänner seine Patienten aufsuchte. Löwy soll sehr großzügig gewesen sein. Zum Beispiel finanzierte er den Bau der Volksschule."

„Er muss doch Feinde gehabt haben", wandte sie ein.

„Über all die Jahre nicht, denn das gesamte Dorf profitierte von seinen Steuerzahlungen und den Arbeitsplätzen. Mehrere Bauern führten für ihn die Viehtransporte durch. Natürlich gab es ab 1933 ein paar Nazis, eine unbedeutende kleine SA-Ortsgruppe. Die marschierten am Sonntagvormittag um die Zeit des Gottesdienstes mit ihren genagelten Stie feln lautstark durch die Hauptstraße und sangen das *Horst-Wesssel-Lied*. Aber man nahm die Spinner nicht ernst, erzählte mein Vater. Es soll hier im Ort keine zehn jüdischen Familien gegeben haben, sodass sich ein Synagogenbau nicht gelohnt hätte. Sie gingen am Sabbat zum Beten nach Unterrod. Aber wie Sie wissen, brannte es in der sogenannten Reichskristallnacht in ganz Deutschland, und hier haben natürlich die SA-Leute die Fackeln in die Fenster der Löwy-Villa geworfen. Es ist kein Geheimnis, dass die gesamte Aktion von Berlin aus angezettelt worden war. Noch in derselben Nacht soll Löwy mit seiner Frau und den beiden Kindern den Ort mit nur zwei Koffern verlassen haben. Dabei saß er selber am Steuer seines Autos. Nur unter vorgehaltener Hand hat man danach den Namen Löwy noch ausgesprochen."

Die Sekretärin blickte von ihren Notizen auf und folgte gespannt Kandters Erzählung.

„Der damalige Bürgermeister Reitzker war ein Nazi. Man sagte übrigens damals *PG* als Abkürzung für Parteigenosse. Reitzker ließ vor der ausgebrannten Villa mit dem eingestürzten Dachstuhl ein Schild aufstellen mit der Aufschrift: *Steinbruch nur für arische Rodenthäler*. Zunächst traute sich niemand so recht. Doch nach kurzer Schamfrist dachte mancher, er könne sich mit dem kostenlosen Baumaterial ein Häuschen bauen. Mein Vater, der in der Ledermanufaktur bei der Gerberei am Finkenbach arbeitete, verstand sich mit den hiesigen Bauern gut, weil er sie mit Lederzeug für ihre Pferde versorgte. Ein Bauer lieh ihm ein Fuhrwerk mit einem Knecht, sodass sie mehrere Fuhren mit Buntsandstein abtransportieren konnten. Das gesamte Kellergeschoss meines Elternhauses wurde mit behauenen Quadern des Löwenhauses gemauert. Es war ein bescheidenes, ein winziges Häuschen. Ich habe es gleich nach dem Tod meiner Eltern verkauft, denn es war mir zu klein, zu unbequem. Als der Krieg angefangen hatte und immer mehr Männer eingezogen wurden, kamen Zwangsarbeiter in die Lederfabrik, und mein Va ter war als Aufseher im Maschinensaal unabkömmlich. Angeblich war er bei diesen Leuten beliebt, weil er nie einen geschlagen hat und sich darum kümmerte, dass sie immer genug zu essen bekamen. Die Fabrik hat einen großen Aufschwung erlebt und hat fast nur noch für staatliche Stellen gearbeitet. Nicht nur jeder Soldat brauchte ein schönes Lederkoppel mit einem blinkenden Metallschloss. Auch die SA-Leute und sogar die Pimpfe bei der HJ trugen ein schwarzes Koppel mit Schulterriemen."

„Waren Sie auch bei der Hitlerjugend?", fragte Frau Kiesewetter.

„Ich war noch zu jung dafür. Aber ich muss gestehen, dass mir das damals gefallen hätte. Ich habe die großen Buben wegen ihrer schicken Kluft beneidet."

„Und Ihr Vater – war er in der Partei?"

„Nein, er hat sich aus allem rausgehalten. Er war völlig unpolitisch. Er war ein Familienmensch."

„Jetzt noch mal zum Löwenhaus, Herr Kandter", schaltete Frau Kiesewetter sich ein. „Wie ist das Grundstück dann Eigentum der Gemeinde geworden?"

„Es gibt dazu keine Unterlagen. Mir ist jedenfalls nichts bekannt. Die Eintragung im Grundbuch datiert vom Jahr 1940, kam also noch unter Reitzker zustande. Aber eingeebnet wurde der Platz erst 1946. Daran kann ich mich noch erinnern."

Kandter hatte seinen Kopf auf den linken Ellenbogen gestützt und rieb sich mit der Rechten die Augen. Mit einem Mal wirkte er müde und antriebslos, was auch seiner Sekretärin nicht entgangen war. Deshalb fragte sie vorsichtig: „Können wir noch eine Kleinigkeit klären? Die wichtigsten allgemeinen Fakten habe ich festgehalten. Die familiären natürlich nicht. Obwohl die jungen Leute heute gerne sagen, auch das Private sei politisch. Aber das verstehe ich nicht ganz."

„Ja, was wollten Sie denn noch fragen, Frau Kiesewetter?"

„Ach so, ja. Hat sich jemals ein Mitglied der Familie Löwy hier gemeldet? Oder weiß man, wo sie geblieben sind?" Sie setzte ihren Bleistift auf den Stenoblock und blickte ihren Chef gespannt an.

Kandter, der den Arm aufgestützt hatte, legte das Kinn in die offene Hand. „Man hat nichts mehr von ihnen gehört. Nur Gerüchte gab es. Die Kinder sollen nach England gebracht worden sein. Löwy und seine Frau seien angeblich wegen eines Devisenvergehens verhaftet und in ein Arbeitslager geschickt worden. Aber das weiß ich nur vom Hören-Sagen."

„Ich könnte in den nächsten Tagen mal in den Einwohnerverzeichnissen nach den Namen der Kinder suchen. Sind Sie damit einverstanden?" Sie blickte ihn fragend an.

„Wenn Sie meinen, dann machen Sie's. Fragt sich nur, was das bringen soll." Kandter lehnte sich zurück und strich sich über die Stirn. „Schlafende Hunde wecken …?" Er schüttelte den Kopf, erhob sich, brummte ein wenig unwillig und trat zum Fenster. Draußen schien die Sonne. Kinder radelten auf dem Rathausplatz umher, fuhren Achten, einer riss den Lenker in die Höhe und versuchte, auf dem Hinterrad zu fahren, wobei er stürzte. „Das haste davon", murmelte Kandter vor sich hin.

„Ich hab Sie nicht verstanden", meldete sich die Sekretärin noch einmal.

„Ach nein. Es ist nichts", antwortete er.

Joseph Kandter wirkte in diesen Tagen etwas angeschlagen, kam jedoch weiterhin in sein Büro. Er klagte über Kopf- und Gliederschmerzen. Den größten Teil des Tages saß er müde und untätig hinter seinem Schreibtisch. Sein trüber Blick schien kaum zu erfassen, wie Frau Kiesewetter sich im Raum bewegte und agierte. So kam der Anruf von Museumsdirektor Dr. Feinlein eigentlich zur Unzeit. Da Kandter noch im mer auf die Präsentation der Sphinx und den Empfang im Landesmuseum fixiert war, mit seiner Frau auch schon über den Kauf eines neuen Anzugs für sich und eines eleganten Kleids für sie gesprochen hatte, sollte dieser große Auftritt nicht mehr allzu lange hinausgeschoben werden.

„Ja. Herr Dr. Feinlein, kommen Sie bitte möglichst bald", sprach Kandter in die Telefonmuschel. „Wir freuen uns auf Ihren Besuch. Ich bin im Moment gesundheitlich nicht ganz auf dem Damm, aber meine Sekretärin, Frau Kiesewetter, die eigentlich eine vollwertige Sachbearbeiterin ist, könnte mich notfalls vertreten. Ich habe mit ihr alles durchgesprochen, sodass sie Ihnen die notwendigen Auskünfte erteilen kann."

Der Direktor zeigte sich besorgt: „Aber Herr Bürgermeister, es wird doch nichts Ernstes sein – und das bei diesem schönen Wetter!"

„Der Arzt meint, es sei eine Art Sommergrippe. Wenn das Fieber steigt, müsste ich zu Hause bleiben. Aber ich rechne nicht damit. Wir halten also fest, dass Sie übermorgen gegen vierzehn Uhr hier sind."

„Dann bleibt mir nur noch, Ihnen baldige Genesung zu wünschen, mein lieber Herr Kandter. Und dann bis übermorgen! Auf Wiederhören."

Schon am nächsten Tag meldete sich der Bürgermeister am Telefon mit schwacher Stimme von zu Hause. „Achtunddreißig Fieber. Jetzt muss ich im Bett bleiben. Und bitte denken Sie daran, wenn Dr. Feinlein morgen kommt, dass wir die Figur nicht etwa verkaufen wollen. Wir stiften sie dem Museum, legen aber größten Wert darauf, dass sie unter dem Titel *Rodenthaler Sphinx* ausgestellt wird. Auch möchten wir zur Präsentation gerne mit einer kleinen Abordnung anwesend sein."

Frau Kiesewetter hatte die Sphinx vom Aktenschrank heruntergeholt, sorgfältig abgewischt und mitten auf dem Schreibtisch ihres Chefs platziert. Ihre Notizen hatte sie noch einmal durchgesehen und ihr wesentlich Erscheinendes durch Markierungen hervorgehoben. Der Kaffee duftete schon aus der Maschine, als der prominente Besucher das Büro betrat. Mit Hut, einem hellen Trenchcoat über dem Arm und einer schmalen Ledertasche stand er unschlüssig in der Tür. Frau Kiesewetter nahm ihm die Garderobe ab und fragte: „Sie sind mit der Bahn gekommen – hatten Sie eine angenehme Reise?"

„Mit dem Auto", war die unerwartete Antwort. „Ich habe es erst eine Woche, und es war die erste längere Tour. Ja, die Fahrt durch die Odenwaldtäler war sehr angenehm."

Frau Kiesewetter dachte: Wenn er an das Auto gewöhnt wäre, hätte er seinen Mantel draußen gelassen. Ein bisschen steif wirkt er, aber ich mag Männer mit gepflegten Umgangsformen. „Darf ich Ihnen eine Tasse Kaffee anbieten nach der langen Fahrt?", fragte sie und wies zugleich auf den Schreibtisch.

„Sehr gern, ja danke! Oh, was sehe ich? Darf ich mich ausnahmsweise in den Sessel des Herrn Bürgermeisters setzen, um gleich eine günstige Perspektive einzunehmen?" Er ließ sich in dem bequemen Lehnstuhl nieder und hatte jetzt nur Augen für die ungewöhnliche Keramik. Er stand auf; zunächst zeigte er überhaupt kein Bedürfnis, Informationen einzuholen. Er drehte die Figur hin und her, kippte sie auch einmal zur Seite und fand mit Worten des Lobes und der Bewunderung kein Ende.

„Wissen Sie, ich habe schon unzählige Sphinxen gesehen, antike sowie solche aus Renaissance, Barock, Klassizismus und Jugendstil, jedoch nichts Vergleichbares an Energie, Lebendigkeit und Ausdruckskraft. Die ungewöhnliche Bemalung mit dunklen Glasurfarben gibt ihr etwas Geheimnisumwittertes, ja geradezu Diabolisches, während der stechend bannende Blick und das glühend aufgeworfene Geschlecht sie zur Metapher einer Femme fatale machen. Wundervoll! Wundervoll! Auf Anhieb könnte ich jedoch nicht sagen, wel cher Jugendstilkünstler dieses außergewöhnliche Werk geschaffen haben könnte. Hier gibt es ein Kürzel: *hs*, aber keine richtige Signatur. Natürlich müssen wir zunächst einmal auf der Mathildenhöhe fahnden. Nicht nur die Form, auch die Beschaffenheit des Tons kann uns da noch wichtige Hinweise liefern." Der Kunsthistoriker atmete zweimal tief durch, lehnte sich zurück und lächelte zufrieden. Die neben der Skulptur dampfende Kaffeetasse beachtete er nicht.

Frau Kiesewetter, die auf der Seite gestanden hatte, fragte, mehr um sich interessiert zu zeigen: „Sie werden die Figur zunächst untersuchen und allerlei Forschungen anstellen?"

„Alles, was zur Bestimmung des Werkes notwendig ist, würden wir unternehmen. Doch zuvor hätte ich gerne noch einige Fragen zur Provenienz. Können Sie mir Auskünfte über den Fundort und die eventuell wechselnden Eigentumsverhältnisse des Grundstücks geben?", fragte er.

„Gerne, Herr Doktor", antwortete sie und begann ihren Vortrag, dem Feinlein aufmerksam folgte. Als sie geendet hatte, verschränkte er die Arme über der Brust, zog die Stirn in tiefe Falten und sprach: „Ich habe das befürchtet. Jüdische Eigentümer, deren Verbleib unbekannt ist. Damit ist dieses Stück zu heiß für uns."

Frau Kiesewetter wurde blass; offensichtlich war sie tief enttäuscht. Nach einer bedrückenden Stille meldete sie sich mit einem praktischen Vorschlag: „Das können Sie doch einfach dazuschreiben. Dann kann man Ihnen nichts vorwerfen."

„Ja, wenn das so einfach wäre", sagte Feinlein. „Ich glaube, ich muss Ihnen das erklären. – Zunächst war die Forderung nach einer Provenienzforschung von einer Handvoll junger Kunsthistoriker gekommen, die sich anscheinend profilieren wollten, so dachten wir. Es gab ein paar spektakuläre Ausstellungen, in denen die Herkunft bereits ikonisch gewordener Werke offengelegt wurde. Da ging es nicht nur um Enteignungen von jüdischem Besitz, auch Schmuggel und Die besgut wurden aufgedeckt. Nachdem sich herumgesprochen hatte, dass die DDR in ihrem staatlichen Kunsthandel in Mühlenbeck illegal beschlagnahmte Sammlungen auf dem internationalen Kunstmarkt zu Devisen gemacht hatte, begannen sich hier nach der Wende auch konservative Politiker für das Thema zu interessieren und haben sich die Forderung nach Provenienz-Nachweisen zu eigen gemacht. Doch wie sollen wir das mit unserem knappen Personalstand einlösen? Bei uns wurden zum Beispiel die Planstellen von zwei Wissenschaftlern, die pensioniert worden waren, gestrichen. Stattdessen bekamen wir die befristete Stelle für eine junge Nachwuchskraft, die sich um die Provenienz unserer kompletten Sammlung kümmern soll. Sie werden verstehen, dass wir uns unter solcherlei Vorzeichen hüten, ein Werk zu akquirieren, dessen Herkunft fragwürdig ist. Denn wir würden viel Manpower investieren, um das Werk danach einem plötzlich auftretenden rechtmäßigen Eigentümer zurückgeben zu müssen."

Frau Kiesewetter hatte sich mit dem Rücken zu ihrer Schreibmaschine auf ihren Stuhl gesetzt und ihre Hände ratlos in ihren Schoß gelegt. „Von alledem haben wir ja nichts geahnt", gestand sie seufzend. „Und die Untersuchungen, von denen Sie sprechen – sind die denn so aufwändig?"

„Damit Sie mich nicht missverstehen", fuhr Feinlein fort. „Wir sind weiterhin an diesem singulären Werk höchst interessiert, das unsere Sammlung von Jugendstilwerken in unschätzbarer Weise bereichern würde. Doch der Aufwand für das Einzelwerk wäre enorm. Das kann sich über viele Monate hinziehen – mit offenem Ende. Doch sagen Sie mir bitte – wir haben bisher ausschließlich über dieses Werk gesprochen – was hat man denn an weiterem Material gesichert?"

„Die Figur war das einzige wertvolle Stück, das man gefunden hat. Sonst nur Schutt und Unrat, Müll. Nichts von Bedeutung, denke ich mir", sagte die Sekretärin.

„An Papiere denke ich, schriftliche Unterlagen wie Briefe, Rechnungen und Ähnliches. Nichts dergleichen?"

Frau Kiesewetter schüttelte verzweifelt den Kopf. „Niemand im ganzen Dorf, auch nicht der Bürgermeister oder der Pfarrer, niemand hat daran gedacht, dass man da irgendwelche Unterlagen finden könnte und sichern müsste."

„Nichts als die nackte Figur! Alles andere wurde entsorgt." Für einen Moment schloss der Museumsmann die Augen und fasste sich verzweifelt an die Stirn. Dann fuhr er fort, wobei aus seiner Stimme sein bisher lebhaftes Interesse geschwunden war: „Eine Zwischenfrage – gibt es hier eigentlich in der näheren Umgebung ein Heimatmuseum?"

„Rodenthal hat ein kleines Dorfmuseum", antwortete die Sekretärin stolz. „Es ist hier im Obergeschoss. Darf ich es Ihnen zeigen?"

„Danke vielmals, Frau Kiesewetter, vielleicht ein andermal. Aber ich möchte der Gemeinde Rodenthal einen Vertragsabschluss vorschlagen. Wenn Sie das mal bitte notieren, damit Sie dem Herrn Bürgermeister berichten können. Die Gemeinde gewährt dem Landesmuseum die Option, dieses Werk zu einem späteren geeigneten Zeitpunkt zu erwerben oder, was wir natürlich besonders begrüßen würden, als Geschenk zu übernehmen. Sie verzichtet darauf, das Werk zwischenzeitlich zu veräußern. Im Gegenzug erhält sie von uns eine vorläufige wissenschaftliche Expertise und kann das auf diese Weise ausgewiesene Werk in ihrem Dorfmuseum der Öffentlichkeit zugänglich machen. Wir würden Ihnen auch noch einige Empfehlungen geben, die Sicherheit betreffend. Zu den Öffnungszeiten sollte der Ausstellungsraum nie ohne Aufsicht sein. Die Sphinx sollte in einer verschlossenen Glasvitrine stehen. Die Daten zu einer sachgerechten Beschriftung bekämen Sie von uns. Wenn der Herr Bürgermeister mit meinem Vorschlag einverstanden ist, kann er mir das in einem kurzen Brief mitteilen. Er erhält dann von uns den Vertragsentwurf."

Dr. Feinlein zog aus seiner Ledertasche eine Kamera, mit der er zahlreiche Aufnahmen machte, sogar von der Unterseite der Figur. Dann maß er mit einem Zollstock Höhe, Breite und Tiefe und notierte die Maße in sein Notizbuch. Schließlich trank er einen Schluck kalten Kaffee und bedankte sich überschwänglich bei Frau Kiesewetter für die freundliche Bewirtung.

„Ach, darf ich Ihnen noch eine Tasse heißen Kaffee eingießen?", fragte die Sekretärin besorgt.

Feinlein blickte auf seine Uhr. „Danke bestens. Ich habe noch in Lindenfels zu tun. Dort gibt es bestimmt auch ein nettes Café. Bitte grüßen Sie Herrn Kandter von mir, dem ich gute Besserung wünsche."

Inge Kiesewetter hatte den Vorhang ein wenig zur Seite geschoben. Anscheinend nachdenklich, in Wirklichkeit mit gemischten oder eher aufgewühlten Gefühlen, sah sie, wie der Besucher, bevor er in seinen neuen Wagen stieg, noch einmal um diesen herumging.

Sie blickte dem hellen Opel nach, wie er sich auf der Hauptstraße langsam entfernte, ließ den Vorhang fallen, und mit einem Ruck wandte sie sich um. Ihr Gesicht war tief ernst, die Lippen zusammengepresst, die Augen zu schmalen Sehschlitzen verengt, und mitten auf ihrer Stirn zeigte sich eine vertikale Falte. Sie schien entschlossen, ohne jedoch zu wissen wozu.

Ich glaube, ich hab mich einlullen lassen von dem gewandten Auftreten und den schönen Worten dieses Herren, dachte sie. – Die Bauern und die Handwerker hier im Dorf sagen gerade heraus, was sie wollen, poltern auch einmal, wenn es nicht so geht, wie sie es sich vorstellen. Sie bedanken sich auch nicht, wenn man ihnen entgegengekommen ist. Sie fühlen sich als die Herren, für die wir da sind. Vielleicht haben sie gar nicht ganz unrecht.

In mechanischen Bewegungen schritt sie zu dem Schreibtisch, nahm die Sphinx in beide Hände und stellte sie auf den Aktenschrank zurück. Danach öffnete sie eine schmale Tür, drückte auf den Lichtschalter und betrat die kleine fensterlose Archivkammer, in der zwischen zwei wandhohen Regalen noch eine Bockleiter stand, sodass selbst eine Einzelperson sich hier nur mühsam bewegen konnte. Trotz der Enge waren die Akten sehr übersichtlich angeordnet, vermutlich auf Initiative von Bürgermeister Weiß, der 1945 durch die amerikanische Militärregierung eingesetzt worden war. Auf der rechten Seite standen sauber beschriftete Leitz-Ordner, die man heute ausschließlich benutzt, auf die man immer wieder einmal zurückgreifen musste und deren Zahl von Jahr zu Jahr unaufhaltsam wuchs. Der Umgang mit ihnen war Inge vertraut. Auf dem linken Regal standen die *alten Akten*, wie es hieß, mit denen man nie etwas zu tun hatte und die immer mehr einstaubten. Sie waren nicht in die modernen Ordner eingeheftet, sondern es waren von Aktendeckeln umschlossene und mit einer Kordel verschnürte Aktenbündel. Auch sie waren gekennzeichnet, jedoch in unterschiedlichen Handschriften und nach wechselnden Kategorien. Immerhin hatte sich einmal jemand die Mühe gemacht, alle Aktenpakete mit Jahreszahlen zu versehen.

Natürlich wusste Inge, was sie suchte. Sie bewegte sich vor dem Regal hin und her, mal reckte sie sich, stieg auf die Leiter und wieder herunter, mal bückte sie sich. Bald stieß sie auf die 1930er-Jahre und zog ein Bündel Pakete heraus. Auf Kandters Schreibtisch schnürte sie eines nach dem anderen auf, setzte sich in den Lehnstuhl und blätterte geduldig. Natürlich tauchte hin und wieder der Name von Salomon Löwy mit dem Hinweis auf größere Geldspenden auf. Schließlich die Großspende für den Bau der damals zweiklassigen Volksschule. Der Antrag eines Mitglieds des Gemeinderats, die Schule mit dem Namen des Stifters zu versehen, wurde 1932 mit großer Mehrheit abgelehnt. Inge hatte sich einige interessante Details zu den Fundorten notiert, jedoch nicht gefunden, was sie eigentlich gesucht hatte. Sie stieg erneut auf die Bockleiter und las die Beschriftungen in der oberen Reihe, dann hockte sie sich vor die untere Reihe und entdeckte gesonderte Aktenbündel mit alten Einwohnerverzeichnissen.

Es dämmerte schon, und sie hatte die Schreibtischlampe eingeschaltet, als sich plötzlich die Bürotür öffnete, in der ihr Mann erschien. „Himmel! Inge, was ist los mit dir? Willst du hier übernachten? Ist es denn möglich, dass es in diesem Kaff derart dringende Arbeiten gibt, dass du eine Nachtschicht einlegen musst?" Paul Kiesewetters Ärger war offensichtlich und auch nachvollziehbar.

„Tut mir leid, Paul, aber es ist tatsächlich dringend. Wirklich eine heiße Sache, die ich durchziehen muss, bevor mein Chef wieder gesund ist. Bitte mach für dich und die Kinder was zum Essen. Ich denke, es wird keine Stunde mehr dauern."

So viel Diensteifer hatte er bei seiner Frau noch nie beobachtet, die eher dazu neigte, mal eine halbe Stunde früher Feierabend zu machen, wenn nicht viel zu tun war. Deshalb fragte er unsicher: „Ist es denn eine dienstliche Sache?"

Sie antwortete kurz: „Eigentlich ja, aber doch nicht direkt dienstlich! Jedenfalls hab ich keinen Auftrag. Es ist meine Angelegenheit. Heute Abend zu Hause weihe ich dich ein. Paul sei so gut und geh jetzt nach Hause zu den Kindern."

Die Geburtenregister befanden sich in Quartheften. Inge begann mit dem Jahr 1930. Mit dem Zeigefinger fuhr sie an den Familiennamen entlang von Seite zu Seite abwärts. Da: 1932 der Name *Daniel Löwy* und zwei Jahre später *Benjamin Löwy*. Sie notierte die genauen Geburtsdaten, verpackte das Aktenbündel sorgsam und reihte es wieder im Archiv ein.

Als Bürgermeister Kandter nach einer Woche wieder zum Dienst erschien, verlangte er als erstes einen ausführlichen

Bericht über den Besuch des Museumsdirektors. Natürlich war er enttäuscht, dass Dr. Feinlein die Sphinx nicht gleich mitgenommen hatte, doch konnte er sich mit den Bedingungen des vorgeschlagenen Vertrags einverstanden erklären. Er wies seine Sekretärin an, einen entsprechenden Brief zu schreiben, wobei er betonte, dass man hier in Rodenthal großen Wert darauflege, dass die Plastik in allen Dokumenten des Museums als *Rodenthaler Sphinx* bezeichnet werde.

Inge Kiesewetter hatte ihre subjektiven Eindrücke zurückgehalten, und sie hatte auch ihre Recherchen in den *alten Akten* des Gemeindearchivs nicht erwähnt. Schließlich war es ungewiss, ob diese überhaupt zu dem geringsten Erfolg führen würden.

Nachdem der Bürgermeister den Brief unterschrieben hatte, wies er seine Sekretärin an, diesen sofort zur Post zu bringen und dem Schreiner auszurichten, er solle ins Rathaus kommen, um für eine abschließbare Glasvitrine Maß zu nehmen.

Am nächsten Tag stiegen Kandter und Frau Kiesewetter die Treppe hinauf, um gemeinsam einen Blick in das Dorfmuseum zu werfen, das eigentlich kein richtiges Museum war, sondern eine wild zusammengewürfelte Ansammlung von landwirtschaftlichen Geräten sowie Werkzeugen und Vorrichtungen von Handwerkern. Der Schmied, der Wagner, der Zimmermann und der Steinmetz sowie mehrere Bauern hatten ausgemusterte Werkzeuge und unbrauchbare Hilfsmittel gespendet. Dies alles lag ungeordnet auf einigen Tischen oder stand kreuz und quer auf dem Boden.

„Streng genommen ist das kein Museum, sondern eine Rumpelkammer", konstatierte Kandter selbstkritisch. „Wir haben bei Bedarf geöffnet, aber es hat sich seit Monaten niemand mehr dafür interessiert, und eine Aufsicht hat es nie gegeben. Jetzt müssen wir alles ändern. Mir schwebt vor, dass wir hier Arbeitsplätze ausstellen und auch alles ordentlich beschriften. Das machen Sie. Ich werde einzelne

Handwerksmeister anrufen, die uns beraten müssen. Die Vitrine mit der Sphinx wird der Höhepunkt. Wegen der Aufsicht müssen wir feste Öffnungszeiten einführen. Dazu werde ich Mitglieder des Gemeinderats verpflichten."

„Und von wem bekomme ich die Daten für die Schildchen?", wollte Inge wissen.

„Ganz einfach", entschied ihr Chef. „Wenn ein Meister kommt, gehen Sie mit ihm rauf, stenografieren, was er sagt, und dann wissen Sie Bescheid."

Waren es drei oder fünf Wochen? Weder Joseph Kandter noch Inge Kiesewetter hatten die Tage gezählt. Der Vertrag mit dem Landesmuseum war geschlossen, den Dr. Feinlein ganz, Inge Kiesewetter zum Teil und Kandter kaum verstanden hatte. Die *Rodenthaler Sphinx* prangte in Augenhöhe in der neuen Vitrine, und nun sollte es eine feierliche Wiedereröffnung des Dorfmuseums geben, zu welcher der Bürgermeister einlud. Aus diesem Anlass diktierte er seiner Sekretärin einen umfangreichen Artikel für das *Rodenthaler Dorfblatt*. Er zitierte ausführlich aus der wissenschaftlichen Expertise, wiederholte die enthusiastischen Lobesworte von Dr. Feinlein, wie Inge sie ihm nach ihrem Stenogramm wiedergegeben hatte und hob auch gewisse *erotische Implikationen*, mit denen Kandter jedoch keine rechten Vorstellungen verbinden konnte, hervor. Am Ende stand als Eröffnungstermin der nächste Samstag fünfzehn Uhr. Es folgten die künftigen Öffnungszeiten: *Sa 15 – 18 Uhr; So 10 – 13 Uhr*.

Zur Eröffnung war der Gemeinderat vollzählig erschienen, außerdem noch drei Rentner und natürlich Inge Kiesewetter. Bürgermeister Kandter hielt eine dankenswerterweise kurze Rede, in der es vor allem um den Prestigegewinn für Rodenthal durch die Neueinrichtung des Museums und das Jahrhundertkunstwerk der *Rodenthaler Sphinx* ging. Man möge sich nun in aller Ruhe in der nach modernsten Grundsätzen geordneten Sammlung umsehen. Anschließend treffe man sich im *Goldenen Ochsen*, um das bedeutende Ereignis gebührend zu würdigen.

Schon nach einer halben Stunde sah man sich im *Ochsen* wieder. Nur Inge war nach Hause gegangen. Der Müller Karl von den Sozis, den der Bürgermeister für die erste Aufsicht bestimmt hatte, musste die bittere Pille schlucken, nachdem er selbst den Vorschlag unterstützt hatte, dass die Gemeinderäte, um die Kosten für Honorarkräfte zu sparen, im Wechsel die Aufsicht übernehmen sollten. Karl musste schon geahnt haben, dass außer ihm niemand im Museum zurückbliebe, sodass er sich drei Stunden lang die Zeit mit sich selbst vertreiben müsste. Deshalb hatte er seinen Jüngsten mitgenommen.

Doch Heinz, den man in der Familie liebevoll Heinzelmann nannte, war nicht begeistert von dem Exklusivbesuch des Dorfmuseums. Er schlenderte einmal durch den Mittelgang, hielt bei dem Tisch mit den Schmiedewerkzeugen an und nahm eine der rostigen Zangen in die Hand, klappte sie kurz auf und zu und warf sie wieder zurück zu den anderen, sodass es laut schepperte und Vater Karl erschreckt zusammenfuhr.

„Heut sind wir allein hier, deshalb darfst du die Sache auch ausnahmsweise mal anpacke. Aber Obacht, dass nix durcheinanderkommt!", mahnte er.

„Ha, das alte Gelump! Da kann ich nix verderbe", verteidigte sich Heinz. Er griff nach dem größten Hammer und rief:

„Ba, is das Ding schwer! Da find ich dein Hammer praktischer."

„Der wiegt zwei Kilo", klärte der Vater den Sohn auf. „Mit dem verformt der Schmied das glühende Eisen. Der muss so schwer sei."

Heinz verzog die Mundwinkel und fuhr mit seiner Kritik fort: „Der Kandter hat gesagt, hier könnte die Leut sehe, wie die Handwerker frieher geschafft habe. Aber hier beim

Schmied fehlt ja das Wichtigste. Ich hab schon oft beim Hufschmied zugeguckt. Ich weiß, wie der schafft."

Karl schmunzelte über seinen aufgeweckten Jungen, auf dessen Kritik er insgeheim stolz war. „So, mein kleiner Schlauberger, dann sag mir, was wir hier noch hinstelle müsse, damit jeder versteht, wie der Schmied schafft."

Heinz winkte ab, weil er den Eindruck hatte, dass sein Vater ein hoffnungsloser Fall sei. „Also erst mal gehört da en Amboss hin. Aber der is viel zu schwer. Wer soll den die Trepp enufftrage? Und dann die Esse, aber richtig mit Blasebalg und Feuer. Aber das is hier doch unmöglich. Naaa, wenn mich en Städter besuche tät und ich wollt ihm erkläre, wie der Schmied schafft, dann tät ich einfach mit dem zum Schmied geh. Und fertig!"

„Ja, mein lieber Heinzelmann, du hast ganz recht. Ich hab dem Kandter auch schon gesagt, dass man von der Schreinerarbeit nix versteht, wenn man die Hobel und die Stechbeitel uff en Tisch legt. Da gehört a Hobelbank hin. Aber die kriege wir noch aus Unterrod." Karl versuchte seinen kritischen Junior ein wenig zu besänftigen: „Na, vielleicht findest du auch etwas, was dir gefällt".

„Nix wie aalt Gelump! Nur da, das schwarze Fabeltier in dem Glaskaste, das gefällt mir. Holst du mir das mal raus, damit ichs angucke kann? Ich wills auch mal anfasse."

Karl erhob abwehrend beide Arme. „Des is das wertvollste Stick hier. Des derf man net anfasse. Deshalb ist es eigeschlosse. Des soll ja irgendwann ins Landesmuseum komme. Na-naa, mein Lieber, des musst du dir durch die Glasscheib angucke.

Sie standen dicht nebeneinander direkt vor der Vitrine, tasteten mit den Blicken die schönlinige Figur ab und schwiegen für eine Weile. Da diese sich in der Augenhöhe eines normalen Erwachsenen befand, musste Heinz den Kopf in den Nacken legen und auch einen Schritt zurücktreten, damit der Boden der Vitrine ihm nicht die Sicht auf die unteren Par tien der Figur versperrte. Schließlich holte er sich einen Stuhl, den er bestieg, und war nun mit seiner Position zufrieden.

„Die hat a schwarzes Fell und goldene Haar auf'm Kopp. Das gibts doch net", bemerkte Heinz.

„Es gibt ja auch in Wirklichkeit kei Sphinx. Wenn du dir a Fabelwese ausdenke und zeichne tust, dann kannst du des auch mache, wie du willst", erklärte Karl.

„Wenn ich Gold im Farbkaste hät, tät ich das auch nehme. Aber warum hat der Kinstler den Popo unne so rot gemacht? Als wär die Sphinx krank, oder als hät sie Fieber." Heinz blickte seinen Vater ratlos an.

Nun wurde es Karl ein wenig unbehaglich, und er antwortete unwirsch: „Ach, was du alles fragst! Es gibt a Sprichwort, das sagt: En Narr kann mehr Frage stelle, wie siebe Weise beantworte könne. Woher soll ich denn wisse, was sich so ein verrickter Kinstler alles ausdenkt? Ich setz mich jetzt da in die Eck und lese noch mal den Artikel im Blättche."

Beim Sonntagsgottesdienst beobachtete Pfarrer Wohlleb mit Befriedigung, dass der Bürgermeister seit seiner Genesung wieder regelmäßig auf seinem Stammplatz saß. Ob Kandter in der Sommergrippe wohl einen Wink des göttlichen Willens erkannt hatte? Allerdings fiel ihm beim Blick von der Kanzel auch auf, dass in den Kirchenbänken, die gewöhnlich dicht besetzt waren, neuerdings deutliche Lücken klafften.

Als die Männer unter den Kirchgängern später mit denjenigen im *Ochsen* zusammentrafen, die einen Besuch des Dorfmuseums mit einer eingehenden Betrachtung der *Rodenthaler Sphinx* vorgezogen hatten, kam es zu einem angeregten Gedankenaustausch. Da man am Samstagnachmittag keine Zeit für kulturelle Aktivitäten hatte, war damit die Reklametrommel für weitere Besucher gerührt, die sich vornah men, am folgenden Sonntagvormittag das Dorfmuseum aufzusuchen.

Allmählich wuchs auch bei den Frauen das Interesse an dem neuen Kulturtempel des Dorfes. Eine hatte das Dorfblättchen noch einmal hervorgekramt und mit einer Nachbarin gerätselt, was der Bürgermeister wohl mit *erotischen Implikationen* gemeint haben könnte. Mit einer Handvoll weiterer Frauen verabredeten sie, am nächsten Sonntag gemeinsam das Dorfmuseum zu besuchen.

Fast einen Monat hatte der Pfarrer gebraucht, um zu erkennen, dass ihm und seiner Sonntagspredigt im Dorf eine Konkurrenz erwachsen war. Im ersten Moment war er überrascht, doch als er dann in seinem Studierzimmer in aller Ruhe darüber nachsann, musste er sich eingestehen, dass von jener Figur eine Faszination ausging, der er ja selbst beinahe erlegen war. Doch was war hier zu tun?

Im Anschluss an seine nächste Predigt sprach der Seelenhirte das Thema an, wobei er wohlweislich weder das Dorfmuseum, geschweige denn die Sphinx erwähnte. Am Sonntag solle die Zeit von zehn bis elf Uhr ausschließlich dem Gottesdienst vorbehalten sein, forderte er. Kulturelle Einrichtungen – dabei ruhte sein Blick für einen Moment auf dem Bürgermeister, der eifrig in seinem Gesangbuch blätterte – sollten erst am Nachmittag öffnen, ebenso wie Sportveranstaltungen niemals am Sonntagvormittag stattzufinden hätten.

Natürlich hatte Joseph Kandter sehr genau hingehört, es aber vermieden, auch nur die geringste Spur einer persönlichen oder amtlichen Betroffenheit zu zeigen. In der nächsten Sitzung des Gemeinderats erkundigte er sich bei den Räten eingehend nach ihren Erfahrungen und Beobachtungen während der Aufsicht. Das Ergebnis war verblüffend. In den ersten vier Wochen war an einem einzigen Samstag einmal die Lehrerin gekommen, die sich nach einem Extratermin erkundigte, da sie ihrer Klasse die alten Handwerke anschau lich vermitteln wolle. An den Sonntagen hatten sich die Besuche auf die Zeit von zehn bis elf Uhr konzentriert. Danach zog es die Männer in den *Ochsen*, die Frauen hingegen sagten, dass sie ganz schnell nach Hause müssten, um das Mittagessen zu kochen.

„Ja, wenn das so is, dann reicht doch genau die ei Stund am Sonntag", schlug der Müller Karl vor. Es gab starken Widerspruch. Die Mehrheit, darunter sogar zwei Katholiken, war der Ansicht, dass man das dem Herrn Pfarrer nicht antun dürfe.

„Und was ist mit dem Samstag?", fragte der Bürgermeister. Hier gingen die Meinungen zunächst weit auseinander. Einerseits verspürte niemand Lust, drei Stunden als Aufsicht abzusitzen, wenn keine Besucher kämen. Andererseits meinte man, es müsse noch länger beobachtet werden. Womöglich kämen doch bei schlechtem Wetter oder im Winter auch samstags Besucher. Der Gemeinderat einigte sich auf einen Kompromiss, indem er die Öffnungszeiten um je eine Stunde kürzte. Ab sofort hieß es: *Sa 15 – 17 Uhr; So 10 – 12 Uhr.*

Kandter schmunzelte zufrieden, als er das Resultat zusammenfasste: „Es ist uns gelungen, in diesen beiden Blockzeiten die eigentliche Kernzeit ganz unauffällig zu verstecken." Er erntete sowohl einige grimmige Blicke als auch ein paar zustimmende Lacher.

Für Gottfried Wohlleb war die Angelegenheit noch lange nicht erledigt. Er rief den Bürgermeister an und bat ihn zu einem vertraulichen Gespräch ins Pfarrhaus. Kandter gab sich zugeknöpft und ganz amtlich: „Danke für das Angebot, Herr Pfarrer, aber ich habe im Moment kein Bedürfnis nach geistlichem Beistand. Wenn es um ein Problem zwischen der Kirche und der bürgerlichen Gemeinde geht, dann stehe ich Ihnen in meiner Sprechstunde gern zur Verfügung. Wir können auch einen Termin vereinbaren, an dem ein ganz unge störtes Gespräch möglich ist." Zähneknirschend stimmte der Pastor diesem Gegenvorschlag zu.

Da der Bürgermeister ahnte, was den Gemeindepfarrer umtrieb, hatte er den Gesprächstermin hinausgezögert. Im Gemeinderat diskutierte er mit den Räten über Möglichkeiten einer Förderung des Fremdenverkehrs in dem idyllisch gelegenen Rodenthal. Sein Vorschlag stieß auf eine breite Zustimmung, sodass er gleich am nächsten Tag seiner Sekretärin einen Artikel für das Dorfblatt diktieren konnte. *Sommerfrische in Rodenthal – Gemeinderat beschließt Förderung des Fremdenverkehrs* hieß es da. Als besondere Attraktionen wurden nicht nur die Lage zwischen zwei bewaldeten Berghängen und gepflegten Wanderwegen, sondern auch als besondere Kleinodien die schöne Barockkirche und das Dorfmuseum hervorgehoben. Wenn es sich erweise, dass die Kapazitäten des *Goldenen Ochsen* nicht ausreichten, könnten auch private Hausbesitzer Zimmer mit Frühstück anbieten. – Damit hatte der Bürgermeister den entscheidenden Pflock seiner Argumentation eingeschlagen und freute sich bereits auf den Besuch des Pastors.

Der Gemeindepfarrer musste sorgenvolle Tage durchleben. Über mehr als vier Jahrzehnte hatte er sich als unumschränkte moralische Autorität des Dorfes fühlen dürfen, doch die Weigerung des Bürgermeisters, ihn im Pfarrhaus aufzusuchen, hatte ihn zutiefst getroffen. Natürlich war er schon lange nicht mehr der charmante Gesprächspartner, der mitreißende Prediger. Aber man schätzte und achtete den alten Herren, und sein Wort hatte auch im Alltag Gewicht. Es schien sich etwas zu ändern. Gottfried Wohlleb hatte lange gedacht, er könne bis zu seinem Tod als Geistlicher wirken, und es hatte ihn beglückt, als der Dekan ihm zu seinem 65. Geburtstag nicht nur gratulierte, sondern ihn zugleich inständig bat, die Rodenthaler Kirchengemeinde einstweilen weiter zu betreuen, bis sich ein Nachfolger gefunden hätte. Nun hat te er die 70 überschritten, und es war weiterhin kein junger Pfarrer in Sicht.

Damals waren die ersten Jahre eine wundervolle Zeit für ihn gewesen, als er als lediger Pfarrer in das Dorf gekommen war. Die Männer respektierten ihn, und die jungen Frauen himmelten ihn insgeheim an. Mit der Jugend, die für ihn schwärmte, unternahm er im Sommer Wanderungen und saß mit ihnen abends am Lagerfeuer. Zu den großen Familienfeiern lud man ihn ein, wobei er es genoss, wenn alle ihm gespannt zuhörten, während er in kleiner Runde Episoden aus seiner Jugend- und Studentenzeit zum Besten gab.

Jede Sonntagspredigt bereitete ihm einen besonderen Genuss, wenn er von der Kanzel herunter seine Stimme ertönen ließ und so den Raum füllte und die Menschen in seinen Bann schlug. Doch war er in diesen Momenten nicht nur bei sich. Er ließ den Blick über die Häupter seiner Schäfchen schweifen, spürte das Einverständnis für seine Worte bei den Älteren. Auch ließ er seine Augen immer wieder einmal auf dem frischen Gesicht oder dem drallen Busen einer jungen Frau ruhen. Niemand im Dorf ahnte, dass die jährliche Konfirmation für ihn ein persönliches Freudenfest war, denn jedes Mal, wenn er seine Hände beim Segnen auf das Haupt eines Mädchens legte, liefen ihm vor innerer Erregung abwechselnd heiße und kalte Schauer über den Rücken.

Nach seiner Heirat mit Elisabeth hatte sich seine Beziehung zur Gemeinde versachlicht. Er genoss das Zusammensein mit seiner jungen Frau, erklärte ihr, dass die fleischliche Liebe ein Geschenk des Schöpfers sei und Gott wolle, dass eine Frau ihrem Mann allzeit willfährig sei. Die Pfarrfrau kam nur einmal in gesegnete Umstände und brachte ein Mädchen zur Welt. Bis zum Ende der Grundschulzeit genoss die kleine Rahel die paradiesischen Rodenthaler Verhältnisse, witterte am städtischen Internat Morgenluft und zog es danach vor, in München und Paris Philosophie und Romanistik zu studieren, wo sie den Bretonen Jean kennenlernte und hei ratete. Fortan sah man sich nur noch in weit auseinanderliegenden Zeitabständen.

Während all der Jahrzehnte blieb Elisabeth ihrem Gottfried treu ergeben, bis dessen Libido vor einem Jahr unversehens geschwunden war. Allerdings genoss er es weiterhin, wenn sich ihm der üppige Hüftschwung oder die Rundungen von jungen Frauenbrüsten zeigten. Der Anblick von Elisabeth verlockte ihn schon lange nicht mehr, doch hatte er zu seiner eigenen Verwunderung ein Déjà-vu erlebt, als er die Sphinx betrachtete und betastete.

Nun war also nahezu die gesamte Gemeinde dieser diabolischen Versuchung ausgesetzt, der er noch mit einer gewissen Gelassenheit begegnet war, wie er sich selbstgerecht bescheinigte. Da Wohlleb deutlich erkannte, dass es Kandter um eine Machtprobe ging, musste er sich klug verhalten und versuchen, einen geschickten Kompromiss auszuhandeln.

Der Bürgermeister bot dem Pastor einen Stuhl an und bat Frau Kiesewetter, ihnen beiden Kaffee einzugießen. Wohlleb blieb jedoch stehen und fragte, ob Kandter wohl mit ihm einen kleinen Rundgang durch das neu geordnete Dorfmuseum machen wolle. Dieser versuchte, sich seine Verblüffung nicht anmerken zu lassen, erklärte sich bereit, und sie stiegen gemeinsam die Treppe hinauf. An der Tür blieb er stehen und ließ den Pfarrer, der noch etwas außer Atem war, seinen eigenen Weg durch die mittlerweile vollständig mit kleinen Informationstafeln versehenen Exponaten finden. Nachdem Wohlleb den Raum durchmessen und das eine oder andere Täfelchen gelesen hatte, wandte er sich um, breitete beide Arme aus und rief erfreut: „Mein lieber Herr Bürgermeister. Es ist Ihnen gelungen, eine Ansammlung von Gerümpel in eine hochwertige Bildungseinrichtung zu verwandeln. Ich würde mir wünschen, dass diese vor allem von den Schulklassen für einen modernen Anschauungsunterricht genutzt würden. Gibt es hier nicht eine aufgeweckte Lehrkraft, die für die einzelnen Abteilungen Kommentare schreiben und Arbeitsblätter entwerfen könnte?"

„Ja-jaaa, könnte ich mir vorstellen", antwortete Kandter ein wenig verdattert. „Eine Klasse ist schon dagewesen."

„Ich denke da nicht an einen einzelnen Besuch", erwiderte der Pastor. „Ich denke an ganze Unterrichtseinheiten, an thematische Epochen, in denen die Schüler sich die Arbeitsweisen der alten Handwerke selbstständig erarbeiten. Auch könnten kleine Gruppen mit besonderen Erkundungsaufträgen hierherkommen, zeichnen und beschreiben, was sie gefunden haben. In städtischen Schulen ist diese Art von Arbeitsunterricht schon seit Jahren gang und gäbe. Hat man einmal einige Erfahrungen gesammelt, könnte die Schulleitung im Landkreis zu einer Fortbildungsveranstaltung einladen. So würde sich Rodenthal zu einer Art pädagogischem Leuchtturm entwickeln."

„Jaaa, das klingt interessant. Ich könnte – ich werde mal Frau Hoffmann ansprechen", sagte Kandter nachdenklich. „Sie haben jetzt nur von den Handwerkern, ihren Geräten und Werkzeugen gesprochen. Das gilt natürlich auch für die Landwirtschaft, wie sie noch vor fünfzig Jahren betrieben wurde. Aber Sie haben kein einziges Wort zu der Sphinx in der Vitrine gesagt."

„Nun, dieses nette Stück bürgerlichen Kunsthandwerks kenne ich. Doch mag es sich hier nicht so recht einfügen. Es bleibt, verzeihen Sie mir bitte, wenn ich das offen sage, eine Art Fremdkörper. Die Sphinx gehört eher in ein städtisches Kunstmuseum."

„Wir wollten sie ja nach einer Vermittlung durch die Denkmahlschutzbehörde dem Landesmuseum vermachen!", platzte der Bürgermeister heraus. „Aber der Dr. Feinlein, entschuldigen Sie, der hat Schiss in der Hose, hat Angst, dass da was auf ihn zukommen könnte wegen der jüdischen Herkunft."

„Das kann ich gut nachvollziehen", gestand der Pfarrer. „Mir wäre die Sache auch nicht ganz geheuer."

„Und jetzt haben wir die heiße Kartoffel in der Hand, verdammte Scheiße! – Tschuldigung."

„Mit Blick auf die Schule und die Lehrerfortbildung wäre auf jeden Fall zu empfehlen, die Öffnungszeiten zu ändern", regte Wohlleb an.

„Und wie Herr Pfarrer? Was schlagen Sie vor?", fragte der Bürgermeister.

„Gar keine regelmäßigen Öffnungszeiten – nur bei Bedarf und nach Anmeldung im Rathaus."

„Aha. Na, mal sehn", sagte Joseph Kandter. „Über diese weitreichenden Vorschläge muss ich mit den Gemeinderäten sprechen." Sie verließen das Dorfmuseum und verabschiedeten sich schon im Rathausflur.

Mit gemächlichen Schritten näherte sich Pfarrer Wohlleb der Baustelle, blieb stehen und blickte befriedigt in die Baugrube. Die Bodenplatte, aus der ein Gewirr von Moniereisen herausragte, war fertiggestellt, und der Kran ließ die großen Schaltafeln nach unten, die von den Arbeitern an der ersten Ecke abgestützt, montiert und justiert wurden. In zwei Wochen sollten die Außenwände und die tragenden Zwischenwände stehen, danach käme die Decke aus Fertigelementen und Beton. Das war gestern die Auskunft des Poliers gewesen.

Wohlleb hatte sich gewundert, dass die Planänderungen mit der Unterkellerung durch die Landeskirche genehmigt worden war, ohne dass man sich auch über deren Finanzierung geäußert hatte. Er dachte, wir treiben den Bau im Vertrauen auf den Schöpfer so weit wie möglich voran. Er wollte weiter dafür beten, dass das große Vorhaben gelinge. Kurz richtete er seinen Blick zum Himmel, an dem mehrere einander überschneidende Kondensstreifen zu sehen waren. Anscheinend trainierten die Piloten in so großer Höhe, dass ihre Düsentriebwerke am Boden nicht mehr zu hören waren. Hier unten drangen nur das Geräusch des Kranmotors sowie das Hämmern und die Rufe der Arbeiter an die Ohren des Pastors und von ein paar vereinzelten Zuschauern.

Der geistliche Herr faltete befriedigt die Hände vor seinem respektablen Leib. Letztlich kannte er viele Türen, an die man mit der Bitte um Unterstützung klopfen konnte, wenn es eng würde mit der Finanzierung, und dieser Fall musste eintreten, dessen war er sich sicher. Notfalls könnte er auch bei den Handwerkern um Sonderkondition bitten, wenn es beim Begleichen der Rechnungen eng würde. Er dachte schon über eine schöne Tafel nach, die der Steinmetz kostenlos herstellen sollte und die an der Fassade des Gemeindehauses angebracht würde. Hier wollte er alle, die durch Spenden oder Sachleistungen ihre Beiträge erbracht hatten, dankend aufführen. Und welcher Handwerker, Großbauer oder Geschäftsmann würde sich diese Gelegenheit zu einer derart seriösen und auf viele Jahrzehnte angelegten Werbung entgehen lassen?

Langsam setzte er sich in Bewegung in Richtung des Pfarrhauses. Der Termin im Rathaus hatte seinen Tagesablauf durcheinandergebracht. Aber er könnte auch jetzt noch, mit fast zwei Stunden Verspätung, seinen verdienten Mittagsschlaf nachholen.

Frau Kiesewetter arbeitete an der Tagesordnung für die Sitzung des Gemeinderats, die schon am nächsten Freitag stattfinden sollte. Sie musste sich beeilen; es war fünfzehn Uhr, und sie sollte die hektografierten Blätter noch heute austragen, damit die gesetzliche Einladungsfrist eingehalten würde. Bürgermeister Kandter hatte vor sich auf dem Schreibtisch sämtliche Post des Tages ausgebreitet. Wie immer sah er sich zunächst die Kuverts an, um zu entscheiden, ob etwas Dringliches dabei wäre oder etwas besonders Interessan tes. Bisweilen kam es auch vor, dass ein völlig unbekannter Absender ihn neugierig machte. So war es diesmal.

Er schnitt den Umschlag auf, faltete das Briefpapier auseinander und war erst einmal enttäuscht, denn er konnte den Brief nicht lesen. Ein Blick auf die Briefmarke mit dem Konterfei von Königin Elisabeth II. hatte ihn belehrt, dass der Brief aus England kam. „Ist doch wahrscheinlich Quatsch oder mal wieder ein Bettelbrief. Das kennen wir nur zu gut", brummte er vor sich hin. „Frau Kiesewetter, Sie haben doch in der Schule Englisch gelernt. Können Sie mir den Brief mal vorlesen. Ich meine natürlich auf Deutsch."

Sie nahm den Briefbogen und begann nach einer Weile stockend zu übersetzen: „Sehr geehrter Herr Bürgermeister Kiesewetter …"

„He-he-heee! Was ist denn das? Soll wohl ein verspäteter Aprilscherz sein – oder?"

Sie fuhr stockend fort: „Längst hatte ich gedacht, dass Deutschland mich und meine Familie vergessen hat. Das hätte mich auch gar nicht gewundert, denn ich lese jede Woche in der Zeitung, wie schwer sich Ihre Politiker mit ihrer jüngsten Geschichte tun. Ich meine die Zeit unter Hitler. Alle Deutschen haben ein schlechtes Gewissen, selbst die Jungen, welche die Zeit gar nicht erlebt haben. Umso mehr freue ich mich, nun einen Brief vom Oberhaupt meines Geburtsorts zu bekommen …"

„Stopp! Stopp! Kiesewetter! Was geht da vor sich?", donnerte Kandter. „Wer hat da mit diesem Engländer korrespondiert? Sie etwa? Und Sie haben sich als Bürgermeister ausgegeben – wie?" Kandter kochte. Sein Gesicht war tiefrot angelaufen, und seine Hände zitterten.

Frau Kiesewetter wurde es unbehaglich in ihrer Haut, und sie fragte eingeschüchtert: „Soll ich jetzt weiter übersetzen? Oder was wollen Sie zuerst?"

„Lesen Sie den Brief schnell zu Ende, und sagen Sie mir, was noch drinsteht, vor allem was der Kerl will", befahl er.

„Erst muss ich wissen, welche Forderungen er stellt, und dann reden wir beide miteinander. Also weiter!"

Sie las angestrengt, notierte sich einige Stichworte und grübelte: „Ich habe kein Wörterbuch hier, aber sinngemäß kann ich's Ihnen wiedergeben."

„Also los!", drängte er ungeduldig.

„Ja, er schreibt, die Eltern sind in Polen von der SS umgebracht worden. Er, Benjamin Löwy und sein Bruder Daniel sind in London aufgewachsen, haben sich in den Docks eine Existenz aufgebaut und sind zu Wohlstand gekommen. Daniel lebt nicht mehr, und Benjamin hat die Spedition an seine Söhne weitergegeben. Er genießt den Ruhestand. Eigentlich wollte er nie nach Deutschland reisen. Wollte auch nicht – wollte auch nicht ..." Sie überlegte. „Er wollte auch nicht um den Besitz in Rodenthal prozessieren. Aber die Sphinx! Als Kind durfte er sie nie aus der Nähe betrachten. Sie stand auf einem, auf einem … Sie stand ganz hoch an der Wand. Die schwarze Sphinx möchte er zurückhaben, sonst nichts. Im Herbst will er zu einem Besuch auf den Kontinent kommen. Er hofft sehr, dass wir seinen Wunsch verstehen."

„Nur die Sphinx!", krächzte Kandter bissig. „Wie sind Sie eigentlich auf die Idee gekommen, diesen Juden ausfindig zu machen? War doch gar nicht nötig."

Sie hob beide Hände: „Ich habe Sie gefragt, ob Sie was dagegen hätten … Natürlich hätten auch die Kunsthistoriker vom Landesmuseum dem nachgehen können, und mit etwas Glück wären sie zu demselben Ergebnis gekommen."

„Ja-ja, mit etwas *viel Glück*! Sie hätten hierher kommen und unser Archiv durchforsten müssen. Aber vielleicht hätten sie auch nichts gefunden, und dann hätte das Museum unsere Sphinx genommen. Aber Sie, Frau Kiesewetter, Sie wollten nur mal nachgucken. Aber ich hab nicht gesagt, dass Sie sonst noch was unternehmen sollen – verdammt und zugenäht! Das wäre eigentlich ein Grund für eine fristlose Kündigung, ist Ihnen das klar?", schrie Kandter.

„Herr Bürgermeister, ich sehe das ein. Ich habe eigenmächtig gehandelt. Das hätte ich nicht gedurft. Deshalb akzeptiere ich Ihre Entscheidung." Sie stand auf, zog ihre Strickjacke an und griff nach ihrer Handtasche.

„Moment, die Tagesordnungen nehmen Sie mit, und am Montag reden wir noch mal darüber. Aber ich bin richtig sauer", brummte er.

„Die Tagesordnungen sind noch nicht fertig. Das muss dann meine Nachfolgerin übernehmen", antwortete die Sekretärin und weidete sich insgeheim an der momentanen Hilflosigkeit ihres Chefs. Sie zwang sich zu einer ernsten Miene und dachte: Ich muss aufpassen, dass er mich nicht endgültig rausschmeißt.

Er donnerte mit der Faust auf seinen Schreibtisch, dass die Kaffeetasse laut schepperte. „Sie machen gefälligst die Arbeit fertig und tragen die Sachen auch noch aus, Himmelsakrament!"

Inge hängte ihre Jacke wieder über die Stuhllehne, stellte ihre Handtasche auf das Fensterbrett und wollte sich der Druckmaschine zuwenden, als Kandter fragte: „Wieso haben Sie mich nicht gefragt? Und wie sind Sie an die Adresse von dem jungen Löwy gekommen?"

„Sie waren ja fast zwei Wochen krank", erwiderte sie. „Ja, ich habe den Brief zweifach geschrieben und ihn an *Golders Green* und *Stamford Hill* in London geschickt, das sind die beiden größten jüdischen Gemeinden dort. Die Adressen standen in meinem Reiseführer. In einer der beiden Gemeinden hat man anscheinend Benjamin Löwy gekannt."

„So-so, und wie soll das jetzt weitergehen, ohne dass wir als die Blamierten blöd dastehen? Haben Sie sich darüber auch schon Gedanken gemacht, Sie Expertin für jüdische Wiedergutmachung?" Er hatte beide Arme ausgebreitet und die Hände auf die Tischplatte gelegt. Seinen grimmigen Blick richtete er auf die Sekretärin.

„Nein, hab ich noch nicht", sagte sie. „Aber ich sehe nicht, dass wir uns blamieren müssen. Im Gegenteil. Ich könnte mir vorstellen, dass Sie die Sphinx in einem Festakt in Anwesenheit aller Gemeinderäte und vielleicht einiger Ehrenjungfrauen feierlich übergeben. Dazu müssen wir natürlich die Presse einladen."

„Ja, Presse ist wichtig", bestätigte er lebhaft. „Aber Ehrenjungfrauen, das macht man doch heut nicht mehr. Ich fänd es schöner, wenn der Gesangverein *Concordia* ein paar heimatliche Lieder singen würde."

Frau Kiesewetter stimmte zu. „Sie haben Recht, Herr Kandter, so könnte es eine schöne Feier werden. Aber jetzt muss ich mich beeilen, damit ich mit der Tagesordnung fertig werde."

Er überlegte: „Eigentlich hätte dieser TOP auch noch auf die Tagesordnung gehört. Der ist doch wichtig."

Inge Kiesewetter erinnerte daran, dass Benjamin Löwy ja erst in einem halben Jahr, nämlich im Herbst kommen wolle. Sie sagte: „Ich glaube, es genügt, wenn Sie unter Verschiedenes die Gemeinderäte erst mal kurz über den Brief informieren. Es wäre für Sie auch vorteilhafter, wenn Sie sagen, dass Sie mich angewiesen hätten, die Löwys ausfindig zu machen. Am Montag können wir uns über das Thema weiter unterhalten."

Der Junglehrer

Ein Jahrzehnt war vergangen, seitdem er zum letzten Mal seinem Klassenlehrer der siebten Volksschulklasse gegenübergestanden hatte. Während seiner Gymnasialzeit war er ihm bisweilen auf dem Weg vom Friedberger Bahnhof zur Schule begegnet, denn Herr Steinmann hatte sich zum Realschullehrer weiterqualifiziert, die Dorfschule hinter sich gelassen und unterrichtete in der Kreisstadt. Man grüßte sich, wechselte ein paar Worte, und schon eilte der Lehrer weiter. Dann hieß es im Dorf, der umtriebige Steinmann sei weggezogen, habe in der Nähe von Mainz eine Stelle als Schulrektor angetreten. Der Ortsname Gustavsburg, der genannt wurde, sagte Joris nichts, bis er sich in eine Kommilitonin, es war Sigrun mit den hellbraunen Augen und den dunkelroten Haaren, ein wenig verliebte. Sie war in Gustavsburg aufgewachsen, und ihre Eltern und Geschwister lebten dort, wovon sie oft und gern erzählte. Sie waren nie ein Liebespaar geworden; es hatte in ihrer Beziehung keine wirklichen Höhepunkte gegeben. Es hatte bei ihnen nie richtig gefunkt, obwohl sie einander sympathisch waren, sie einige gemeinsame Wanderungen durch den Odenwald unternommen und sie sich stets gut unterhalten hatten. Freunde waren sie, wie man so sagt, mehr nicht. So kam es, dass Joris immer, wenn er Sigrun oder auch ein anderes Mädchen mit dunkelroten Locken oder hellbraunen Augen sah, an Gustavsburg und an Herrn Steinmann denken musste. Unversehens waren jenes unbekannte Gustavsburg und der ehemalige Lehrer während des Studiums für ihn zu einem rätselhaften Komplex miteinander verschmolzen, während Sigrun eine Stelle als Lehrerin im fernen nordhessischen Sibirien angetreten hatte und die beiden sich aus den Augen verloren hatten.

Joris hatte sich ein Semester mehr Zeit genommen. Nachdem alle Seminarscheine mit *gut*, seine schriftliche Examens arbeit sogar mit *sehr gut* benotet worden war, konnte er mit diesen Vorzensuren gelassen ins Prüfungssemester gehen. Er würde bestehen; ein Durchschnitt unter *befriedigend* war nicht wahrscheinlich. Man befand sich gerade in einer Phase des akuten Lehrermangels, sodass jeder, der auch nur mit *ausreichend* bestanden hatte, eingestellt wurde. In vier Wochen wäre die rosige Studienzeit vorbei, und er hätte eine Lehrerstelle anzutreten.

Joris ging zur Post, ließ sich ein Telefonbuch des Landkreises Groß-Gerau geben, fand die Telefonnummer von Herrn Steinmann und rief ihn an. Ob er ihn einmal besuchen dürfe – er stünde vor den mündlichen Prüfungen. Steinmann hatte den Grund des beabsichtigten Besuchs missverstanden und meinte, Joris beruhigen zu müssen: „Nur keine Panik, Joris! Du schaffst das. Aber natürlich freue ich mich auf deinen Besuch."

Joris hatte sich die Lage von Gustavsburg auf einer Straßenkarte angesehen. In unmittelbarer Nähe lagen Mainz und Wiesbaden, die Industriestadt Rüsselsheim, und auch Frankfurt und Darmstadt wären gut erreichbar. Sollte er dort eine Stelle bekommen, könnte er vielleicht einen Jugendtraum Wirklichkeit werden lassen. Er könnte sich ein Faltboot kaufen, um im Mainspitzdreieck auf dem Main und dem Altrhein zu paddeln. Diese Vorstellung machte ihn geradezu euphorisch.

Das Ehepaar Steinmann bewohnte mit seinen drei Kindern in einem Neubaugebiet am Süd-Ost-Rand von Gustavsburg das Erdgeschoss eines Zweifamilienhauses. Herr Steinmann hatte Joris die Adresse mit knappen Worten beschrieben.

„Notfalls fragst du dich durch", hatte er noch hinzugefügt.

Joris stellte seine weiße Vespa auf der Straße ab und sprach zwei Jungen an, die zwischen zehn und zwölf Jahre alt sein mochten, ob Herr Steinmann hier wohne.

„Dort, gegenüber in dem Haus wohnen wir. Mein Papa hat schon erzählt, dass Sie heute kommen", sagte der um ein oder zwei Jahre ältere von ihnen.

Sie rannten voraus, öffneten die Haustür und verschwanden im Haus. Während Joris ihnen gemessenen Schrittes folgte, hörte er die beiden aufgeregt durcheinanderrufen: „Er kommt! Der Student kommt!"

Frau Steinmann, die, wie Joris feststellen musste, kein junges Ding mehr war, sondern sich zu einer respektablen Frau entwickelt hatte, erschien in der Wohnungstür und begrüßte ihn herzlich: „Joris, wie schön, dass du uns endlich mal besuchst. Wir dachten schon, du hättest uns ganz vergessen. So haben die Prüfungsnöte doch auch etwas für sich, wenn man mit dem alten Lehrer wieder Kontakt aufnimmt."

Joris wehrte ab: „Das wird schon alles gut gehen. Sie wissen doch, dass zurzeit alle übernommen werden. Man muss nur bestehen. Aber so grenzwertig sieht es bei mir nicht aus."

Sie gingen in das Wohnzimmer, und Frau Steinmann sagte: „Na, umso besser. Dann komm und setz dich. Der Fritz kommt gleich."

Durch eine offene Tür hörte man seine Stimme: „Ja, ja, bin sofort da. Momentchen noch."

Joris stand noch in dem geräumigen Wohnzimmer, als Steinmann hereintrat.

„Das ist eine große Freude für mich, dass du uns besuchst. Und wie ich höre, sind es gar keine Prüfungsprobleme, die dich zu uns führen. Gut siehst du aus, fast unverändert. Nur eine andere Frisur hast du. Dieser Cäsarschnitt ist anscheinend jetzt in Mode – ja? Nun setz dich mal. Walli, machst du uns einen Kaffee?"

„Ja, ich weiß, dass ich schon immer ein paar Jahre jünger aussah, als ich wirklich bin. Das ist mein Handicap. Ich hoffe nur, dass das in der Schule kein Nachteil ist."

„Im Gegenteil! Die Schüler mögen junge Lehrer. Und wenn das so bleibt, wirst du im Alter davon profitieren. Nun erzähl mal. Wie lief das Studium? Welche Schwerpunktfächer hattest du? Und wie steht es mit den Prüfungen?"

Sie hatten sich an den großen Wohnzimmertisch gesetzt, und Joris berichtete ausführlich, während sie Kaffee tranken und von einem selbst gebackenen Hefezopf aßen. Herr Steinmann schien zufrieden. Er lehnte sich zurück, verschränkte die Arme und fragte: „Und wohin wirst du dich melden? Du weißt ja, dass man die Junglehrer erst einmal in die entlegenen Regionen schickt."

Joris räusperte sich. Dann sagte er zögernd: „Ja, das ist allgemein bekannt, und deshalb bin ich zu Ihnen gekommen. Ich dachte an Gustavsburg. Wenn ich den Einsatzort wünsche und Sie mich anfordern, müsste das doch möglich sein."

Steinmann kratzte sich am Kopf. „Das kann man versuchen. Ich könnte dich direkt für meine Schule anfordern. Den neuen Schulrat in Groß-Gerau kenne ich recht gut; er ist nur wenige Jahre älter als ich. Aber versprechen kann ich dir nichts."

„Mir würde viel daran liegen", erklärte Joris. „Die Gegend hier gefällt mir ausnehmend gut – vor allem die Nähe zu Mainz und Frankfurt."

„Nicht zu vergessen: Wiesbaden. Ja, mein Lieber, so sehen das viele. Alle drängen ins Rhein-Main-Gebiet. Aber es würde dich nicht stören, dass ich dann dein Chef bin?", fragte Steinmann.

„Wieso sollte mich das stören?", war Joris' naive Gegenfrage.

„Es wäre für uns beide ein krasser Rollenwechsel", erklärte der Rektor. „Man sollte das nicht unterschätzen. Die Volksschule seinerzeit, das war doch ein Paradies, ein Spiel. Ihr wart gut erzogen, sodass ich nie strafen musste. Ihr wart motiviert und fast immer mit Feuereifer bei der Sache. Ich werde nie meine Lehrproben zur Zweiten Prüfung vergessen – die Kommission war sehr beeindruckt von Euch."

Joris lachte: „Wir dachten ja, dass *wir* geprüft werden. Erst sehr viel später ging es mir auf, dass es um *Ihre* Prüfung gegangen war. Nun ja, Sie haben es aber auch sehr gut verstanden, uns anzuspornen. Bei Ihnen bin ich zum ersten Mal gern in die Schule gegangen und habe mich sogar manchmal auf den nächsten Tag gefreut. Das hatte es zuvor nie gegeben."

Dieses Kompliment hatte Steinmann mit Sicherheit genossen. Er lächelte kurz, um dann mit ernster Miene fortzufahren: „Ja, du bist mir damals aufgefallen. Mit durchschnittlichen Noten in sämtlichen Fächern kamst du zu mir. Ich hatte zunächst den Eindruck, dass du dich für keinen Unterrichtsgegenstand besonders interessierst, dass das Lernen dir aber leichtfällt. Doch nach einigen Wochen warst du plötzlich wie verwandelt, du wirktest wie elektrisiert. Nur im Rechnen blieb diese gewisse Gleichgültigkeit. Nun, wie war das dann im Gymnasium?"

Diese Jahre lagen doch hinter ihm. Er verspürte wenig Lust, darüber zu berichten, aber er wollte sich um Aufrichtigkeit bemühen. Deshalb ging er auf Steinmanns Ton ein und sagte: „Eigentlich fiel ich zurück in meine Mentalität der Zeit vor Ihnen. Das heißt, es blieb über all die Jahre jene Gleichgültigkeit, und bei keinem einzigen Lehrer hatte ich Feuer gefangen."

„Also auch in keinem einzigen Fach?", fragte der Rektor.

„In der Freizeit zu Hause habe ich gezeichnet und gemalt. Aber da kam nie ein Kontakt mit dem Kunstunterricht zustande. Das war mein privates Vergnügen", gestand er.

„Aha!", rief Steinmann. „Und wie lief das dann im Studium? Doch nicht etwa genau so?"

„Es lief ähnlich. In sämtlichen Fächern bekam ich gute Noten für meine Referate und Hausarbeiten. Aber besonders spannend fand ich das alles nicht. Nur im Wahlfach war alles anders."

Steinmann zog die Augenbrauen in die Höhe. „Ja, und – welches Fach war es? Oder lag es am Professor?"

„Kunst", sagte Joris. „Hier habe ich alles gegeben. Und es lag auch an dem Dozenten, von dem ich viel profitiert habe."

„Ja – ja", sagte der Lehrer nachdenklich. „Das scheint doch ein Wesenszug von dir zu sein. Du verausgabst dich nur, wenn dich eine Sache brennend interessiert. Aber wenn du Volksschullehrer wirst, darfst du nicht so elitär und egoistisch denken. Hinzu kommt, dass wir einen Kunstlehrer haben, der den Kunstunterricht im gesamten Realschulzweig abdeckt. Herr Rembach ist ein genialer Künstler. Er beherrscht das gesamte Feld von der Figur bis zur Abstraktion. Sicher kannst du noch viel von ihm lernen."

Joris dachte, auf dieses Genie müsse er gespannt sein. Er bezweifelte allerdings, dass Steinmann fähig sei, den Rang eines Künstlers einzuschätzen. Er begann mit einem neuen Versuch: „Mir wäre es allerdings sehr wichtig, in Kunst mit sämtlichen Altersgruppen Erfahrungen zu sammeln. Vielleicht könnte ich ja in einigen Volksschulklassen Kunst unterrichten."

Steinmann runzelte etwas unwillig die Stirn und erwiderte: „Die Klassenlehrer machen das am liebsten selbst. Diesbezüglich kann ich dir nichts versprechen. Ich meine, du solltest einen Ehrgeiz entwickeln, damit du dann in der Zweiten Staatsprüfung in jedem Fach eine *Eins* bekommst. Nur so wirst du künftig Erfolg haben."

Joris seufzte: „Ach wissen Sie, Herr Steinmann, da bin ich ein anderer Typ. Wenn ich im Notendurchschnitt mit einer Zwei abschließe, bin ich zufrieden. Nur bei der Wahlfachprüfung ist möglicherweise mehr drin. Aber es muss nicht unbedingt sein. Mir geht es zuallererst um die Sache. Noten sind Zahlen; das ist eine andere Welt."

Es war dem Rektor anzusehen, dass er diese, wie ihm schien, selbstzufriedene und wenig ambitionierte Haltung nicht gut hieß. Er überlegte, ob Joris gar darauf aus war, dass ihm bei seinem ehemaligen Lehrer ein Rabatt eingeräumt werde; er hegte andere Vorstellungen. Joris als Junglehrer sollte sich nicht nur durch seinen Ehrgeiz hervortun, er sollte auch den familiären Kontakt mit seinem Rektor zu schätzen wissen.

Steinmann begann zögernd: „Weißt du, Joris, du blickst auf unsere Beziehung, wie sie vor mehr als zehn Jahren war. Aber es gibt einen Unterschied, den wir uns bewusst machen müssen. Wenn ich dein Chef werde, muss ich Forderungen stellen, erwarte ich unbedingte Loyalität. Schon ein Junglehrer wird in die Pflicht genommen. Aber welches Maß an Verantwortung auf einem Rektor lastet, kannst du im Moment noch gar nicht ermessen. Ich aber weiß das, und deshalb muss ich dich warnen. Überlege dir das sehr wohl, ob du unsere geradezu freundschaftliche Beziehung aufs Spiel setzen willst."

Joris winkte ab: „Ach Herr Steinmann, Sie wissen genau, wie ich Sie verehrt habe. Ich kann mir überhaupt nicht vorstellen, wo da eine Gefahr lauern sollte, auch wenn ich Junglehrer an Ihrer Schule werde."

„Gut Joris, mich freut es, dass du keine Bedenken hast. Dennoch möchte ich, dass du noch einmal darüber schläfst und mir dann einen Brief schreibst. Solltest du bei deinem Wunsch bleiben, werde ich mein Möglichstes tun."

Es war aber nicht pure Anhänglichkeit von Joris gewesen und auch nicht allein die Liebe zur Landschaft zwischen Rhein und Main, die ihn gerade in diese Region getrieben hatte. Er hatte nicht direkt gelogen, aber doch ein wenig geflunkert. Es gab seinerzeit in Jugenheim mehrere Studentenheime, die jedoch nur etwa zur Hälfte den Bedarf deckten. Die andere Hälfte musste sich privat in möblierten Zimmern am Ort sowie in den umliegenden Dörfern einmieten. Joris hatte ein kleines Zimmer in einer hübschen, etwas heruntergekomme nen Gründerzeit-Villa am südlichen Ortsausgang Richtung Zwingenberg gefunden. Die Vermieterin, die darauf bestand, dass man sich mit dem Vornamen ansprach, hieß für die Studenten Frau Helena. Das war respektvoll und vertraulich zugleich. Da sie sich von ihrem Mann getrennt hatte, versuchte sie, im Haus eine familiäre Atmosphäre zu schaffen, was ihr jedoch nur zum Teil gelang. Nie pochte sie auf so etwas wie eine Hausordnung, und es wäre ihr auch nicht in den Sinn gekommen, den jungen Herren Damenbesuche zu verbieten, worauf die meisten Vermieter ein strenges Auge hatten. Die jungen Männer ließen sich gern von der netten Vermieterin verwöhnen, genossen die Freizügigkeit, luden die Hausherrin vielleicht auch einmal zu einer frugalen Party ein. Aber der Altersunterschied von fast zwei Jahrzehnten bildete doch eine deutliche Barriere.

Frau Helena bewohnte das Erdgeschoss. Den ersten Stock hatte sie an ein älteres Paar vermietet, und im Dachgeschoss gab es noch vier Studentenbuden mit einem Waschbecken im Flur und einer Toilette im Halbstock nach unten. Man grüßte sich freundlich, hielt auch mal ein Schwätzchen, und jeder ging seiner Wege.

Im Sommer war für Joris das zweite Semester zu Ende gegangen, da fragte Frau Helena ihn, ob er von dem Konzert gehört habe, das am Abend im Schuldorf Bergstraße stattfinde. Es sei im Freien – ob er nicht Lust habe, sie zu begleiten. Da er nichts Besseres vorhatte, sagte er zu. Der Tag war sehr heiß gewesen, und noch zu Beginn des Konzerts fächelten sich die Damen mit den Programmheften frische Luft zu. Als die erste Hälfte des Konzerts vorüber und die Sonne untergegangen war, hatte die Hitze deutlich nachgelassen. Die beiden standen auf und bummelten über das weitläufige Gelände zwischen den hohen Kiefern. Man war sich einig, dass die Schüler sich viel Mühe gegeben und große Anerkennung verdient hatten, dass dies jedoch für sie, für Joris und Frau Helena, nicht ausreichte, um die Musik auch zu genießen. So gingen sie weiter und ließen die im Wald verstreuten Gebäude hinter sich. Der von Nadeln bedeckte Waldboden war angenehm weich, jedoch etwas uneben, sodass Helena einmal fast gestrauchelt wäre. Deshalb hakte sie sich bei Joris ein. Als sie hörten, wie in der Ferne die Musik wieder einsetzte, hielten sie an. Sie wies mit dem freien Arm nach oben: „Sehen Sie den Vollmond! Ist das nicht ein wunderschönes Bild, wie er zwischen den Zweigen hängt, wie ein Lampion."

Ob es nun der Vollmond gewesen war oder die angenehmen Temperaturen – Joris hätte es später nicht sagen können. Er wusste nur, dass er sie an sich gezogen und geküsst hatte. Als sie dann zu Hause im Flur standen, sagte sie: „Komm, wir gehen jetzt zu mir."

Damit war aus Frau Helena für Joris Helen geworden. Das ging so bis zum Ende seiner Studienzeit, wobei sie zahllose schöne Stunden und wilde Nächte miteinander verbracht hatten. Aus einer Romanze wurde allmählich ein Bratkartoffelverhältnis, denn Helen war eine hervorragende Köchin, die es liebte, Joris mit ihrer böhmischen Küche zu verwöhnen. Für ihn hatte diese Beziehung fast nur Vorteile, allerdings machte Helen nun bezüglich ihrer Großzügigkeit einen deutlichen Unterschied zwischen Joris und den anderen Mietern, denn mit einem Mal sah sie es nicht mehr gerne, wenn er Damenbesuch mit auf sein Zimmer nahm, selbst wenn der Anlass auch einmal völlig harmlos war und man sich nur über Prüfungsthemen austauschen wollte. Joris empfand es auch als lästig, die Beziehung zur Vermieterin vor den Mitbewohnern zu verbergen.

Im Prüfungssemester kam noch einmal eine besondere Spannung auf. Helen setzte nun alles daran, Joris an sich zu binden. Sie schlug ihm vor, sich um eine Stelle am Schuldorf Bergstraße zu bewerben. Sie wollte allen Mietern kündigen, um mit ihm die gesamte Villa zu bewohnen. Doch für ihn stand fest, dass der Countdown lief und dass er einen harten Schnitt machen wollte. Er mochte Helen, gewiss, aber er lieb te sie nicht so, dass er für immer bei ihr hätte bleiben wollen. Er sagte zu ihr: „Es geht nicht. Ich kann es nicht bei diesem Altersunterschied."

Bei seinem letzten Besuch in seiner Wetterauer Heimat hatte sein Vater gefragt, ob er sich um eine Stelle im Wetteraukreis bewerben werde. Darauf hatte Joris ziemlich barsch geantwortet, das habe er auf keinen Fall vor. Der Vater versuchte es mit gütlichem Zureden: „Du hast doch dein Stadtschulpraktikum und auch dein Landschulpraktikum hier im Kreis gemacht, und beide Male hat es dir gut gefallen. Es müsste ja nicht hier am Ort sein, aber wir könnten uns dann öfter mal sehen. Man liebt doch seine Heimat."

„Heimat?" Joris lachte bitter auf. „Was habe ich denn von dieser Heimat kennengelernt? Ich bin doch überhaupt nicht herumgekommen. Ich kenne inzwischen Südhessen besser als Oberhessen. Hast du mir irgendeinen Ort, eine Stadt, ein Bauwerk gezeigt? Nichts! Für dich gabs doch nur dein Haus und deinen Garten. Und genau das sollte auch die Perspektive deiner Söhne sein. So hattest du dir das gedacht. Arbeiten am Samstag bis Sonnenuntergang und dann müde ins Bett fallen. Mir reicht's mit der oberhessischen Heimat."

Der Vater wollte nicht aufgeben und unternahm einen neuen Versuch: „Das Geld war immer knapp. Nur weil wir sparsam gelebt haben, konntest du studieren. Aber hier in der Familie hast du dich doch immer wohlgefühlt! Aber wenn du dann Lehrer bist, kannst du dir ein Auto kaufen und herumfahren und ganz Hessen kennenlernen. Und vielleicht nimmst du uns auch mal mit."

„Die Familie – diese Enge, dieser Muff! Immer in der Küche beieinanderhocken. Vor allem: Du hast mir nie ein eigenes Zimmer gegönnt, obwohl das möglich gewesen wäre, das weißt du genau. Dass ich das Dachzimmerchen zunächst mit Werner teilen musste, dazu gab es wohl keine Alternati ve. Doch dass du mir nach Werners Heirat den kleinen Neffen hineingesetzt hast, das habe ich nie verstanden."

„Aber es ging nicht anders, das weißt du genau. Sie konnten doch nicht zu viert in einem Zimmer schlafen!"

„Wilhelm hätte in eine größere Wohnung umziehen können. Darauf kommt jede junge Familie, wenn sie wächst. Nur du hast sie daran gehindert. Du wolltest sie hierbehalten, damit du weiterhin deine Macht über sie ausüben konntest. Wie ein Mafiapate willst du für alle sorgen, mit Zuckerbrot und Peitsche alle zusammenhalten. Du kannst dir gratulieren, denn das ist dir bis jetzt recht gut gelungen. Werner hat sich allerdings deinem Einfluss entzogen, und ich werde das auch tun. Ich werde in Südhessen bleiben. Ob für immer, das weiß ich nicht. Aber in absehbarer Zeit wird sich daran nichts ändern." Joris spürte, dass das harte Worte gewesen waren. Wohl hatte er erst in jüngster Zeit über all diese Dinge nachgedacht und auch einmal kurz erwogen, als Einsatzwunsch den Wetteraukreis zu nennen, diesen Gedanken jedoch schnell wieder verworfen.

Die Mutter wischte sich die Tränen ab. „Um Gottes Willen, Bub, wie redest du mit deinem Vater! Wir haben es doch nur immer gut mit euch gemeint. Und jetzt diese Vorwürfe. Ich verstehe das überhaupt nicht."

Joris wandte sich an sie: „Es tut mir leid, Mama. Ich wollte dir nicht wehtun."

Der Vater schien zu resignieren: „Man hat sich abgerackert, sein Leben lang. Die anderen zwei haben ein Handwerk gelernt, sind anständige und fleißige Menschen geworden und haben eine Familie gegründet. Du durftest als einziger studieren, und das ist jetzt der Dank!"

„Nun sag' nur noch, dass das dein Verdienst war. Eigentlich hast du nie gewollt, dass ich noch zur Höheren Schule überwechsele. Steinmann musste dich damals mühsam überreden, eigentlich überrumpeln. Während meiner gesamten Gymnasialzeit sagtest du immer nur: Du kannst nicht studie ren. Wir haben kein Geld. Schon als Schüler habe ich auf dem Bau geschuftet und dann auch in den Semesterferien. Schließlich bekam ich noch ein kleines Stipendium. Sag mir, wofür ich dir danken soll. Wenn ich einsehe, dass es gerechtfertigt ist, will ich das nachholen."

Vater und Mutter schwiegen. Anscheinend hatten sie Joris nicht verstanden. Ihm ging auf, dass er sie überfordert hatte mit seinem Versuch, einmal radikal der Wahrheit die Ehre zu geben. Beiderseits hatten sie einander nicht zugehört und Berge von Missverständnissen angehäuft. Eigentlich hätte Joris in den letzten Jahren aufgrund der räumlichen Distanz zu den Eltern die Chance gehabt, über die beiderseitigen Beziehungen nachzudenken und Klarheit zu gewinnen. Jedoch hatte er die Studienzeit genossen und es vermieden, sich mit Vergangenem und Unbewältigtem zu belasten. Und nun war er nicht bereit, klein beizugeben. Nur eine kleine Korrektur wollte er zulassen: „Bitte missversteht mich nicht! Ich will doch keinen Bruch mit euch. Für das, was ihr für mich getan habt, bin ich euch dankbar. Aber nun führt mein Weg in eine andere Richtung, als ihr es euch gewünscht habt. Das solltet ihr respektieren. Ja, nach dem Examen kaufe ich mir ein Auto. Dann werde ich euch öfter besuchen."

Als er dann im Zug saß und nach Süden in Richtung Darmstadt fuhr, plagten ihn Gewissensbisse. Dieser geharnischte Auftritt vor den Eltern war völlig daneben gewesen. Gewiss, während seiner Schulzeit hatte sich nicht zuletzt wegen seiner Abhängigkeit vom Elternhaus einiger Frust aufgebaut, den er immer wieder verdrängen musste. Doch mittlerweile befanden sie sich in einer veränderten Beziehung, die er für sein aggressives Verhalten ausgenutzt hatte, anstatt sich auf das Versprechen künftiger Besuche zu beschränken. Denn es läge natürlich ganz in seiner Hand, diese zu forcieren oder auch zu reduzieren. Am Ende seiner Überlegungen stand für ihn fest, dass er bei dieser emotionalen Prüfung kläglich ver sagt hatte. Er nahm sich fest vor, jene Scharte bei der nächsten sich bietenden Gelegenheit wieder auszuwetzen.

Tatsächlich bestellte Joris nach dem Examen einen französischen Kleinwagen, den er in Raten abbezahlen wollte. Vom Regierungspräsidenten in Darmstadt kam bald danach ein Schreiben, dass er in der Volks- und Realschule in Gustavsburg eingesetzt werde. Nun hatte er vier Wochen Zeit, um eine Wohnung zu suchen und umzuziehen. Sein Abschied von der Bergstraße stand fest.

Zu seinem Bedauern gab es in Gustavsburg keine Hochhäuser. Es wäre sein Traum gewesen, sehr hoch, vielleicht im zehnten oder zwölften Stock, zu wohnen mit einem freien Blick über die gesamte Stadt, über den Main, im Westen bis nach Mainz und im Norden auf den Taunuskamm. So musste er sich mit einem Apartment im vierten Stock eines Wohnblocks in der Nähe der Schleuse zufriedengeben. Vom Balkon aus genoss er jedoch einen Blick auf den Main mit dem Taunus im Hintergrund, was ihn sogleich versöhnte. Nur eine Pappelallee bildete davor eine kammartig durchlässige Sichtbarriere. – In einem Möbelgeschäft bestellte er ein Bett. Bei einem Trödler kaufte er einen zweiflügligen Kleiderschrank in Mahagoni, einen Schreibtisch in schwarz gebeizter Eiche, einen leichten Lehnstuhl und einen alten Stuhl. Als sein Auto angekommen war, gab er seine Vespa in Zahlung und packte sein spärliches Inventar in den Koffer und zwei Pappkartons.

Helen gab sich beim Abschied betont heiter und zuversichtlich, denn sie sagte: „Ich habe ja deine Adresse und werde dir schreiben. Auch habe ich mich schon mal nach Zugverbindungen erkundigt. Es ist schön, dass du nicht so weit wegziehst. In zwei Stunden bin ich bei dir. Wahrscheinlich besuche ich dich mal von Samstag auf Sonntag."

Nun musste Joris sich schnell verabschieden. Unterwegs dachte er: Verdammt – Gustavsburg liegt zu nah! Das hätte ich nicht geglaubt. Vielleicht hätte ich in die Umgebung von

Kassel gehen sollen. Das wäre dann ein eindeutiges Signal gewesen. Ab sofort darf ich nicht mehr so nett zu ihr sein, sonst macht sie sich weiterhin Hoffnungen. Ich muss mit Elly Kontakt aufnehmen, die im Kreis Marburg eine Stelle angetreten hat. Werde ihr gleich schreiben und ihr ein Treffen vorschlagen. Nur so komme ich von Helen los.

Die dienstliche Vereidigung durch den Schulrat des Landkreises Groß-Gerau war in jeder Hinsicht ernüchternd. Etwa zwanzig junge Lehrerinnen und Lehrer hatten sich eingefunden, die Damen im Kostüm oder gedecktem Kleid, die Herren im Anzug oder in Kombination und mit Krawatte. Joris hingegen hatte es sich der Jahreszeit gemäß bequem gemacht, denn er trug eine helle Leinenhose, darüber ein gelbes Polohemd und an den nackten Füßen Riemchensandalen. Da er sich underdressed vorkam, setzte er sich in die letzte Reihe. Der Schulrat hielt eine kurze Ansprache, bat die Anwesenden zur Vereidigung aufzustehen und las die Eidesformel vor. Alle sollten darauf antworten mit: „Ich schwöre es." Dann wurde jedem eine Urkunde überreicht.

Nun bin ich wohl Lehrer, dachte Joris. – Habe ich geschworen? Eigentlich nicht. Aber ich habe sicher das *Ich schwöre es* mitgedacht. Wie hätte ich dem entgehen können? Hätte ich widersprechen sollen? Also bin ich nun ein vereidigter Beamter des Landes Hessen. Basta!

Auch in der Schule gab es eine feierliche Begrüßung in der kurzen Eröffnungskonferenz zu Beginn des neuen Schuljahrs. Steinmann stellte Joris als seinen ehemaligen Schüler vor, den er gefördert habe. Für ihn sei es eine besondere Freude, dass es Joris Hainbuch zu ihm nach Gustavsburg gezogen habe. Deshalb habe er auch all seinen Einfluss geltend gemacht, um dies zu ermöglichen.

„Denn eigentlich", so fuhr er fort. „Eigentlich besteht an unserer Schule kein Lehrkräftemangel. Aber ich konnte den Schulrat weichklopfen. Wir fahren in der Realschule ja seit einigen Jahren zweizügig. Aber ein junger Kollege muss ja seine Erfahrungen als Klassenlehrer machen und soll nicht nur als Fachlehrer oder Krankheitsvertreter herumvagabundieren. Deshalb haben wir diesmal ausnahmsweise drei fünfte Klassen gebildet, die infolgedessen auch angenehm klein ausgefallen sind. Nun hoffe ich, dass sich das für alle Beteiligten, für die Fünftklässler, für die Parallelkollegen und natürlich auch für dich, mein lieber Joris, positiv auswirken wird. Alles Gute für dich und viel Erfolg!"

Es wurde verhaltener Beifall geklopft. Aber es war auch ein Gemurmel zu vernehmen. *Spezialbehandlung, Klüngelei* und *Extrawurst*, meinte Joris herauszuhören. Er beugte sich tief über die Tagesordnung und fühlte sich überhaupt nicht wohl, war jedoch der Situation nicht gewachsen. Es fehlte ihm, das empfand er deutlich, die Geistesgegenwart und die Schlagfertigkeit, um sich mit einem gut formulierten Satz zu bedanken und sich bescheiden von ganz vorne in den Hintergrund zu rücken. Nur so hätte er die Situation vielleicht retten können.

In den nächsten Wochen versah er seinen Unterricht nach besten Kräften und mit Sicherheit nicht glänzend, sondern eher mühsam. Im Lehrerzimmer war ihm ein Platz zugewiesen worden. Er saß an der Ecke neben Herrn Bodemer, der ein zäher Gesprächspartner war. Zu Beginn der großen Pause packte Bodemer ein Leberwurstbrot aus, das er langsam aufaß, wobei er jeden Bissen mit Andacht kaute. Am Schluss breitete er das Brotpapier aus, strich es bedächtig mit der flachen Hand glatt, faltete es zusammen und steckte es in seine Aktentasche. Dann sagte er einen klug formulierten Satz, mit dem er auf eine Gesprächssituation einging, die bereits eine ganze Weile zurücklag. Da alle seine unbeholfene und zugleich überhebliche Art kannten, schmunzelte niemand mehr.

Ihnen gegenüber saßen die Kollegen Kander und Rembach, die sich offenbar gut verstanden, obwohl sie völlig verschieden waren. Kander war ein feinsinniger Mensch, der gerne mit geschliffenen Formulierungen glänzte. Rembach, der Kunstlehrer, war ein Raubein, der aus seinen Vorurteilen gegen Gastarbeiter und andere Fremde keinen Hehl machte, sondern sie im Lehrerzimmer laut hinausposaunte. Herr Steinmann hatte es wohl gut gemeint, als er Joris Herrn Rembach als Mentor beigegeben hatte.

Der Junglehrer sollte einmal in der Woche bei seinem Mentor hospitieren, so stand es in der Ausbildungsordnung, und dieser hatte regelmäßig die Unterrichtsplanungen zu überprüfen und abzuzeichnen. Jeden Montag legte Joris Herrn Rembach seinen Ordner mit den Vorbereitungen auf den Tisch. Dieser schlug die letzte Seite auf, die obenauf lag, und unterschrieb, ohne auch nur eine Zeile gelesen zu haben. Zunächst vertröstete er Joris mehrfach, als dieser sich zum Hospitieren anmelden wollte.

„Eine Kunststunde, wie Sie sich das vorstellen", sagte er. „Die gibt es bei mir nicht. Da läuft immer vieles parallel." Er wiegelte ab: „Ich kann mir nicht vorstellen, dass Ihnen das was bringt."

Schließlich durfte Joris doch einmal in eine Stunde von Herrn Rembach kommen. Tatsächlich liefen mehrere didaktische Stränge in verwirrender Weise kreuz und quer. Einige Mädchen aquarellierten, ein paar Jungen arbeiteten an einem Weißlinienschnitt. Herr Rembach gab einen Aufsatz zurück, sammelte Geld ein, ließ sich ein paar Hausaufgaben zeigen und demonstrierte schließlich bei einer Vierergruppe, wie man einen Linolschnitt druckt. Während der ganzen Stunde war es sehr laut in der Klasse, was den Lehrer jedoch nicht zu stören schien, denn er sprach ständig mit erhobener Stimme.

Anstelle einer Nachbesprechung sagte der Kunstlehrer: „Sehen Sie, Herr Hainbuch, das ist die ganz normale alltägliche Praxis. Wir sind hier an der Front. Mit dem, was Sie studiert haben, hat das natürlich gar nix zu tun. Ich habs Ihnen ja gleich gesagt – es bringt Ihnen nix."

So stand es endgültig fest, dass Joris von Rembach nichts, aber auch gar nichts profitieren konnte. Nun musste er sich überlegen, wie er aus dieser unfruchtbaren Betreuungssituation herauskäme. Während einer Pausenaufsicht im Hof stand er neben Herrn Kander, dem er sein Leid klagte. Aber dieser hielt sich äußerst bedeckt, wollte gar nichts dazu sagen. Aber Joris ließ nicht locker. Vor allem wollte er, dass Herr Kander sein Mentor werde. Nach zwei Wochen gab dieser seine Zustimmung, und auch der Rektor hatte nichts gegen den Wechsel einzuwenden.

Die Hospitationen bei Herrn Kander konnte Joris geradezu genießen; meistens besuchte er Deutschstunden. Kander hatte eine achte Realschulklasse, mit der er wie ein hochsensibler Dirigent feinfühlig kommunizierte. Die Stunden waren immer spannungsvoll aufgebaut, es gab gezielt kalkulierte Höhepunkte, und Kander wusste fruchtbare Gesprächsmomente zu nutzen. Er musste nie laut werden oder schimpfen. Wenn er einmal über eine Dummheit oder Begriffsstutzigkeit in äußerste Verzweiflung geriet, rief er aus: „Es ist zum Mäuse-Melken!" Das war auch schon der höchste Grad eines Gefühlsausbruchs, den er sich gestattete, und dabei konnte er sich nicht einmal ein feines Lächeln verkneifen.

Joris hatte für jede Unterrichtsstunde eine schriftliche Planung anzufertigen, wobei es sich in der Regel um einen kurz gefassten Stundenverlauf handelte. Eine Stunde pro Woche hatte er ausführlich zu planen mit didaktischen Begründungen einschließlich einer Analyse der Inhalte und Methoden. Dabei bevorzugte Joris die Fächer Kunst, Deutsch und Geschichte. Nun war er neu motiviert und hoffte, in Herrn Kander einen interessierten und kritischen Leser gefunden zu haben, der ihm dann auch noch wertvolle Anregungen geben könnte. Doch wie wunderte er sich, als er am nächsten Montag dem Mentor seinen Ordner überreichte! Kander unterschrieb und gab Joris die Mappe lächelnd zurück. Als dieser ihn erstaunt, ja geradezu fassungslos an blickte, sagte er: „Das geht schon in Ordnung. Ich bin überzeugt, dass Sie das gut machen, ja, sogar sehr gut. Mir steht es nicht zu, für Sie den Oberlehrer zu spielen."

Joris konnte seine Enttäuschung nicht unterdrücken, deshalb erwiderte er: „Mir würde sehr viel an Ihrer Kritik und vielleicht auch der einen oder anderen Anregung liegen. Schließlich wird uns auch in der Ausbildungsordnung dafür eine Stunde eingeräumt."

„Aber mein lieber Kollege Hainbuch, sind wir nicht ständig im Gespräch? Ich bezweifle nicht, dass da mehr als eine Stunde pro Woche zusammenkommt."

Joris hatte kein Telefon, und er wollte auch keines haben, denn er stellte sich vor, dass man ihn über dieses direkte und sehr indiskrete Medium jederzeit in unangenehmer Weise überfallen und ihn sozusagen auf dem falschen Fuß erwischen könne. Denn er war ständig beschäftigt. Wenn er nicht gerade seinen Unterricht vorbereitete, zeichnete, malte oder collagierte er. Er las, oder er stand einfach auf dem Balkon und blickte auf den Main und verfolgte die Fahrt eines langsam vorbeiziehenden Frachtschiffs. Er hatte nicht den Eindruck, dass es einmal einen Leerlauf gab. Eigentlich waren ihm die Tage zu kurz. Das heißt, die Schulvormittage hätten kürzer sein dürfen. Nach sechs Stunden Unterricht war er völlig ausgelaugt, nach fünf Stunden fühlte er sich deutlich besser. Am Samstag hatte er sogar nur vier Stunden; danach konnte er direkt und mit viel Elan in die nächste Aktivität einsteigen. Nein, ein Telefon vermisste er überhaupt nicht.

Umso wichtiger waren ihm die Briefe, die er schrieb und erhielt. Anfang der Woche hatte Elly geschrieben. Sie hatte sich über Joris' ausführlichen Bericht über Gustavsburg und die hiesigen Schulverhältnisse gefreut und schlug für nächsten Sonntag ein Treffen auf halber Strecke vor, nämlich in Friedberg. – Nun kommt etwas in Gang, dachte er. Elly ist ein netter Kerl, immer gut aufgelegt, lebhaft und unterneh mungslustig. – Er hatte eigentlich nur positive Erinnerungen, wenn er an die gemeinsamen Stunden während des Studiums dachte. Lediglich ihre schnippische Art hatte ihn bisweilen gestört. Aber sie war bereits seit einem Jahr im Schuldienst, der sicher auch von ihr seinen Tribut forderte. Joris sagte zu. Er würde sie um zehn nach zehn am Bahnhof abholen. Sie würden durch die verwinkelte Altstadt schlendern, auf der Kaiserstraße zwischen den Marktständen und den zahlreichen Läden bummeln, um dann in der Burg anzulangen. Seine alte Penne wollte er ihr nur im Vorübergehen zeigen, und sie würden dann einen langen Spaziergang durch den Burggarten unternehmen. Alles Weitere könnten sie spontan entscheiden. Am Abend würde sie mit der Bahn nach Marburg und er mit dem Auto nach Gustavsburg zurückfahren.

Am Freitag erhielt er einen knappen Brief von Helena.

Mein liebster Joris,

vor vierzehn Tagen war die Beerdigung meines Vaters in Hannover. Ich war eine Woche dort, musste mich um meine Mutter kümmern, die aber sehr gefasst war. Nun geht hier das normale Leben weiter. Drei neue Studis im Dachgeschoss. Nur der Rudi ist noch da. Jetzt komme ich auch endlich dazu, mein Versprechen einzulösen. Am Samstag um halb eins bin ich bei dir, und wir haben ein schönes langes Wochenende vor uns. Ich freue mich unbändig auf dich. Du musst nichts vorbereiten, ich bringe alles mit.

Es küsst dich tausendmal
Deine Helen

Es gibt also auch Überfälle ohne Telefon, dachte Joris. Nicht einmal absagen kann ich, so kurzfristig hat sie sich angekündigt. Aber das lasse ich kein zweites Mal durchgehen – dann bin ich einfach weg.

Nur gut, dass Elly über die Schule telefonisch zu erreichen war. So konnten sie das Treffen um eine Woche verschieben.

Helen bringt alles mit – was soll denn das heißen? – Ganz will ich mich doch nicht auf sie verlassen – das könnte ihr so recht sein, wenn sie mich hier hilfsbedürftig anträfe. Wenn sie mir demonstrieren könnte, dass mir *eine Frau fehlt*, dass *sie* mir fehlt, so hätte sie es gerne. Ich muss einiges einkaufen: Brot, Wurst, Schinken, Käse, ein bisschen Grünzeug und Wein. Keinen Sekt – das würde sie zu ihren Gunsten auslegen.

Helena – ganz in Schwarz – stand mit zwei schweren Taschen vor der Tür. Sie sah in erschreckender Weise gealtert aus.

„Hier, nimm mal! Die sind ziemlich schwer", keuchte sie. „Eigentlich hättest Du mich am Bahnhof abholen können."

„Ich bin auch erst vor wenigen Minuten von der Schule nach Hause gekommen. Hatte noch eine lange Besprechung mit meinem Mentor", schwindelte er.

„Mentor, wer ist das?", fragte sie.

„Ein qualifizierter Kollege, der mich in Unterrichtsfragen berät. – Sollen wir hier an der Tür stehen bleiben?", fragte Joris.

„Natürlich nicht! Du könntest mir mal meine Jacke abnehmen. Und dann werde ich loslegen und uns etwas Vernünftiges zum Essen kochen", versprach sie. „Du hast abgenommen, wie mir scheint, siehst älter und ernster aus."

„Mit drei Kilo weniger fühle ich mich wohler. Vielleicht bin ich etwas abgespannt." Er schloss die Wohnungstür und trug die Taschen zu dem auf einem schmalen Tisch stehenden zweiflammigen Gaskocher, wo er sie abstellte.

„Freust du dich denn nicht, dass ich da bin? Nicht einmal umarmt hast du mich, und ich habe auch keinen Kuss von dir bekommen. Magst du mich überhaupt noch?", fragte sie.

Joris nahm Helens Jacke, küsste sie flüchtig auf die Wange. Dann brummte er halblaut: „Mit dieser Art von Verhör wollen wir nun doch wohl nicht fortfahren – oder?"

„Nein – nein!", beteuerte sie. „Setz dich hin und entspann dich. Hier, ich hab dir Post mitgebracht, die in den letzten Wochen für dich angekommen ist."

„Oh ja – ich muss unbedingt bei der Post einen Nachsendeantrag stellen!", sagte er mehr für sich.

„Ist nicht nötig", erwiderte sie. „Ich kann dir deine Post ja regelmäßig bringen. So, machs dir bequem. Ich glaub, ich finde in deiner Miniküche alles, was ich brauche. Du hast es wirklich schön hier. Etwas kahl ist das Zimmer noch, aber die Aussicht ist unbezahlbar."

Joris setzte sich in seinen Lehnstuhl und sah die Post durch. Claudia berichtete, dass sie an eine zweiklassige Landschule gekommen war, an der sie die ersten vier Jahrgänge zu unterrichten hatte. Die Verhältnisse an der Schule mit einem älteren Kollegen zusammen mussten paradiesisch sein, das Leben in dem kleinen Dorf hingegen sei sehr einsam. Sie müsse durchhalten bis zur Zweiten Dienstprüfung; danach wolle sie unbedingt einen Versetzungsantrag stellen. Sie träume von Südhessen. Joris beneide sie dafür, schrieb sie, dass er immerhin in eine Kleinstadt gekommen war.

Heimo meldete sich aus einem größeren Dorf bei Offenbach. Er schrieb auf einer Postkarte: *Du solltest mich mal besuchen. Aber du wirst mich zunächst nicht wiedererkennen. Du weißt ja, worunter ich immer so gelitten habe.* – Ich könnte darauf wetten, dachte Joris. – Bestimmt hat er sich ein Toupet verpassen lassen. Oh, der Ärmste! Ich fürchte, er sieht verboten aus. Ja, der Nachsendeantrag ist dringender als alles andere. Helen als meine Postbotin – nur das nicht noch länger!

Helen, die sich ein wenig in seinem Apartment umgesehen hatte, trat noch einmal zu ihm. Sie sagte: „Das ist eine ideale Wohnung für einen Junggesellen. Großes Wohnzimmer mit Kochnische und Bad. Ja, und dann dieser traumhafte Balkon, auf dem du den Sommer über sitzen kannst. Da fehlen nur noch ein paar praktische Möbel und ein Sonnenschirm."

„Kommt alles noch", erwiderte er ein wenig mürrisch.

Vom Kocher her duftete es ganz verführerisch. Natürlich hatte sie sein Lieblingsgericht mitgebracht, das sie jetzt aufwärmte: Schweinebraten, Kartoffelknödel und Weißkrautgemüse mit viel Kümmel. – Da könnte ich schwach werden, dachte Joris. – Fast jedenfalls.

Er deckte den Couchtisch vor dem Bett und rückte den Stuhl heran.

„Du könntest dir noch einen zweiten Stuhl kaufen. Das nächste Mal bring ich dir eine Tischdecke mit, und dann essen wir schön gepflegt da an dem Tisch."

Helen deutete auf den Zeichentisch, der aus zwei Böcken und einer Arbeitsplatte improvisiert war und vor dem Schreibtisch stand. Er war fast vollständig bedeckt mit einer Unzahl von geschnittenen und gerissenen Papierfetzen. Es standen da mehrere Konservendosen mit Zeichenstiften und Pinseln, zwei Gläser mit Wasser. Außerdem lagen da Scheren, ein Skalpell und eine Schachtel mit Gouache-Farbtuben.

Joris versuchte seine Verärgerung zu unterdrücken, was ihm jedoch nicht ganz gelang. Er sagte betont ruhig: „Du siehst doch, dass das ein Arbeitstisch ist, den ich nicht schnell abräumen kann, ohne alles durcheinander zu bringen."

„Aber dein Schreibtisch ist doch wirklich groß genug. Du müsstest nur die Schreibmaschine ein Stück zur Seite rücken", schlug sie vor.

„Es bleibt alles, wie es ist", bestimmte er. „Wenn ich mal eine größere Wohnung habe, wird es auch einen Esstisch geben. Aber im Moment steht das überhaupt nicht zur Diskussion."

Sie versuchte, ihn zu besänftigen: „Ja, ja, ist ja schon gut. Du hast es wirklich schön hier. Man sieht auf den ersten Blick, dass es hier keine Frau gibt. Die Bücher, die vielen Bilder, keine Blumen, überhaupt nichts Grünes. – So, wir können essen."

Nachdem sie den Tisch abgeräumt hatten, meinte Helen: „Du könntest die Rollos etwas herunterlassen. Wir sind heut beide früh aufgestanden. Wir könnten uns ein wenig entspannen."

Zunächst war an Entspannung allerdings nicht zu denken, denn als routiniertes Paar fanden sie schnell zueinander. Die Kleider landeten auf dem Fußboden, und es wurde turbulent und aufregend wie schon lange nicht. Doch dann waren sie tatsächlich eingeschlafen. Joris wachte nach einer halben Stunde auf und stieg vorsichtig aus dem Bett. Er schlich durch das Zimmer, lugte durch die Jalousien, stand am Zeichentisch. Um hier weiterzuarbeiten, war es zu dunkel. Außerdem musste er jeden Moment damit rechnen, dass sie aufwachte, und dann war es sowieso vorbei. Zum Arbeiten brauchte er absolute Ruhe. Selbst wenn sie auf der Bettkante säße und sich beschäftigte – sie könnte ja lesen – sogar das würde ihn stören. Und wenn sie ihn besuchte, erwartete sie natürlich, dass er für sie Zeit hätte.

„Joris, du bist ja schon aufgestanden und angezogen", hörte er sie klagen. Schnell ging er zum Fenster, um das Sonnenlicht hereinzulassen.

„Oh Joris, warum machst du es so hell? Du bist grausam", klagte sie.

Er ging in die Küchenecke und räumte das Geschirr weg.

„Ach Joris, wenn du schon nicht zu mir kommst, könntest du uns wenigstens einen Kaffee machen!", bat sie.

„Mach ich. Dein Wunsch sei mir ein Befehl", sagte er und dachte: Wie angenehm ist es doch, allein zu sein! – Er warf einen kurzen Blick hinüber zum Bett. So sah sie wunderschön aus, wie sie da auf dem Rücken lag und mit beiden Händen über ihre Brüste strich. Vorhin hatte er ihre Falten am Hals und am Bauch gesehen, und das hatte ihn für einen Moment verstimmt. Aus der Distanz wirkte ihr Körper makellos. Er musste sich die falschen Gedanken verbieten. Eigentlich hatte er das alles schon eingehend mit sich selber durchdiskutiert und eine klare Entscheidung getroffen. Achtzehn Jahre Altersdifferenz waren einfach zu viel! Wenn er hier in Gustavsburg keinen Schlussstrich zog, dann würde es ihm nie gelingen. Er stellte das Tablett auf den Couchtisch und setzte sich zu Helen auf die Bettkante.

„Schön hast du das gemacht. Sogar ein paar Kekse. Hier bei dir ist es viel gemütlicher als in einem Café." Sie legte ihre Hand auf seinen Schenkel. – Warum habe ich mich nicht gegenüber auf den Stuhl gesetzt?, dachte er. Nun ist es zu spät. Den Kaffee kann sie ja nicht im Liegen trinken; sie wird sich wohl aufrichten müssen.

Helen schlang sich die Decke um den Körper und setzte sich auf. „Sag mal, Joris", begann sie. „Du wohnst jetzt einen Monat hier. Putzt du eigentlich?"

„Natürlich! Was denkst du? Ich habe einen Staubsauger. Sobald ich eine Staubflocke sehe oder Papierschnitzel, saug ich sie auf."

Anscheinend war sie mit seiner Auskunft nicht ganz zufrieden. „Ich meine", sagte sie. „Putzt du einmal in der Woche ganz durch?"

„Was soll der Unsinn? Ich bin doch kein Schwabe! Die putzen ja angeblich nach dem Kalender. Das nennen sie Kehrwoche, soviel ich weiß. Nein, nein – hier ist alles sauber und im Lot. Mach dir mal keine Sorgen."

Jetzt begehrte sie auf: „Sauber ist was anderes, mein Allerliebster! Nicht ein einziges Mal hast du feucht durchgewischt. Das sehe ich doch."

Sie trank hastig ihren Kaffee aus, zog ihre Unterwäsche an und stellte das Geschirr auf die Spüle.

„So, Joris, nun nimm dir mal den Stuhl und ein Buch und setz dich auf den Balkon, damit du mir nicht im Weg bist. Ich muss deinen Boden aufwischen."

Joris tat, wie ihm geheißen und sagte im Hinausgehen: „Tu was du nicht lassen kannst, aber lass dir gesagt sein: Ich hasse das. Es ist einfach grauenhaft, so eine Hausfrauenherrschaft."

„Ja, ja", gab sie nachsichtig zurück. „Du wirst dich noch daran gewöhnen."

Joris las: *Clarisse und ihre Dämonen*. Er blickte auf. Ja, dachte er, ganz so kompliziert wie bei Musil liegen die Dinge hier nicht. Es ist ein Glück, dass sie klar sagt, was sie im Schilde führt. Damit macht sie es mir leicht, richtig zu reagieren.

Nach einer Weile öffnete Helen die Balkontür und sagte: „Jetzt ist alles blitzblank. Der Boden muss nur noch trocknen."

Barfuß und im schwarzen Unterrock stand sie in der offenen Tür. Sie trat zu ihm und fragte: „Was liest du? Lass mal sehn! Das ist ja eine dicke Schwarte. *Der Mann ohne Eigenschaften*. Ist das ein Krimi?"

„Nein." Joris blickte nicht auf und versuchte weiterzulesen.

„Ist es denn wenigstens spannend? Passiert etwas?"

„Nein, in dem Sinne, wie du es meinst, ist es nicht spannend. Allerdings passiert sehr viel. Aber es gibt auch lange Passagen mit Reflexionen, mit Gedanken und inneren Monologen oder auch Gesprächen, in denen nichts geschieht, in denen sich kaum etwas weiterentwickelt."

„Nein", meinte sie. „Ich glaube, das ist nichts für mich. Du, der Boden ist trocken. Wir können hineingehen."

„Gut", bestimmte er. „Dann ziehen wir uns an und fahren nach Mainz. Ich möchte mit dir heute Abend in eine Weinstube gehen."

„Du bist ein Schatz", jubelte sie. „Das hab ich mir schon immer einmal gewünscht. Das muss ja urgemütlich sein und intim, wie ich gehört habe. Ich freue ich mich wahnsinnig darauf."

Joris antwortete nicht. Gemütlich ist es in der Tat, dachte er. – Aber alles andere als intim. Deshalb gehen wir ja in eine Weinstube, damit es nicht zu intim wird. Irgendwie müssen wir die Zeit totschlagen.

Hinter dem Kaufhaus auf dem Trümmergelände, das immer noch wie eine offene Wunde dalag und an den Krieg erinnerte, konnte er sein Auto abstellen. Sie flanierten über den Liebfrauenplatz hinüber zum Marktplatz. Helen hängte sich bei Joris ein. Sie konnte sich vor Begeisterung kaum fassen. „Dass ich noch nie hier war, ist eine Sünde!", rief sie aus. „Aber jetzt mit dir – es ist einfach ein Traum. Können wir auch in den Dom gehen?"

„Der ist jetzt zu", erklärte er. „Dazu hätten wir eine Stunde früher hier sein müssen."

„Na, dann eben beim nächsten Mal", meinte sie optimistisch und voll ehrlicher Vorfreude.

Sie tauchten in eine der schmalen Altstadtgassen ein, bewunderten die Fachwerkhäuser, verharrten vor den Schaufenstern der kleinen Läden. Dann standen sie vor der ersten Weinstube. Als sie eintraten, war Joris überhaupt nicht zufrieden. Der Inhaber hatte den Gastraum veredelt. Er hatte anstelle der Tische und Bänke kleine Tische mit jeweils vier Stühlen aufgestellt. Helen war ein wenig enttäuscht, als Joris gleich wieder kehrtmachte und hinausging. Er erklärte ihr: „Wenn man eine Altmainzer Weinstube zum Edelrestaurant umfunktioniert, dann ist auch das alte Flair dahin. Komm, wir ziehen weiter."

Im Zickzack stiegen sie über das Kopfsteinpflaster der schmalen Gassen, wanderten die Jakobsbergstraße hinunter, als Joris meinte, in einer schmalen Seitenstraße das Lokal gefunden zu haben, das er suchte. In dem Raum standen lange Tische mit Bänken ohne Rückenlehnen.

„Hier sind wir richtig", stellte er fest.

„Aber es ist doch gar kein Platz frei!", seufzte sie verzweifelt.

„Hier ist noch Platz für euch. Kommt her und setzt euch zu uns!", rief ein Gast.

Tatsächlich rückten die Leute zusammen, und mit einem Mal war für die beiden Fremden Platz. Sie stiegen über die Bank und wurden von allen so freundlich begrüßt, als seien sie alte Bekannte. Der Wein wurde hier aus hohen Schoppengläsern getrunken. Joris bestellte für sich einen Riesling, Helen entschied sich für einen Müller-Thurgau.

„Wollt Ihr auch was esse?", fragte die Wirtin. „Wir habe Spundekäs, Handkäs mit Musik, Speckkartoffele mit Spiegelei und Sülz mit Bratkartoffele."

Joris entschied sich für Handkäs mit Musik, und Helen schloss sich an, da ihr die Bezeichnung gefiel. „Handkäse kenn ich", sagte sie. „Aber auf die Musik bin ich gespannt."

Von allen Seiten erscholl wieherndes Gelächter. „Warts nur ab!", riefen einige. „Die Musik kommt hinnerher. Du bist wohl das erste Mal in Mänz."

Als die Teller vor ihnen standen, musste auch Helen lachen. „Ich ahne etwas", kicherte sie. „Die Zwiebeln, oh, die vielen Zwiebeln!"

„Schau her, Helen", erklärte ihr Joris. „Man muss sich das selber herrichten. Schau so!" Nachdem er den zerkleinerten Käse mit der Marinade gemischt hatte, ergänzte er: „Am besten schmeckt es, wenn mans eine Weile durchziehen lässt."

„Du bist aber kein Anfänger. Von wo kommst du?", wollte jemand wissen.

„Ich wohne in Gustavsburg, allerdings erst seit vier Wochen. Aber in Mainz bin ich früher schon öfter gewesen. Ich habe einen Freund, der hier lebt."

Ein Weißhaariger mit stark gerötetem Gesicht erregte sich: „Gustavsburg! Wenn ich den Namen schon höre. Der Ort hat zu Mainz gehört, und die Hessen haben ihn uns geklaut. Es ist eine Ungerechtigkeit!"

Sein Nachbar versuchte, ihn zu beruhigen: „Gustavsburg ist doch ein elendes Nest." Dann wandte er sich an Joris: „Ich wär an deiner Stell doch gleich nach Mänz gezoge."

„Das mag wohl sein, gestand Joris dem Mainzer zu. Immerhin liegt dieses Nest im Mainspitzdreieck und dicht bei Mainz. Das war mir wichtig. Ich bin halt im hessischen Schuldienst."

„Na dann hast dus ja goldrichtig gemacht. Also, lasst es euch schmecke."

Der Abend war gerettet.

Da es in Joris' Bett eng zuging, wachten sie am Sonntag schon früh auf. Jedoch waren sie nicht so recht ausgeschlafen, weshalb sie sich so lange miteinander beschäftigten, bis wieder viel Platz war. Danach erklärte Helen fröhlich, sie hätten ein Bettverbreiterungsprogramm erfunden.

„Das ist allerdings nicht unsere Erfindung", erwiderte Joris. „Schon der alte Schiller hat gedichtet: *Raum ist in dem schmalsten Bette für ein glücklich bumsend Paar.*"

„Stimmt das?", rief Helen lachend. „Schiller war doch ein Klassiker. Nein, du willst mich veräppeln. Nun sag die Wahrheit!"

Joris zitierte den originalen Text: „*Raum ist in der kleinsten Hütte für ein glücklich liebend Paar.* Wir sind allerdings unglücklich Liebende, weil wir erleben, wie unsere Liebe sich ihrem Ende zuneigt. Wir spielen heute die Abschiedsvorstellung."

Nun wurde Helen sehr ernst. „Joris, ich mag es nicht, wenn du so redest. Fast meine ich, du genießt es, wenn du mir weh tust."

Da Joris ihr nicht widersprechen mochte, schlug er vor: „Komm, lass uns aufstehn und frühstücken. Danach laufen wir ein Stück am Main entlang und durch den Ort."

Helen wars zufrieden und stimmte zu.

Joris war schon mehrfach den Maindamm ab- und aufwärts gewandert, hatte ihn auch immer wieder verlassen, wenn sich die Möglichkeit ergab, direkt am Ufer entlangzugehen. Er beobachtete gerne die Frachtschlepper und die Tankschiffe, wobei er sich vorzustellen versuchte, wie das Leben der Binnenschiffer wohl aussähe. Er hatte schon mehrfach eine Frau auf einem Schlepper gesehen, die auf Deck Wäsche aufhängte oder anderweitig beschäftigt war. Er wollte sich einmal erkundigen, wie groß die Mindestbesatzung eines Binnenschiffs war. Selten hatte er mehr als zwei Personen gesehen. Schleppverbände und Schubverbände müssten wohl eine größere Besatzung haben. Bestimmt würde er hier einmal einen Schiffsführer kennenlernen, der ihm einiges erzählen könnte. Dann dürfte er vielleicht auch das Schiff besichtigen mit dem Ruderhaus, dem Maschinenraum, der Kabine und den Fracht räumen. Allerdings wäre er überhaupt nicht daran interessiert, auch mitzufahren, denn er stellte sich den Alltag auf einem Binnenschiff sehr eintönig vor.

Während Joris noch diesen Gedanken nachhing, schwärmte Helen von der weiten Landschaft und der frischen Brise, die hier ständig wehte. Bei der Straßenbrücke verließen sie den Uferweg, um von Westen her wieder in den Ort hineinzugehen.

Helen konnte ihre Enttäuschung nicht verbergen: „Ich hatte mir vorgestellt, dass das ein schöner Ort wäre mit einer Burg und netten alten Fachwerkhäusern."

„Gustav Adolph ließ im Dreißigjährigen Krieg hier eine Festung bauen, die noch in demselben Jahrhundert wieder geschleift wurde. Das Dorf begann sich aber erst zu Beginn des neunzehnten Jahrhunderts zu entwickeln, wie ich gelesen habe", erläuterte Joris.

Nachdem sie eine gesichtslose Neubausiedlung hinter sich gelassen hatten, weckte ein Gebäude Helens Interesse, das ein Makler zum Verkauf anbot. „Sieh mal, Joris, das ist doch ein hübsches Haus. Wäre das nicht was für uns beide?"

Joris stutzte: „Ich habe eine Wohnung. Und wenn du deine schmucke Villa verkaufst, hast du keine Mieteinnahmen mehr. Wovon willst du dann leben?"

Sie lachte: „Ach Joris, bist du naiv! Ich habe doch noch zwei Mietshäuser in Darmstadt. Und auch noch einige Aktien von meinem verstorbenen Mann. Ich lebe von den Dividenden, und die Mieteinnahmen lege ich an. Diese alte Hütte in Jugenheim empfinde ich nur als Belastung."

Joris blieb stehen, wandte sich Helena direkt zu und blickte sie ernst an. „Helen, ich verstehe nicht, dass du nicht schon längst wieder einen Mann in deinem Alter gefunden und geheiratet hast. Wie mir scheint, wärst du doch eine gute Partie."

„Ja, Joris, die Sache hat einen Haken. Mein Mann hat gut für mich vorgesorgt, aber er war auch geradezu krankhaft eifersüchtig. Deshalb hat er in sein Testament, das bei einem Notar in Darmstadt hinterlegt ist, bestimmt, dass ich ausschließlich die alte Villa erbe. Solange ich nicht heirate, gehören die Mieteinnahmen und die Dividenden mir. Nach meinem Tod oder bei meiner Wiederverheiratung gehen die Miethäuser und die Aktien an eine wohltätige Stiftung. So, jetzt weißt du Bescheid. Also keine Angst, ich will dich nicht heiraten. Ich müsste mir eine Arbeit als Kellnerin suchen. Etwas Besseres habe ich nicht gelernt."

„Immerhin, du bist komfortabel versorgt, sodass sich auch ein Mann damit arrangieren könnte. Aber nicht ich.

Mein Leben beginnt jetzt erst richtig. Ich habe noch einiges vor mir, und ich bin gespannt, was das Leben mir noch alles zu bieten hat."

„Joris, mein lieber Joris! Wir könnten doch ... Ach, wie du mich mit kalten Augen ansiehst, an mir vorbeiblickst! Wir könnten das Leben miteinander genießen."

Er fragte: „Verstehst du mich nicht, oder willst du mich nicht verstehen? Ich bin einfach zu jung, um mich schon zurückzulehnen. Als ich bei dir auszog, sagte ich dir klar und deutlich, dass unsere gemeinsame Zeit zu Ende ist. Natürlich war mir nicht klar, dass du eine reiche Witwe bist, sondern ich wusste nur, dass du eine hübsche, sympathische und liebenswerte Frau bist. Aber das genügt mir nicht, denn es gibt auch einiges, was uns trennt. Daran ändert sich auch nichts, nachdem du mir deine Einkünfte offeriert hast."

Helen bekam feuchte Augen. Sie sagte leise: „Joris, ich glaube, du bist ein dummer, ein harter und gefühlloser Mensch. Wenn du wüsstest, was ich für dich empfinde! Ich könnte es mir so schön vorstellen ..."

Als sie auf dem breiten Bürgersteig weitergingen, klaffte ein deutlicher Abstand zwischen ihnen beiden. Sie schwiegen. Joris überlegte, wie er einen deutlichen Schlussakzent setzen könnte. Aber es fiel ihm nichts ein.

Da fragte sie: „Möchtest du denn nicht, dass ich dich wieder besuche?"

Nun konnte Joris parieren: „Was versprichst du dir davon? Ich weiß nicht, wohin das führen soll."

Sie kamen durch eine Straße, in der sonderbare Fertighäuser standen. Sie waren anscheinend aus gepressten Blechen montiert, was man daran erkannte, dass einige der weiß lackierten Elemente Rost angesetzt hatten.

„Was sind denn das für hässliche Baracken?", entfuhr es Helen.

„Die Firma MAN hat diese Blechkisten nach dem Zweiten Weltkrieg entwickelt und hier in Gustavsburg produziert.

Wer weiß, vielleicht werden sie irgendwann noch unter Denkmalschutz gestellt", spekulierte Joris.

„Ich dachte schon, dir würde so etwas gefallen", seufzte sie. „Sie sind hart und kalt."

„Gut, ich weiß nun, dass ich ein Unmensch bin, ein Monster. Insofern dürfte es dir, die du eine sehr warmherzige Frau bist, nicht schwerfallen, mich ziehen zu lassen. So, wir sind bei meiner Wohnung angelangt."

„In einer halben Stunde geht ein Zug", stellte sie fest. „Bringst du mich noch mit dem Auto zum Bahnhof?"

„Sehr gerne tue ich das für dich", antwortete er wahrheitsgemäß.

Als Joris nach der Pausenaufsicht im Strom der Schüler durch den Schulflur geschoben wurde, trat Herr Stoß, der Berliner, an ihn heran. „Zu Ihrer Information, Kolleje Hainbuch. Nächsten Freitag ist unser Lehrerausflug. Wir fahren mit'm Bus in den Odenwald, wandern een Stick und dann jeht et zum Essen in een Jasthof. Eene jute Jelejenheit, mal miteinander ins Jespräch zu kommen."

„Und wohin fahren wir, wo kehren wir ein?", wollte Joris wissen.

„Weeß ick nich. Is ja och ejal. Man wird schon sehn", meinte Stoß.

„Ich kenne den Odenwald ganz gut. Hätte mich schon interessiert. Na gut, man wird sehen."

Stoß war Sportlehrer, ein athletischer Typ mit einer dröhnenden Stimme. Er war unkompliziert und hatte eine sehr direkte Art, sich zu artikulieren.

Die Sekretärin trat aus dem Rektorat und rief erfreut: „Ach, Herr Hainbuch, gut, dass ich Sie hier treffe. Der Rektor bittet Sie, in der nächsten großen Pause zu einem Gespräch in sein Büro zu kommen."

Na, dachte Joris. Seit wann sind wir so förmlich? Er war Herrn Steinmann fast täglich im Lehrerzimmer und im Schul

154

haus begegnet, und sie hatten immer ein paar freundliche Worte gewechselt. Die Sache mit dem Mentorenwechsel hatten sie nebenbei und ganz informell geregelt. Aber Steinmann hatte ihm ja seinerzeit gesagt, dass auch er als Rektor für die Zweite Ausbildungsphase der Junglehrer eine Mitverantwortung trage, sodass sie in unregelmäßigen Abständen eine Tour d'Horizon machen müssten. Ja, das musste es wohl sein. Probleme gab es keine. Wahrscheinlich war es nicht mehr als eine Pflichtübung.

Zwei Stunden später betrat er das Rektorat. Steinmann saß hinter seinem voluminösen Schreibtisch, grüßte und machte eine einladende Geste in Richtung auf die beiden Stühle, die vor dem Schreibtisch standen.

„Ja, Joris, setz dich. Mach es dir bequem. Wie geht es dir? Vier Wochen bist du jetzt hier an unserer Schule. Wie hast du dich mittlerweile eingelebt? Wie gehts mit der Klasse? Und die Kolleginnen und Kollegen – kommst du mit allen klar?"

Joris richtete sich auf und nickte lebhaft. „Danke, Herr Steinmann, alles bestens. Die Klasse ist sehr angenehm. Ich habe auch schon einige Eltern kennengelernt. In zwei Wochen mache ich einen Elternabend und hoffe, dann alle oder doch die meisten Eltern zu sehen."

„Und die Kollegen?", fragte der Rektor.

„Da lasse ich mir Zeit. Es ergibt sich immer einmal das eine oder andere Gespräch im Lehrerzimmer, im Flur oder bei der Aufsicht auf dem Hof. Die meisten sind sehr nett, einige zurückhaltend."

„Ja, sehr interessant! Wie findest du die Atmosphäre im Lehrerzimmer?"

„Ich habe keine Vergleichsmöglichkeiten. Es ist ja schließlich meine erste Stelle. Aber ich denke mir, dass es überall so ähnlich zugeht, dass man über schwierige Schüler, über ihre Eltern, über den eigenen Unterricht oder auch bisweilen über private Dinge spricht", sagte Joris.

„Ja – und natürlich auch über den Rektor", kam es von Steinmann.

Joris stutzte. Wie meinte er das? War das eine Feststellung, eine flapsige Bemerkung nebenbei, oder wollte er mehr wissen. Joris schwieg und blickte Steinmann fragend an.

„Ja, ich meine: Was redet man denn so über den Rektor im Lehrerzimmer? Es sind doch vermutlich immer dieselben, die sich zu beklagen haben – oder?"

Jetzt war es raus! Joris war sich bisher völlig sicher gewesen, dass Steinmann sein Rektorenamt genauso souverän ausüben werde, wie er seinerzeit seine Funktion als Klassenlehrer ausgefüllt hatte. Hier aber saß eine ganz andere Figur, ein Mann, der sich seiner Sache gar nicht ganz sicher war und ihn aushorchen wollte. Hatte Steinmann das gemeint, als er von Loyalität und den veränderten Rollen gesprochen hatte, in denen sie sich nun befänden? Joris als der Intimus und der Spitzel des Chefs? Er hatte die aufgeräumte Platte des Schreibtischs mit den Augen abgetastet, die beiden Hände, die gefaltet in der Mitte lagen. Schließlich kehrte sein Blick zurück zu dem Gesicht des ehemals verehrten Lehrers. In diesen Sekunden war etwas zerbrochen.

Steinmann wartete noch immer auf eine Antwort. Joris sagte: „Nein, nichts."

„Wie?", insistierte der Rektor. „Es wird doch geredet. Geredet wird doch immer. Man muss sich doch mal Luft machen, wenn man sich über den Chef geärgert hat."

Schließlich antwortete Joris laut und deutlich: „Nein, Herr Steinmann, über den Rektor wird im Lehrerzimmer nicht geredet. Es beklagt sich niemand. Jedenfalls nicht in meiner Gegenwart!"

Steinmann presste für eine Sekunde die Lippen zusammen. Seine Augenlider hatte er so tief gesenkt, dass man hinter dem Spalt die Pupillen nur erahnen konnte. Er stand auf und sagte: „Herr Hainbuch, ich danke Ihnen vielmals für diese Unterredung. Ich glaube, sie war sehr informativ für mich und auch wichtig als Grundlage unserer weiteren Zusammenarbeit."

Am nächsten Tag war für vierzehn Uhr eine Konferenz angesetzt. Joris hatte sich vorgenommen, ab sofort auch im Kollegium aus der Deckung zu gehen.

Bevor Steinmann die Tagesordnung bekannt gab, fragte er, ob jemand freiwillig das Protokoll übernehmen wolle, oder ob man einfach die alphabetische Liste weiter abarbeiten solle. Aus dem allgemeinen Gemurmel konnte man so etwas wie – *nach der Liste* – heraushören.

Gut, sagte Steinmann, dann wäre heute – einen Moment bitte. Er blätterte in seiner Liste.

Joris meldete sich und sagte, da der Rektor mit seinen Papieren beschäftigt war: „Ich möchte das Protokoll übernehmen."

Sofort versammelten sich alle Blicke auf dem Neuling. Was war los mit dem Jungen? Wollte er sich profilieren? Wollte er sich dem Rektor als Musterknabe empfehlen? Man hätte ihm doch gern eine Schonfrist eingeräumt. Sogar Steinmann dachte das offenbar, denn er räumte ein: „Es ist Ihre erste Konferenz, Herr Hainbuch, und Sie haben noch nicht einmal eines unserer Protokolle gelesen."

Aber Joris ließ sich nicht von seinem Vorhaben abbringen, denn er sagte: „Wenn Sie mich um ein Referat über ein pädagogisches Thema gebeten hätten, dann wäre mir ein Aufschub willkommen gewesen. Aber ein Protokoll – ich bitte Sie – darüber müssen wir doch keine weiteren Worte verlieren."

„Na schön, Herr Kollege. Ich weise Sie aber darauf hin, dass das Protokoll in der nächsten Konferenz zur Abstimmung gestellt wird und dass auf Antrag Änderungen nachzutragen sind. Das sollten Sie wissen."

„Das ist allgemein so üblich in demokratisch verfassten Gremien", erwiderte Joris. „Ich bin geradezu begierig darauf, auch von den geschätzten Kolleginnen und Kollegen noch etwas zu lernen."

Man vernahm ein Geraune und Getuschel; mehrfach konnte Joris so etwas heraushören wie: *Er siezt ihn – er siezt ihn – was bedeutet das?*

„Bitte für das Protokoll, Herr Kollege: Es fehlen entschuldigt … es fehlen unentschuldigt … bitte zu Beginn die Namen aufführen."

„Danke für den Hinweis, Herr Steinmann", sagte Joris. Einige lachten, die meisten schmunzelten. Das schien dem Rektor gar nicht zu behagen, denn ab sofort ignorierte er den Protokollanten. Dieser erfuhr zunächst auch offiziell, dass man am nächsten Freitag um elf Uhr mit dem Bus in den Odenwald nach Schlierbach fahre. Über einen Wanderweg käme man auf die Burg Lindenfels, von dort ginge es hinunter in das Städtchen und schließlich kehre man in einem gemütlichen Lokal ein.

Die übrigen Tagesordnungspunkte interessierten Joris nicht besonders, aber er gab sich große Mühe, alles korrekt zu notieren. Es war sehr wichtig, dass er sich sowohl dem Rektor als auch den Kollegen gegenüber keine Blöße gab. Darüber hinaus trieb ihn der Ehrgeiz an, diesen Leuten ein Protokoll vorzulegen, das nicht nur genau, knapp und prägnant formuliert ist, sondern in dem zwischen den Zeilen auch stellenweise etwas von dem Esprit und der intellektuellen Überlegenheit des neuen Kollegen durchblitzte.

Am Freitag versammelte sich nach dem auf halb zwölf vorverlegten Unterrichtsschluss das Kollegium vor dem Schulhaus und man wartete auf den Bus, der sich anscheinend ein wenig verspätet hatte. Es waren etwas mehr als zwanzig Lehrerinnen und Lehrer im Beamtenverhältnis, die eine eigene Klasse hatten. Hinzu kamen Rektor und Konrektor sowie fünf angestellte Lehrkräfte, die Fachunterricht in Religion, Musik und Sport erteilten. Frau Lauterer, die Musiklehrerin, die ihre Gitarre mitgebracht hatte, lief aufgeregt von Gruppe zu Gruppe, wies auf ihr Instrument hin und sagte: „Es soll doch ein munterer Ausflug werden. Deshalb müssen alle kräftig mitsingen. Frühlingslieder und Wanderlieder habe ich vorbereitet, und alle beteiligen sich, aber bitte alle! Nicht wie im letzten Jahr!"

Kaum war sie zum nächsten Grüppchen gegangen, da hörte man: „Die will uns ihr Programm überstülpen. Wir wollen uns doch unterhalten."

Joris stand mit Herrn Stoß und Frau Geismaier zusammen. Die Geismaier war ein rechter Haudegen, eine Schwertgosch, wie die Schwaben sagen würden. Ähnlich wie Stoß liebte sie es, im Lehrerzimmer vernehmlich Fraktur zu reden und traute sich auch, Kritik am Rektor zu üben. In der Konferenz hatte sie ihm mehrfach energisch widersprochen.

„Mit ihrer Klampfe wird die sich wieder ganz nach vorne setzen und die Vorsängerin mimen", sagte Frau Geismaier. „Wir setzen uns ganz nach hinten, wo wir uns ungestört unterhalten können, und sie soll ihre Lerchen, Nachtigallen und Stare um sich scharen. Oh, dieses Getue nervt mich. Aber es gibt in jedem Kollegium so eine Stimmungskanone."

Als der Bus bei ihnen anhielt, kam noch Fräulein Küster, die Sekretärin aus dem Schulhaus geeilt. Sie stiegen ein, die Grundschullehrerinnen und einige weitere Sangesfreudige im vorderen Bereich und die Grantler in der hinteren Hälfte. Rektor, Konrektor und Sekretärin hatten ziemlich genau in der Mitte ihre Plätze gefunden. Tatsächlich fing Frau Lauterer sofort an zu klimpern, kaum dass der Bus sich in Bewegung gesetzt hatte und stimmte *Alle Vögel sind schon da* an.

„Sagt ichs doch, dass sie's mit den Vögeln hat", mokierte sich Frau Geismaier und grinste. „Zum Glück hat sie nicht allzu viele Anhänger, sodass der Lärm sich in Grenzen hält. Also, Herr Hainbuch, nun erzählen Sie mal. Was ist vorgefallen, dass der Steinmann sich plötzlich so distanziert Ihnen gegenüber gibt und Sie siezt?"

„Mir ist eine sachlich-distanzierte Beziehung zu meinem Chef lieber. Die familiäre Art, wie er mich vor einem Monat eingeführt hat, war mir ausgesprochen peinlich", erklärte Joris.

Sie ließ nicht locker: „Den Stimmungsumschwung hat jeder wahrgenommen. Das kam ja nicht aus heiterem Himmel. Haben Sie ihn angesprochen? Das war nicht einfach sachlich; er wirkte regelrecht eingeschnappt."

„Nun, anscheinend habe ich seine Erwartungen nicht erfüllt. Er wollte eigentlich, dass unser Umgang vertraut, ja, äußerst vertraulich wäre."

„Aber Sie müssen doch etwas gesagt haben. Jetzt haben Sie sich mal nicht so. Von nichts kommt nichts. Sie sind doch kein Waisenknabe."

„Ich hab wirklich nichts gesagt. Wenigstens so gut wie nichts", erwiderte Joris.

„Und was war das Wenige, das Sie gesagt haben? Dürfen wir das wissen? Ich ahne etwas. Wir wissen nämlich, wer hier die Erwartungen des Herren erfüllt. Das sind drei Damen und zwei Herren, die von ihm bisweilen ins Rektorat gerufen werden und ihm einiges stecken – nämlich erzählen, was im Lehrerzimmer so über ihn geredet wird. Wenn Sie ihm etwas unterjubeln wollen, müssen Sie es nur laut im Lehrerzimmer sagen. Spätestens eine Woche später weiß ers."

„Aha, so ist das also. Ja, das hat er auch von mir erwartet", gestand nun Joris.

„Dacht ich mirs doch", platzte es aus Frau Geismaier heraus. „Sehn Sie, Herr Stoß, ich habs Ihnen gesagt. Und – was haben Sie ihm geantwortet?"

„Zunächst gar nichts. Als er mich dann weiter bedrängte, sagte ich ihm, dass im Lehrerzimmer niemand über den Rektor spricht."

Herr Stoß lachte dröhnend auf. Dann sagte er halblaut: „Und dann wurde er wohl stinkig, wah. Hab ick Recht?"

Joris bekannte: „Stark unterkühlt und per Sie hat er sich für das Gespräch bedankt und mich verabschiedet."

Mittlerweile war Frau Lauterer bei den Wanderliedern angekommen: *Wer recht in Freuden wandern will – Auf du junger Wandersmann – Aus grauer Städte Mauern – Das Wandern ist des Müllers Lust.* Fast alle Passagiere hatten sich von den bekannten Melodien anstecken lassen. Die Lieder wurden so laut geschmettert, dass eine Unterhaltung kaum mehr möglich war. So lehnten die Drei auf der hinteren Sitzbank sich zurück, und jeder hing seinen Gedanken nach.

Während der Wanderung von Schlierbach nach Lindenfels setzte sich Frau Lauterer mit ihrer Gitarre und einigen Sangesfrohen an die Spitze, angeführt von Fräulein Schreiber, die anscheinend ortskundig war und die Route geplant hatte. Im Übrigen bildeten sich kleinere Grüppchen, zwischen denen sich größere Lücken auftaten, sodass der gesamte Lehrerzug sich dehnte wie ein Gummiband, das sich zunächst durch Wiesen und Felder und dann durch schattige Waldwege hinzog.

Die Drei von der Opposition blieben beieinander und bildeten die Nachhut. Joris wurde darüber aufgeklärt, wem er sich auf keinen Fall anvertrauen dürfe. Ihre Gespräche verliefen nun völlig ungestört.

Das scheißfreundliche Fräulein Fallton, eine ältere Jungfer, die ihr Hochdeutsch gern betulich mit hessischem Akzent in die Breite drückte, sei Steinmann in zweifacher Hinsicht unentbehrlich, berichtete Frau Geismaier. Zu jedem festlichen Anlass liefere sie die von den älteren Schülerinnen belegten und mit Lernmitteln finanzierten Kanapees; darüber hinaus sei sie eine eifrige Zuträgerin von Schultratsch. Im Lehrerzimmer beklage sie sich gerne darüber, dass ihre Arbeit als Lehrerin für Hauswirtschaft zu wenig geschätzt und sie als Angestellte zu schlecht bezahlt werde.

Frau Bausch, eine stille und biedere Grundschullehrerin Ende fünfzig, habe sich anscheinend einmal von Steinmann unter Druck setzen lassen. Eigentlich sei sie nett, aber charakterlich labil. Herr Stoß vermutete, dass sie durch eine Ungeschicklichkeit in die Spitzelrolle gerutscht sei und sich nun nicht mehr davon befreien könne.

In Fräulein Schreiber hingegen, wahrscheinlich Anfang vierzig, sahen Geismaier und Stoß eine Überzeugungstäterin. Sie sei fleißig und ehrgeizig und habe sich das Image einer Fachfrau für südhessische Heimatkunde erworben. Da Steinmann gern betone, er sei Historiker, bitte die Schreiber ihn alle ein bis zwei Wochen um ein Beratungsgespräch im Rektorat. Da sie sich danach immer tief beeindruckt über seine profunden Kenntnisse und seine Kombinationsgabe äußere, sei man überzeugt, dass es bei diesen sogenannten Fachgesprächen doch um mehr als nur um Historisches gehe.

Dann sei noch der kleine Herr Reiter zu erwähnen, der im Zweiten Weltkrieg Hauptmann gewesen war, der sich als Grundschullehrer nicht ausgelastet fühle und die militärische Disziplin und die absolute Subordination bei den Kindern und auch bei den Eltern vermisse. Mehrfach habe er erwähnt, dass die Gespräche mit Herrn Steinmann ihn aufbauten; nur von ihm fühle er sich verstanden.

Schließlich gebe es noch Herrn Iltis, den Konrektor. Obwohl er für die CDU und Steinmann für die SPD im Gemeinderat sitzt, betonen beide, dass sie durch gemeinsame Absprachen für die Kommune und die Schule bisher viel erreicht hätten. Iltis sei mit keinem Kollegen befreundet, spreche wenig in den Pausen und wirke eher arrogant als schüchtern. Stoß und Geismaier vermuteten, dass die Kungelei der beiden die Grenzen der Kommunalpolitik bisweilen überschreite.

Die Prozession der Pädagogen hatte den Hof der ruinösen Gemäuer der Burg Lindenfels erreicht. Man versammelte sich in der Mitte, und Fräulein Schreiber begann mit ihrem Vortrag zur wechselhaften Geschichte des Bauwerks, von dem außer dem inneren Mauerring nur noch Reste zu sehen waren. Wenn sie über die unterschiedlichen Grundherrschaften berichtete, schaltete sich Steinmann regelmäßig ein, um Parallelen zur europäischen Geschichte zu ziehen. Am Schluss erzählte sie eine Sage von zwei Riesen aus der Entstehungszeit von Schlierbach und Lindenfels. Nur wenn man diese Geschichte erzähle, könne man den Kindern lebendigen Unterricht bieten, war ihr Fazit.

Steinmann bedankte sich bei Fräulein Schreiber für ihr gelungenes Referat. Dann zog die Gruppe hinunter in das beschauliche Städtchen. Durch schmale Nebenstraßen und über die Hauptstraße gelangte man schließlich zu einem ansehnlichen Landgasthof. Als Joris mit Frau Geismaier und Herrn Stoß den weiten Gastraum betrat, hatte das Kollegium sich bereits auf zwei große Tafeln und einen kleinen Tisch verteilt. Für die Nachkömmlinge war ein zweiter kleiner Tisch mit drei Gedecken übriggeblieben.

Nachdem die Getränke und Speisen bestellt waren, erhob sich ein lautes Palaver, sodass man kaum sein eigenes Wort verstand. Joris kam von der Toilette zurück und überblickte die Tische. An einer Tafel saßen der Rektor, der Konrektor mit Fräulein Schreiber, Fräulein Fallton, ihnen gegenüber Herr Iltis, Fräulein Küster und die meisten Lehrerinnen und Lehrer der Oberstufe. An der zweiten Tafel hatte sich Frau Lauterer mit den meisten Kolleginnen der Grundschule niedergelassen. An dem anderen kleinen Tisch saß Herr Reiter mit Frau Bausch und zwei nebenamtlichen Lehrkräften. Fräulein Küster rief Joris zu: „Herr Hainbuch, was ist los? Warum haben Sie sich abgesetzt? Sind Sie uns bös?"

Damit brachte sie Joris in eine kleine Verlegenheit. Er sagte: „Aber nein! Es hat sich halt so ergeben."

Zwei Lehrerinnen neigten sich von links und rechts zu Fräulein Küster und flüsterten ihr etwas zu. Sie blickte auf und errötete. Er ging schnell weiter zu seinem Tisch. Nun wusste auch die Sekretärin Bescheid. Endlich!

An diesem Abend trank Joris mit Herrn Stoß Brüderschaft. „Prost Otto", sagte Joris. „Prost Jörg, kam es von Stoß." Ick nenn dich Jörg. Joris ist holländisch. Die Käsköppe kann ick nich leiden." Frau Geismaier hielt sich bewusst heraus aus der Verbrüderungsaktion. Sie sagte: „Macht ihr mal, Jungs. Ich könnte eure Mutter sein. Prost ihr beiden!"

Am Montag begann Joris den Unterricht in seiner Klasse mit einer Deutschstunde. Er sagte: „Wir haben vorige Woche ein Probediktat geschrieben zur Vorbereitung einer Klassenarbeit. Es war …"

In diesem Moment klopfte es, und gleich darauf trat Herr Steinmann ins Klassenzimmer.

„Guten Morgen, Kinder. Ja, bleibt sitzen. Entschuldigen Sie bitte die Störung, Herr Kollege. Machen Sie nur weiter", sagte der Rektor, ging nach hinten, setzte sich auf einen freien Stuhl und begann sofort, sich auf einem Stenoblock Notizen zu machen.

Joris begann noch einmal: „Wir haben vorige Woche ein Probediktat geschrieben zur Vorbereitung einer Klassenarbeit. Es ging – worum ging es? Könnt ihr das Herrn Steinmann berichten, damit er weiß, womit wir uns beschäftigen. Worum geht es bei uns seit Beginn des Schuljahrs in Grammatik?"

Einige Finger gingen in die Höhe.

„Rosi!"

„Doppel-a und ie."

„Inge!"

„Auch Doppel-s und ß."

„Nun müsst ihr nicht alle Buchstaben einzeln aufzählen", mahnte Joris. „Wir haben doch auch darüber gesprochen, was die Verdoppelung der Buchstaben bewirkt. – Heinz?"

„Das Wort wird schneller gesprochen."

„Trifft das immer zu? Wir haben doch zwischen Vokalen und Konsonanten unterschieden. – Arthur?"

„Doppelte Vokale dehnen das Wort, doppelte Konsonanten schärfen es."

„Sehr schön, Arthur!", lobte der Lehrer. „Das bedeutet, dass wir oft schon hören, dass bei einem Wort eine Dehnung oder eine Schärfung vorliegt. Dann müssen wir nur noch überlegen, wie es geschrieben wird. Denn es gibt auch Ausnahmen. Und deshalb müssen wir die Rechtschreibung auch üben. – Im ersten Satz unseres Übungstextes kamen die Wörter Lied und Stimme vor. Wer möchte sie anschreiben? – Hansi, ja, komm nach vorne! Und wer erklärt uns, worauf es hier ankommt?"

So ging es weiter. Auch Ausnahmen wurden angesprochen. Joris sagte: „Im zweiten Übungssatz kamen die Wörter Leder und Beere vor. Was ist daran schwierig? – Karin?"

„Die Aussprache ist gleich, beide gedehnt. Aber Leder schreibt man mit einem *e* und Beere mit zwei *e*."

Nachdem alle schwierigen Wörter besprochen waren, teilte Joris die Blätter aus. Er sagte: „Bis morgen schreibt ihr die Verbesserung unter das Diktat. Ich werde die Blätter dann einsammeln. So, jetzt dürft ihr in die Pause gehen."

Joris öffnete zwei Fenster. Als alle Kinder den Raum verlassen hatten, nahm er seinen Ordner mit den Unterrichtsplanungen, ging nach hinten zu Herrn Steinmann und setzte sich.

Steinmann hatte eine verdrießliche Miene aufgesetzt. Er griff nach dem Ordner und schlug ihn auf. „Sie gestatten doch", sagte er. „Hm, hm, dem kann ich nicht viel entnehmen. Das ist natürlich äußerst knapp."

„Gewiss", antwortete Joris. „Es ist eine kurze Verlaufsplanung. Und die Rückgabe eines Tests ist nie besonders spannend. In der nächsten Stunde kommt Erdkunde; da habe ich einen deutlich größeren Aufwand getrieben. Sie können auch gerne noch einmal kommen."

Steinmann winkte ab und klappte den Ordner zu. „Herr Hainbuch, Sie wissen genau wie ich, dass man auch in eine

Übungsstunde Spannung bringen kann. Anschauung. Schüleraktivität. Handlungsorientierung. Nicht nur die Kommunikation zwischen dem Lehrer und den Schülern, auch das Gespräch zwischen den Schülern. Eine Übungsarbeit könnten auch die Schüler untereinander korrigieren. Methodenwechsel, alle zehn Minuten. Das alles habe ich vermisst. Und das kann man schon der Planung ansehen. Das war eine pädagogische Einbahnstraße, alte Lernschule. Eine solche Stunde hätte man auch vor siebzig Jahren halten können. Was verdanken wir nicht alles der Reformpädagogik! Selbst die neuen hessischen Bildungspläne bieten vielfältige Anregungen zu einem lebendigen Unterricht. Herr Hainbuch, in zwei Jahren wollen Sie ihre Zweite Dienstprüfung ablegen. Aber bis dahin gibt es noch viel zu tun. Sehr, sehr viel, Herr Kollege." Die letzten Worte hatte er geflüstert, als wollte er Joris einen Geheimtipp geben.

Er stand auf und verließ das Klassenzimmer in Eile. Joris schien es, dass Steinmann keine Erwiderung des Junglehrers hören wollte.

Joris ging noch für fünf Minuten ins Lehrerzimmer. Da der Kollege Kander erkrankt war, hatte Otto Stoß sich auf dessen Stuhl gesetzt. „Na, Jörgel, du kiekst aber gar nich besonders glücklich aus der Wäsche. Probleme mit der Klasse?"

„Nein, mit der Klasse ist alles in Ordnung." Joris beugte sich über den Tisch und fuhr mit gedämpfter Stimme fort: „Aber der Chef hat mich eben für eine Stunde besucht und war hinterher ziemlich ungnädig", berichtete er. „Er vermisste den Methodenwechsel und andere Raffinessen bei der Rückgabe eines Übungsdiktats."

Stoß erhob seine Stimme und posaunte so laut, dass es alle hören konnten: „Der soll doch mal die Klappe halten. In meiner Klasse unterrichtet er Jeschichte – sechste Klasse. Die Kinder beschweren sich bei mir, dass er während der janzen Stunde vorne sitzt und an eenem Stück redet, als würde er

166

eene Vorlesung halten. Dass ick nich lache – der und Methodenwechsel! Der kocht doch ooch bloß mit Wasser."

„Lass mal", sagte Joris leise. „Er kann mich ein bisschen ärgern, aber aufhalten kann er mich nicht. Die zwei bis drei Jahre zieh ich durch – auch ohne Protektion von höherer Stelle."

Es läutete zum Pausenende.

Die Zelle

Es waren, wie er später des Öfteren hervorhob, seine besten, seine glücklichsten Jahre gewesen, in denen ihn jener verstörende Traum heimgesucht hatte. Weder beängstigend noch bedrohlich war er gewesen, sondern eher eine Hoffnung und eine Aussicht auf Rettung weckend. Denn es gab in seinem damaligen Leben keine drängenden Probleme, geschweige denn Bedrohungen, die ihn ernsthaft hätten beunruhigen können.

Der zweite Ruf an eine süddeutsche Universität, der Adam in seinem Leben erreichte und den er mit Freude annahm, hatte ihm in mehrfacher Hinsicht die Chance zu einem Neubeginn bedeutet. Der erste Ruf, der ihm eine Dozentur einbrachte, hatte ihn unmittelbar nach seiner Promotion erreicht und katapultierte ihn, dies war seine damalige Selbstwahrnehmung, in eine schwindelerregende Höhe, sodass er all die zahlreichen Offerten freudig überrascht annahm, die ab sofort auf ihn zukamen. Womöglich schmeichelte es auch ein wenig seiner Eitelkeit, dass ihn brauchte, dass er mit einem Mal nach seiner Meinung gefragt wurde und dass man ihm aufmerksam zuhörte, wenn er sprach. Die Lehrveranstaltungen absolvierte er anfangs mit Mühe, denn das hatte er während seines Studiums nicht gelernt, und erst im dritten Jahr spürte er eine zunehmende Sicherheit und auch Freude an den eigenen Vorlesungen.

Die studentische Fachschaft lud ihn ein, am Mittwochabend zu ihrem Stammtisch zu kommen. Angelegenheiten, die er eigentlich mit den Fachkollegen hätte diskutieren und entscheiden sollen, wurden hier beraten, und er war so offen und vor allem so naiv, sich am Biertisch schon auf Veränderungen und Neuerungen festzulegen, bei denen es um Studien- und Prüfungsangelegenheiten ging. Die Studenten suchten seine Nähe, und auch er suchte die ihre allzu sehr, vor allem die der Studentinnen, besonders bei Hochschulfesten. Nachdem er gar eine Studentin geheiratet hatte und zum Semesterende eine Praktikantengruppe zu sich nach Hause einlud, fühlte er sich unversehens fehl am Platz, als seine junge Frau im vertrauten Plausch mit den Kommilitoninnen und Kommilitonen gänzlich vom Kreis der Gäste aufgesogen wurde. Nicht nur der Altersunterschied zwischen ihr und ihm, es waren insgesamt wohl doch unterschiedliche Lebensprioritäten, die sich allein mit der Libido nicht überbrücken ließen.

Später bezeichnete Adam die ersten sieben Jahre seiner Zeit als Hochschullehrer als seine Lehrjahre, in denen er zunächst einmal alles falsch gemacht hatte, was überhaupt falsch zu machen sich denken ließ. Insofern war es nur konsequent, bei der zweiten Stelle nicht nur im Ortswechsel eine Chance zu sehen. Er löste sich aus der Ehe, in die er sich, wie er sagte, ohne Not und kopflos hineingestürzt und verrannt hatte. Den Studierenden war er ab sofort nicht mehr der kumpelhafte Jungdozent, sondern der Ordinarius, der gewisse Forderungen stellte, der jedoch auch jederzeit in langen Sprechstunden Beratung und Hilfe anbot. An der neuen Hochschule war er bald gefragt. Man wählte ihn in den Senat, in diverse Kommissionen und schließlich zum Dekan. Da ihn die Lehrveranstaltungen mittlerweile nicht mehr übermäßig belasteten, fand er mehr Zeit, um Fachpublikationen zu schreiben und in der Hochschulselbstverwaltung intensiv mitzuwirken.

Adam hatte in Angela eine Frau in seinem Alter kennengelernt, die es liebte, ein offenes Haus zu führen. So kam es, dass ihre zahlreichen Freundinnen und Freunde binnen kurzem auch zu seinen Freunden wurden. Für die Entscheidung zu heiraten brauchten sie kein volles Jahr. Auch mit dem Kauf eines Hauses ging es unglaublich schnell, und Angela fand nun immer wieder Anlässe, um zahlreiche Gäste, nicht nur ihren eigenen Anhang, sondern auch Kollegenpaare von

Adam, einzuladen. Auf der geräumigen Terrasse fanden unter der Pergola vom Frühjahr bis in den Herbst bis zu zwanzig Personen Platz. Vor jedem Fest bereitete sie drei Tage lang Speisen vor, und sie genoss es, wenn sie dann von den Gästen Komplimente erhielt. Adams Aufgabe war es, ein Zelt für das Büffet aufzubauen, eine festliche Beleuchtung zu installieren, Getränke bereitzustellen und Forellen zu räuchern. Abends spätestens ab zehn Uhr, wenn alle das Schlemmermahl beendet hatten und sich bei den Getränken selbst bedienten, saß auch er zwischen den Gästen. Man trank und plauderte, bis die Gesellschaft sich um Mitternacht auflöste.

Adam und Angela unternahmen zahlreiche Reisen ins europäische Ausland, vor allem nach Frankreich und Italien. Dabei suchten sie die großen Kunstmuseen auf, sodass er die unabsehbare Vielfalt von Gemälden und Skulpturen, die ihm bisher vorwiegend als Abbildungen begegnet waren, nun in ihrer wahren Dimension und Materialität sowie in ihren geografischen Zusammenhängen sehen konnte. Während eines Aufenthalts in der Toskana wanderten sie durch sämtliche Künstlergärten und Skulpturenparks, wobei der Garten von Daniel Spoerri ihm insofern zum Schlüsselerlebnis wurde, als er sich an den teils in menschlichen, teils in monumentalen Dimensionen geschaffenen Bildwerken einen völlig neuen, einen konkreten und geradezu existenziellen Skulpturbegriff bildete. Er erfuhr, dass er sich die expansiven Werke nicht unterordnen konnte, sondern dass diese ihn in seiner Unbedeutendheit relativierten. Auch begann er zu erkennen, wie die Werke ihren Umraum prägten und definierten und miteinander kommunizierten. Lediglich die Skulpturen der Stiftung Kloster Schönthal bei Langenbruck im Schweizer Jura konnten bei ihm noch einmal einen besonders starken Eindruck hinterlassen, dort wo die monumentalen Werke an Feldwegen und auf Viehweiden bisweilen so weit voneinander entfernt stehen, dass sie sich ohne aufzutrum pfen in die weich dahinfließende Landschaft einfügen und in diese zugleich Akzente setzen, die so selbstverständlich dastanden wie eine zweihundert Jahre alte Eiche.

Erst spät, als er längst emeritiert war – doch damit greifen wir eigentlich in unzulässiger Weise vor – entdeckte er in Wuppertal den Park Waldfrieden der Stiftung des Bildhauers Tony Cragg, wo an den Waldwegen und auf Lichtungen Skulpturen von wechselnden Dimensionen ihre geschützten Orte gefunden haben. Mehrfach war Adam den gewundenen Pfaden gefolgt und hatte in der Stille der Natur mit den Werken eine einsame Zwiesprache gehalten, nachdem weder ein Publikum noch eine Einzelperson mehr darauf erpicht war, seiner Vermittlung zu folgen.

In der Toskana und auch in der Schweiz war ihm bewusst geworden, welch erzwungene Künstlichkeit die Kunstmuseen darstellten, wo Werke, die man aus heterogenen chronologischen, geografischen und ikonografischen Kontexten herausgerissen hatte, in künstlichen Räumen kasernierte, die zuvor in höfischen und in bürgerlichen Schatzkammern ein beschauliches Dasein hatten fristen dürfen. Mit einem Mal konnte er nachvollziehen, dass einer seiner Lehrer an der Mainzer Universität sein ganzes Leben lang eine einzige Kathedrale, nämlich diejenige von Reims, erforscht und in einem mehrbändigen Werk dokumentiert hatte. Adams Hauptinteresse lag jedoch nicht in der Grundlagenforschung, dem Datieren und Bestimmen von Kunstwerken, sondern in deren Inhaltsdeutung und Vermittlung. Deshalb suchte er auch Skulpturenparks in Deutschland auf, und es war nur noch ein kleiner Schritt, um Einzelvorträge und Vortragsreihen, die er auf die besonderen Gegebenheiten jeder Stadt abstimmte, über Skulpturen im öffentlichen Raum für künstlerisch interessierte Laien anzubieten. Adam erlebte bei seinen Vorträgen eine große innere Befriedigung und Freude, zumal er für seine Projektionen ausschließlich von ihm selbst aufgenommene Fotos verwandte. Auch die Zuhörerschaft schien das zu genießen und zu honorieren, denn sie belohnte den Redner jedes Mal mit großzügigem Beifall. Das Angebot, anschließend über die Thematik zu diskutieren, wurde jedoch kaum wahrgenommen, außer, dass sich immer wieder einmal jemand fand, der erwähnte, er kenne ein ähnliches, ein sehr schönes oder ein völlig misslungenes Bildwerk in dieser oder jener Stadt. So kam mehr als einmal bei Adam der Verdacht auf, dass er mit den Vorträgen vor allem seinen ästhetischen Selbstgenuss nährte, darüber hinaus jedoch nichts Wesentliches bewirkte. Einer der letzten Vorträge war von besonderer Art. Ausnahmsweise hatte sich nur ein gutes Dutzend Zuhörer eingefunden, und am Ende meldete sich ein anscheinend besonders interessierter Zuhörer, der sich mit dem Satz vorstellte: „Ich bin Maschinenbauer." Danach äußerte er seine Auffassung, dass man mit Kunst im Allgemeinen und mit Plastiken in der Stadt im Besonderen einen unverhältnismäßigen und völlig sinnlosen Aufwand treibe, der in keinerlei Relation zu dem Nutzen stehe. Als positives Gegenbeispiel pries er das permanente Fortschreiten bei der Erfindung neuer Maschinen, die er nicht aufgrund ihrer gesellschaftlichen Bedeutung, sondern aus der Perspektive seines Feinmechaniker-Verstandes bewertete.

In diesen Jahren war Adam sieben Tage in der Woche und 24 Stunden am Tag, wenn wir die Zeit des Schlafs einmal unterschlagen, beschäftigt. Es fiel ihm leicht, seine Pflichten an der Hochschule zu erfüllen, und wenn er nicht gerade an seinen Vorbereitungen oder an einer wissenschaftlichen Studie arbeitete, ging er in seinen Garten, um zu roden, zu pflanzen oder Bäume und Büsche zu pflegen. Auch zog er es vor, kleinere Reparaturen am Haus selber auszuführen, anstatt wochenlang auf Handwerker zu warten, die dann die Aufträge nur selten zu seiner uneingeschränkten Zufriedenheit ausführten.

Wenn er sich abends gegen zehn Uhr mit einem Glas Wein zu seiner Frau setzte, kamen ihm zunehmend Zweifel an der Sinnhaftigkeit alles dessen, was ihn von morgens bis in die Nacht hinein umtrieb. Er fragte sich, ob das alles nicht auch ein anderer und womöglich viel besser machen könne oder ob das überhaupt notwendig war, ob in der Welt etwas fehle, wenn es gar nicht getan werde. Drehten sie sich nicht alle im Kreis, nicht nur die Geisteswissenschaftler, sondern auch die Naturwissenschaftler? Und welche wirklich bedeutenden und zukunftsträchtigen Probleme beschäftigten die Kolleginnen und Kollegen, wenn sie im Fakultätsrat oder im Senat ihre kleinen und letztlich eigennützigen Anträge formulierten und diese wie schillernde Seifenblasen vor sich hertreibend begründeten? Immerhin übertrafen diese an Intelligenz bei weitem die inhaltsleeren Diskussionsbeiträge derjenigen Sorte von Rednern, die meinten, ihre Stimme müsse in jeder Sitzung sozusagen um ihrer selbst willen einmal für ein paar Minuten zu Gehör gebracht werden.

Die viel gepriesene Freiheit von Forschung und Lehre, die den Professoren in den Hochschulgesetzen zugebilligt wurde, dazu noch die Möglichkeit einer Teilhabe an der Hochschulselbstverwaltung, schien sich für Adam unversehens in ihr Gegenteil, in eine selbst gewählte Gefangenschaft verkehrt zu haben. Alles, was er tat, hatte er als wichtig erachtet, geradezu als unentbehrlich, und er hätte nicht gewusst, wo er guten Gewissens Abstriche machen, sich entlasten sollte.

Derlei Gedanken und Zweifel suchten immer öfter in der Phase des Einschlafens den Weg aus Adams Unterbewusstsein in sein weitgehend rationales Denken. Und dann kam immer wieder jener beunruhigende Traum! Vielleicht war es auch gar kein Traum, sondern ein Tagtraum. Wenn Adam gegen Mitternacht zur Ruhe kam, bedrängte ihn die Vorstellung, dass all die Aktivitäten und Pflichten, denen er bisher doch allzu gerne nachgekommen war, eigentlich völlig sinnlos waren und dass diese lediglich nur darauf hinausliefen, nicht nur seinen Freiheitsraum immer enger zu ziehen, sondern auch sein Denken in Fesseln zu legen. Gab es einen Ausweg, und worin konnte dieser bestehen? Innerhalb des akademischen Systems und der familiären Situation sah er keine Tür nach draußen. Doch der Traum oder Tagtraum flüsterte ihm von Mal zu Mal nachdrücklicher zu: Eine Flucht, ein Rückzug in eine geheime Abgeschiedenheit, womöglich eine Gefängniszelle wäre ein Ausweg. Er müsste nur ein Verbrechen begehen, das ihn mit Sicherheit in die erwünschte Gefangenschaft brächte. Ein Diebstahl, der in seinem Falle vermutlich nur mit einer Geldstrafe belegt würde, reichte nicht aus. Es müsste ein Kapitalverbrechen sein, sodass man ihn mit Sicherheit in eine Zelle sperrte, die alle Zwänge von ihm nähme und ihm eine gänzlich neue Freiheit schenkte. Weder die Hochschule noch die Familie könnten ihm diese sodann rauben.

Eine Klosterzelle käme für ihn natürlich nicht infrage, auch wenn er sich hier lange für eine stille und ungestörte Arbeit zurückziehen könnte. Zum einen könnte er sie ohne große Umstände wieder verlassen, zum anderen würde das Klosterleben von ihm fordern, auch für und mit der Gemeinschaft zu arbeiten. Möglicherweise würde der religiöse Betrieb sogar versuchen, in sein Denken einzudringen. Nein, in der Mönchszelle sah er für sich keine Alternative.

Adam war unglücklich und glücklich zugleich, oder er war verzweifelt, wenn er erst beim Einschlafen dazu kam, über sich selbst nachzudenken. Es war dies ein völlig verrücktes Leben, das er führte, denn seitdem er den Lehrstuhl innehatte, reihte sich ein Glücksmoment an den anderen. Der Besuch von Kunstsammlungen machte ihn glücklich, seine Vorlesungen befriedigten ihn, und auch die Arbeit in den Beeten und Hecken des Gartens bedeuteten ihm Glück, ebenso wie die gemeinsamen Stunden mit Angela. Doch die atemlose Aneinanderreihung der massenhaften Glücksmomente brachte ihn zur Verzweiflung, sodass er auch immer wieder denken musste, dass diese Glücksinflation, dass dieses ganze Leben durch die Überfülle von Glück, der Überfrachtung durch Glückserlebnisse mit einem Mal kollabieren müsste und danach seinen Sinn verlor. Ob er nun lebte oder nicht lebte, das war letztlich einerlei. Die Widersprüche lagen völlig offen zutage, doch wusste er nicht, wo er zu deren Auflösung ansetzen sollte.

Lag da nicht der Gedanke nahe, seinem Leben ein vorzeitiges Ende zu setzen? Merkwürdigerweise war er über all die Jahrzehnte nie darauf verfallen, selbst in Zeiten mit weniger Glück und mit mehr Verzweiflung, sich umzubringen. Sobald ihm die Erinnerungen an Glücksmomente kamen, hoffte er wieder auf künftiges Glücklichsein. Auch in jungen Jahren, als er seltener glücklich und öfter verzweifelt gewesen war, hatte er nie an einen Freitod gedacht. Er musste nur einen Weg finden, um sich Denkzeiten zu ermöglichen, nicht erst um Mitternacht. Natürlich könnten die Zeiten sich einmal dahingehend ändern, dass die Glückssträhne sich ihrem Ende zuneigte. Denn schließlich war sie nicht von seiner Geburt an da gewesen, sondern hatte erst mit dem Abschluss seiner Studienjahre und dem Beginn seiner Lehrtätigkeit begonnen. Die intensive Beschäftigung mit der Kunst hatte in ihm eine Glut entfacht, ihn in Bewegung gesetzt und ihm Menschen zugetrieben, die an Kunst interessiert waren und zugleich eine Orientierung suchten. Doch welche Bedeutung hatte sein Leben noch, wenn sie alle wegblieben, zunächst die Studierenden und dann auch die ambitionierten Laien? Sollten dann im Alter noch Krankheiten hinzukommen, die sogar das bloße Leben in unerträglicher Weise erschwerten – läge es dann nicht nahe, anstatt eines Kampfes um ein qualvolles Vegetierens von einem Jahr oder wenigen Monaten sich aus freiem Willen für einen assistierten Suizid zu entscheiden? Über diese Frage wollte er einmal nachdenken – sine ira et studio.

Doch das war ein etwas voreiliger Gedankensprung, denn der Zeitpunkt, zu dem man Adam von seinen Verpflichtungen entbinden und in den Ruhestand entlassen würde, lag noch geradezu unabsehbar weit, nämlich mehr als ein Jahrzehnt, vor ihm. Ob jener Übergang sich als ein glücklicher erwiese, darüber konnte man von anderen Pensionären keine objektiven Auskünfte erhalten. Er musste zu gegebener Zeit den Schritt in jene weitgehend unbekannte Existenzform vollziehen. Erst wenn diese sich ihrem Ende zuneigte, wenn die heutige massenhafte Überfülle an Aufgaben und Forderungen sich in ihr absolutes Gegenteil, nämlich in eine völlige Leere verkehrte, käme er wie von selbst auf die im Moment müßige Frage zurück – dessen war er sich allerdings sicher.

Nun ging es jedoch darum, in den sehr großen, aber dennoch bis in die letzte Ecke vollgestopften Raum in einer gewaltsamen Kraftanstrengung einmal die Ellbogen breit zu machen und den gewonnenen Winkel eilends abzusichern. Eine Gefängniszelle böte ihm den gewünschten Schutzraum, in dem ihn weder dienstliche noch familiäre Pflichten oder Forderungen erreichten. Der kleine Raum von weniger als zehn Quadratmetern böte ihm alles, was er brauchte: ein Bett, einen Schrank, einen Tisch, einen Stuhl, ein kleines Regal für ein paar Bücher und eine Toilette. Er würde nur wenige Bücher mitnehmen, zehn oder zwanzig, denn die Lektüre wäre nicht seine Hauptbeschäftigung. Die Zeit wollte er als eine gänzlich neue, eine geradezu unbekannte Dimension erleben, indem er sie einfach dahinfließen ließe. Zunächst würde er einige Tage, vielleicht zwei oder drei Wochen, nachdenken, um herauszufinden, welchen Sinn sein bisheriges Leben hatte, wie er diesen immensen Vorrat an Zeit hier in der Zelle nutzen und gestalten und welche Richtung er in seinem späteren Leben einschlagen wollte. Doch bevor er damit beginnen konnte, über sich und sein Leben nachzudenken, musste er einmal grundlegend und radikal über die Kunst nachden ken. Denn die Beschäftigung mit ihr hatte ihn inzwischen über drei Jahrzehnte ausgefüllt.

Auch wollte er sich einmal fragen, inwiefern die Beziehungen zu Menschen für ihn ein wirkliches oder nur ein eingebildetes Glück gewesen waren. Dabei dachte er nicht nur an Freunde und Verwandte, sondern auch an die Frauen, die sein Leben begleitet und auch geprägt hatten. Der vertraute Umgang mit Menschen und mit der Kunst hatte diese Überfülle an Glück in sein Leben gebracht. Er wollte der Frage nachgehen, ob dieses wirklich oder vielleicht nur eine Illusion gewesen war. Die Radikalität der Frage müsste auch das Eingeständnis zulassen, dass er einem Selbstbetrug erlegen war.

Wie oft hatte er in seinen Vorlesungen und Vorträgen geäußert, die Kunst im Allgemeinen wie einzelne besonders potente Kunstwerke seien die geeigneten Medien, um auf anschaulichem Wege uns die Welt verständlich zu machen. In ähnlicher Weise behaupteten das auch die Literaturvermittler von der Literatur und die Musikvermittler von der Musik. Bevor es um ihn persönlich ginge, müsste er bereit sein, diese so weitgehende These radikal infrage zu stellen. Nur in der Enge und Abgeschlossenheit der Zelle wäre es überhaupt möglich, sämtliche Rücksichten beiseitezulassen, sowohl seine eigenen bisherigen Geschmacksurteile und Werturteile, die Vorlieben von Angela oder die weltanschaulichen Einstellungen seiner besten Freunde. Wer weiß, vielleicht war an der äußerst gewagten und auf den ersten Blick stumpfsinnigen Behauptung jenes Technikers doch ein Körnchen Wahrheit gewesen, dachte er. Dann hätte das feinmechanische Denken eines großspurigen Banausen ihm den entscheidenden Weg gewiesen. Schließlich war ihm auch bisweilen im Traum oder im Tagtraum der Gedanke gekommen, dass die gesamte Kunst ein großer Betrug sei. Und womöglich verhielt es sich mit der Literatur und der Musik nicht anders. Den gesamten Interpretations- und Vermittlungsbetrug, so fern es sich um einen solchen handelte, wollte er analysieren und aufdecken, wobei er auch die Philosophie und die Psychologie nicht verschonen würde. Erst danach konnte er sich mit seiner eigenen Person befassen.

Schon in seinen Vorlesungen hatte er zeitweise die These gewagt, jedes Kunstwerk von Gewicht sei auf Selbstvermittlung angelegt, sodass eine Interpretation als Vermittlungshilfe sich erübrige, in Seminaren oder bei Museumsbesuchen mit kleinen Gruppen gelang es ihm jedoch nie, sein gewagtes Denkmodell gänzlich zu verifizieren, und er musste sich im Nachhinein wundern, dass ihm nie jemand widersprochen hatte, dass all die freundlichen Zuhörerinnen und Zuhörer seinen Worten vertraut hatten. So lag der Schluss nahe, dass für die Selbstvermittlung weitreichende Vorinformationen erforderlich waren, die selbst ihm nicht in jedem Einzelfall zu Gebote standen. So reizvoll und verführerisch die Vorstellung vom sich selbst vermittelnden Kunstwerk war, er konnte sie nicht weiter öffentlich vertreten, wollte sie jedoch auch noch nicht gänzlich aufgeben, sondern er neigte dazu, sich zu einem späteren, zu einem sehr viel späteren Zeitpunkt noch einmal eingehend mit dieser Frage zu befassen.

Er würde einen großen Vorrat an Schreibpapier mit in seine Zelle nehmen, vielleicht fünfhundert oder tausend Blatt und ein paar Bleistifte. Dann würde er schreiben, zunächst seine Analysen, die auf dem gesamten Feld der Selbstbeschäftigungswissenschaften Tabula rasa machen sollten. Womöglich gelänge es ihm, wenn er über Monate keine Kunst sähe, diese weitgehend aus seinem Bewusstsein zu löschen. Wahrscheinlich bliebe als solide Erinnerung eine Art Bodensatz zurück, auf den er sich nach Jahren einer Wahrnehmungs-Enthaltsamkeit beziehen könnte. Er wollte frei und spontan schreiben, was ihm gerade in den Sinn käme, womöglich auch scheinbar völlig Unsinniges, Absurdes. Dann wollte er Erzählungen schreiben, indem er frühere oder auch aktuelle Erlebnisse aus ihren realen Zusammenhängen löste und in eine neue, verdichtete Form brächte. In der neu gewonnenen Freiheit müsste er sich keine Zwänge auferlegen, könnte trotz der räumlichen Enge über eine grenzenlose Geistesfreiheit verfügen. Er hegte die vage Hoffnung, es würde sich ihm nach all diesem freischwebenden Nachdenken und Schreiben ein Projekt mit einer schlüssigen Fragestellung aufdrängen, eine Fragestellung als Umriss einer definitiven Theoria.

In seinem Traum oder Tagtraum überlegte er auch, wie viel Zeit er wohl benötigte, um sich in völliger Abgeschiedenheit nachdenkend und schreibend gänzlich zu befreien. Reichten zwei Jahre, oder sollten es nicht eher fünf oder gar zehn Jahre sein? Einen alten Freund aus Pennälerzeiten, der als Rechtsanwalt Schwerverbrecher verteidigte, könnte er zurate ziehen. Der müsste wissen, für welches Verbrechen man für den gewünschten Zeitraum hinter Gitter käme. Adams größtes Problem war, dass er eigentlich niemanden umbringen, nicht einmal jemanden körperlich verletzen mochte. Es soll ja auch, so spekulierte er, unblutige Schwerverbrechen geben, für die jemand ins Gefängnis kommt, zum Beispiel ein Millionenbetrug. Er sollte seinen Freund anrufen, mit ihm ein Treffen vereinbaren, um zu erfahren, ob dieser ihn mit einem notorischen Betrüger bekannt machen könne. Solche Leute, dachte er, würden doch sicher einen gut beleumdeten ordentlichen Universitätsprofessor, der nicht einmal an einer Gewinnbeteiligung sonderlich interessiert war, gerne als Strohmann einsetzen. Allerdings durfte er bei einem derartigen Coup auf keinen Fall sein wirkliches Interesse durchblicken lassen.

Zwölf Friseurgespräche

1 Sie sind Millionär?

Hallo Nachbar! Und wie geht?

Gut – und Ihnen?

Nicht so gut wie Ihnen.

Haben Sie Sorgen, sind Sie krank?

Leute lassen zu wenig Haare schneiden. Zu wenig Geld in Kasse.

Kommen hauptsächlich Türken zu Ihnen?

Kommen meistens Deutsche. Türken gehen zu billige Friseur.

Dann sollten Sie um beide werben, um deutsche und um türkische Kunden.

Deutsche sollen kommen. Deutsche sind reich.

Ach was! Nicht alle Deutschen sind reich. Alle Kunden bringen ihr Geld zu Ihnen. Dann geht es Ihnen gut. So werden Sie reich.

[Der Friseur lacht]: Kostet alles viel Geld.

Aber Sie haben einen schönen Laden. Er ist sehr gepflegt, sehr geschmackvoll eingerichtet.

Danke. Gefällt Ihnen? Soll Deutsche gefallen. Haben Sie schöne Wohnung?

Ja, mir gefällt sie. Ich bin gern in meiner Wohnung.

Sind Sie Millionär?

[Der Kunde lacht]: *Nein, ich bin Pensionär.*

So ähnlich wie Millionär?

Nein, das ist so ähnlich wie Rentner.

Aber Sie haben schöne Auto. Mercedes oder Porsche?

Nein, einen VW Golf.

Oh! Golf ist kein tolles Auto.

Aber Sie fahren bestimmt einen BMW.

Wie wissen? Haben gesehn?

Nein. Ich denke, das passt zu Ihnen. Sie kleiden sich elegant. Tragen keinen Friseurkittel, sondern eine schwarze Hose, schwarze Weste und weißes Hemd. Dazu passt, wenn Sie eine große Familie haben, ein Fünfer-BMW.

Stimmt. Ja, Sie sind ziemlich schlau. Haben studiert?

Ja.

Dann Sie sind reich. Sind Sie Arzt?

Nein, ich bin kein Arzt.

[schüttelt ratlos den Kopf]: Nicht Arzt? Nicht reich?

Nein. Ich bin nicht reich.

Was machen Sie?

Ich lebe, ich arbeite.

Wie viel verdienen im Monat?

Wollen Sie mir erzählen, wie viel Sie verdienen?

Bleibt nix übrig. Familie kostet viel Geld. Geschäft, Miete, Strom, alles teuer. Wenn ich studiert, ich reich, schöne Frau, große Haus, viel reisen. Alles!

Es gibt auch Deutsche, die so denken. Mich interessiert das nicht.

Ich glaube, Sie sind doch nicht schlau.

[lacht]: *Stimmt, ich bin nicht schlau genug, um viel Geld zu verdienen.*

Fertig, Chef. Bis nächste Mal.

2 Waren wieder verreist?

Hallo Nachbar! Und wie geht?

Gut – und Ihnen?

Muss immer hier sein und arbeiten. Montag bis Samstag. Keine Freizeit.

Um wie viel Uhr fangen Sie an?

Acht Uhr ich bin hier.

Wieso derart früh? Wann kommen die ersten Kunden?

Neun oder zehn.

Dann könnten Sie doch länger zu Hause bleiben und später anfangen.

Hier ist besser. Ist schöner wie Wohnung. Ich geh hier Internet, sehe Filme. Manchmal kommt Kunde schon halb neun.

Wenn Schulferien sind, können Sie Ihren Laden schließen und mit ihrer Familie verreisen.

Verreisen macht kein Spaß, ist teuer.

Sie haben Verwandte in der Türkei. Wie oft reisen Sie dort hin?

Alle zwei Jahr. Höchstens. Kostet viel Geld. Ist anstrengend. Wird bald langweilig mit Verwandtschaft. – Waren wieder verreist? Wo waren mit Freundin?

Wir waren auf La Palma, eine Kanareninsel.

Wo ist? Ist bei Italien?

Die Kanaren liegen im Atlantik vor der marokkanischen Küste und gehören zu Spanien.

Sprechen spanisch?

Meine Freundin spricht spanisch, ich leider nur englisch.

Was machen in Palma? Haben da Auto und rumfahren? Schwimmen im Meer und in Sonne liegen am Strand?

Ja, von jedem etwas. Wir hatten ein kleines Auto gemietet und haben die Insel erkundet. Wir haben jeden zweiten Tag eine Wanderung gemacht. Und wir waren auch öfter am Strand.

Waren schon in Antalya? Hat schöne Strand. Viele Deutsche fliegen nach Antalya.

Ich war noch nicht dort. Mich würde der Westen mehr interessieren mit den antiken Stätten. Waren Sie in Antalya?

Nein, war ich nicht da. Keine Zeit. – Wann machen wieder Reise?

Demnächst fahre ich nach Essen. Meine Tochter lebt dort mit ihrer Familie.

Fahren mit Bahn oder Auto?

Mit dem Auto. Ich brauche das Auto dort.

Wie viel Stunden fahren nach Essen? Drei Stunden?

Mindestens dreieinhalb Stunden. Eigentlich brauche ich länger, weil ich unterwegs immer noch eine Kaffeepause einlege.

Wie lange bleiben in Essen?

Wahrscheinlich fünf Tage.

Tochter bleiben zu Hause. Sie sind bei ihr, sprechen mit Tochter, trinken Kaffee?

Nein, sie und ihr Mann sind berufstätig, und die Kinder gehen in die Schule.

Was machen dann? Gehen in großen Vergnügenpark?

Sie meinen den Grugapark. Nein, ich fahre nach Duisburg und nach Bochum.

Gehen da spazieren und Kaffee trinken?

Ich gehe in die Museen und sehe mir Kunst an. Das Museum Folkwang in Essen hat auch eine sehr sehenswerte Sammlung, in der ich schon oft war.

Ach …

Am Wochenende bin ich dann mit der Familie zusammen.
Dann wandern wir oder unternehmen eine Radtour.

Ach …

Sie wandern nicht, fahren auch nicht Rad?

Fahre lieber Auto. Machen Picknick mit Familie oder essen zu Hause.

Ach ja.

Fertig, Chef. Bis nächste Mal.

3 Todesstrafe

Hallo Nachbar! Und wie geht?

Gut – und Ihnen?

Nicht so gut wie Ihnen. Muss immer arbeiten. Keine Freizeit.

Sie haben doch einen schönen Beruf. Sie können sich mit Ihren Kunden unterhalten, können Musik hören und Nachrichten und wissen immer, was auf der Welt passiert.

Ja, ist gut.

Viele Türken, die hier leben, wissen nicht, was bei dem Verfassungsreferendum auf dem Spiel steht. Sie können sich informieren. Sie können türkische und deutsche Sender hören.

Ich höre nur türkische Radio. Verstehe nicht deutsche Sprache in Radio.

Aber Sie wissen, dass Erdogan in der Türkei eine Diktatur errichten will. Er will die Demokratie abschaffen, die freie Meinungsäußerung, die Pressefreiheit.

Alles Lüge! Lügenpresse! Alles gelogen.

Was will er denn sonst, wenn er das Parlament entmachtet.

Er will Parlament noch mächtiger machen.

Sogar die Todesstrafe will er einführen!

Er will nicht. Nur wenn Volk will. Erdogan macht, was Volk will.

Glauben Sie das wirklich? Erdogan macht, was er will. Aber er sagt: Wenn das Volk es will, dann tue ich das.

Genauso. Wir geben ihm Macht, und er sorgt für uns. Er ist wie Vater. Wir müssen uns keine Sorgen machen. Er wird Türkei wieder groß und mächtig machen. Größer und mächtiger als Deutschland. Mächtiger als EU.

Das glauben Sie ihm alles. Ihm darf man nichts glauben. Er ist ein Demagoge!

Was ist das?

Er verführt das Volk. Wie denken Sie über die Todesstrafe?

Ich bin für Todesstrafe. Soll er machen. Fertig!

Jeder Mensch hat ein Recht auf sein Leben. Das gilt sogar für einen Verbrecher.

Aber was sagst, wenn so ein Kerl mit dein Kind was macht? Du schlägst ihn tot!

Dafür gibt es Gerichte.

Ich bin für Todesstrafe. Ganz grausam muss das sein. Ein Finger nach dem andern abschneiden, Füße abschneiden, Hände abhacken. Der Kerl muss leiden, darf nicht gleich sterben. Erst am Schluss aufhängen. So muss man das machen.

Das verbieten die Menschenrechte.

Ich bin für Todesstrafe. Ich bin Sadist. Alles abschneiden. Auch Nase und Ohren. Schwanz abschneiden. Augen ausstechen. Erst dann aufhängen. Erst am Schluss. Ja, ich bin Sadist.

Die Türkei möchte Mitglied der EU werden. Das geht nicht, wenn sie die Todesstrafe einführt.

Todesstrafe ist wichtiger.

Aber Sie fühlen sich wohl hier in Deutschland. Sie genießen die Vorteile der Demokratie. Die guten Verdienstmöglichkeiten. Möchten Sie wirklich zurück in die Türkei?

Deutschland ist scheiße, aber ich bleibe hier. Ich habe Doppelpass. Aber Türkei ist alles besser. Türkei ist mein Heimat.
– Fertig, Chef. Bis nächste Mal.

4 Machen wieder Reise?

Hallo Nachbar! Und wie geht?

Gut – und Ihnen?

Auch gut. Machen wieder Reise?

Nein, diesen Winter nicht. Ich bin im Moment hier beschäftigt. Aber Sie waren verreist.

Ja, warum wissen?

Als ich vor drei Wochen hier war, hat Ihr Vater mich bedient.

Hat erzählt von mir?

Er hat mir nur gesagt, dass Sie in der Türkei sind. Er spricht nicht so gut deutsch wie Sie. Ich kann ihn nur schwer verstehen.

Vater ist alt, lernt nix mehr.

Aber er ist ein guter Friseur, und Sie haben das von ihm gelernt. Er ist der Chef?

Ich bin Chef. Er hat von mir gelernt. Ha-ha-haaa!

Na gut. Aber erzählen Sie: Wie war der Urlaub in der Türkei? Sie sind mit Ihrer Frau und den beiden Kindern dort gewesen. Sind Sie geflogen?

Fliegen zu teuer. Ich bin mit Auto gefahren. Mal wieder schöne lange Strecke fahren macht Spaß.

Das kann ich mir nicht vorstellen. Das ist doch anstrengend. Sie haben bestimmt vier Tage gebraucht. Und drei Übernachtungen im Hotel kosten auch Geld.

Drei Tage gefahren. Auch nachts gefahren und schlafen im Auto. 3.000 Kilometer, kein Problem. Mein Auto fährt gut.

Ich würde fliegen und mir dort einen Mietwagen nehmen. Das wäre bequemer. Aber gut, ich denke, Sie wollen auf Ihr Auto nicht verzichten.

Ja, alle sagen in Türkei: BMW ist tolles Auto. Alle sagen: Du bist reich.

Na klar. Das kann ich mir gut vorstellen. Aber nun sagen Sie: Wie war es in der Türkei? Waren Sie im Land unterwegs? Welche Städte haben Sie besucht?

Keine Städte, nur bei Familie, viele Verwandte, Opas und Omas, Onkels und Tanten und viele andere. Verstehst: Viele Kinder.

Jeden Tag Verwandte besuchen – das stelle ich mir nicht sehr interessant vor.

Langweilig – ja! Immer wieder essen und essen. Auch mal Spaziergang mit Onkel oder Opa. Ist auch langweilig.

Wann machen Sie wieder eine Reise in die Türkei? Nächstes Jahr?

[Grinst süßsauer] Nicht so bald. Keine Lust. Keine Zeit. Kein Geld. Sommer ist hier Wetter gut.

Ja, ich denke auch, dass es im Sommer hier warm genug ist.

Und ist hier gemütlich.

Es heißt, man könne das Wort gemütlich in keine andere Sprache übersetzen. Was verstehen Sie unter Gemütlichkeit?

[Er lacht] Einfach faul machen!

Vielleicht laden Sie mal ihre türkischen Verwandten nach Deutschland ein?

Nein, sollen in Türkei bleiben.

Vielleicht verreisen Sie mal in Deutschland oder nach Frankreich oder Italien.

Weiß nicht. Mal sehn. – Fertig, Chef. Bis nächste Mal.

5 Frauen züchtigen

Hallo Nachbar! Und wie geht?

Gut – und Ihnen?

Auch gut. Wenn Sie jede Woche kommen, geht mir noch besser.

Ich glaube, es gibt zu viele Friseure. Gäbe es halb so viele, hätten Sie mehr zu tun.

Geht auch gut mit Freundin?

Ja, mit ihr gehts immer gut. Und wie gehts mit Ihrer Frau?

Schlecht – immer Ärger und Streit.

Ich habe heute im Radio gehört, dass im Koran steht, Männer dürfen Frauen schlagen, wenn sie nicht gehorchen. Stimmt das?

Ja.

Schlagen Sie Ihre Frau auch?

Nein, nicht mehr.

Aber früher?

Ja, was willst machen? Wenn die Frau immer wieder dasselbe macht. Du sagst, tu das nicht mehr. Sie macht immer wieder. Dann hilft nix.

Und jetzt gehorcht sie Ihnen?

Nein, aber sie schimpft. Macht immer Streit. Weißt, man kann bei uns nicht scheiden wegen Kinder und Familie. Muss zusammenbleiben. Man kann mal rausgehen, bis man beruhigt. Aber das geht nicht so gut. Weißt, ich bin keine Sadist, aber wenn man Frau schlägt, das beruhigt besser.

[Beide lachen.]

Sie sagen, wenn die Frau immer wieder denselben Fehler macht. Aber Männer machen doch auch Fehler – oder?

[Er lacht]: Soll Frau den Mann schlagen? Geht nicht.

Das gibt es auch.

Ist selten. – Schlagen Sie Freundin?

Nein.

Haben Sie schon Frau geschlagen?

Nein.

Nie? Niemals?

Niemals.

Was machst, wenn Frau nicht gehorcht?

Sie muss nicht gehorchen. Wir reden miteinander, wir strei-
ten. Manchmal einigen wir uns. Manchmal bleiben wir ver-
schiedener Meinung. Das geht auch.

In Schule haben uns Lehrer auch geschlagen. Wenn ich heim-
komme und habe zu Mutter gesagt: Lehrer hat mich geschlagen. Sie hat gesagt: Er ist Lehrer. Wenn er nicht schlägt,
ist kein Lehrer.

An deutschen Schulen dürfen Lehrer nicht schlagen.

Damals hatten wir kein Handy. Heute kann Sohn sofort fil-
men oder Vater anrufen. In Türkei schlagen Lehrer auch
heute. Ist normal. – Fertig, Chef. Bis nächste Mal.

6   Sünde ist schön

Hallo Nachbar! Und wie geht?

Gut – und Ihnen?

Gut. Sie sehn: Laden ist voll.

Ja, ich sehe es: Drei Kunden warten.

Ist komisch – heute Montag – alle Ü-70. [Er schmunzelt verschmitzt.]

Dann passe ich ja gut hinein.

Und – machen wieder Reise?

Am Freitag fahre ich zu einem Klassentreffen.

Was treffen?

Alle Freunde, die mit mir 1959 die Schule abgeschlossen haben, treffen sich.

Oh, ist gut. Das ist gut.

Wir haben uns bisher regelmäßig alle fünf Jahre getroffen. Aber jetzt, da wir älter werden und nicht mehr alle gesund sind, treffen wir uns alle zwei Jahre.

Wie gefunden? Ist Zufall? Haben Sie eingeladen?

Nein, der letzte Klassensprecher hat die Adressen gesammelt. Früher hat er Briefe geschrieben. Jetzt halten wir den Kontakt per E-Mail.

Nur alle zwei Jahr?

Mit einigen habe ich öfter Kontakt. Dann telefoniere ich auch einmal. Einige, die nahe beieinander wohnen, treffen sich auch zwischendurch.

Wo war Schule – in Karlsruhe?

Nein in Friedberg. Das liegt in der Nähe von Frankfurt.

Ist schöne Stadt?

Mir gefällt Friedberg sehr gut. Es hat eine ungewöhnlich breite Marktstraße und eine alte Burg. In dieser Burg ist unsere alte Schule.

Alte Schule ist nicht gut. Alte Räume sind dunkel.

Wir werden diesmal die Schule besichtigen. Wir werden sehen, ob es auch moderne Räume gibt. – Wo sind Sie in die Schule gegangen? In der Türkei oder in Deutschland?

Schule in Türkei, Ausbildung in Deutschland gemacht.

Ihre Kinder gehen schon in die Schule?

Ja, in Grundschule.

Gehen Sie auch zu den Elternabenden?

Einmal ich war da. Ist nix für mich.

Aber es ist wichtig, dass die Eltern den Kontakt mit den Lehrern halten.

Hab keine Zeit. Muss arbeiten bis Abend. Interessiert mich nicht. Meine Frau macht alles mit Kinder. Geht auch zu Elternabend.

Stimmt es, dass türkische Männer einer deutschen Lehrerin nicht die Hand geben?

Nicht mehr. War früher.

Ich kenne eine Lehrerin, die mir das berichtet hat. Warum tun türkische Männer das nicht?

Ist Sünde.

Und deshalb geben Sie einer fremden Frau nicht die Hand?

Doch, ich gebe Hand. [Er grinst.] Sünde ist schön.

[Beide lachen.]

Fertig, Chef. Bis nächste Mal.

7 Lockdown war Mist

Hallo Nachbar! Und wie geht?

Gut – und Ihnen?

Geht wieder gut. Darf wieder arbeiten. Sie haben nicht lange Haare. Waren verreist?

Nein! Man kann doch jetzt nicht reisen. Meine Frau hat mir einmal die Haare geschnitten.

Frau? Haben Freundin geheiratet?

Ja.

Frau hat gut gemacht!

Wie lange hatten Sie eigentlich Ihren Salon geschlossen? Waren das vier oder sechs Wochen?

Zwei Monat geschlossen.

Oh, das war lang. Was haben Sie in der Zeit gemacht? Sind Sie viel spazieren gegangen?

Nein – nur Fernsehen und Computer gespielt.

Ich stelle mir vor, dass das bald langweilig wird.

Ja-ja! Alles langweilig.

Sie haben mir einmal erzählt, dass Sie zwei Kinder haben, die in die Schule gehen, haben Sie mit denen geübt.

Nein, Kinder haben auch gespielt. Immer laut und streiten. Frau immer schimpfen.

Darf ich fragen, wie groß Ihre Wohnung ist? Wie viel Zimmer?

Zwei Zimmer und Küche. Ist zu klein.

Haben Sie vom Staat eine Überbrückungsbeihilfe bekommen?

4.000 Euro. Weil ich habe kein Gehilfe.

Ihr Vater arbeitet manchmal mit.

Pssst! Vater ist Busfahrer.

Sie sind froh, dass Sie wieder arbeiten können. Ich glaube, Sie machen Ihre Arbeit gerne.

Ja, ist schöne Arbeit. Salon ist schöner wie Wohnung. Alles schwarz und weiß. Ist schön. Alles selber gemacht.

Sie haben das alles selber gemacht – alle Achtung! Ich sehe, Sie sind handwerklich geschickt, und Sie haben Geschmack.

[Deutet eine leichte Verbeugung an und lächelt.] Fertig, Chef. Bis nächste Mal.

8 Sind Sie König?

Hallo Nachbar! Und wie geht?

Gut – und Ihnen?

Sie sind erste Kunde heute. Wenig Arbeit.

Sie fangen um neun Uhr an; jetzt ist es elf. Was machen Sie, wenn niemand kommt?

Lesen, Computer spielen. Schreibe etwas auf. Sie haben Problem. Ärger mit Frau?

Meine Putzfrau hat abgesagt. Aber wenn sie nächste Woche kommt, reicht es auch noch. Es hat mich nur geärgert, dass ich extra so früh aufgestanden bin.

Sie sind verheiratet. Frau muss putzen, nicht Putzfrau.

Meine Frau putzt ihre eigene Wohnung.

Sind Sie König? Sind Sie Chef? Frau muss putzen, wenn Chef sagt!

Ach, wissen Sie, das ist bei uns anders. Ich bin nur mein eigener Chef, und meine Frau ist ihre eigene Chefin. Damit sind wir zufrieden.

[Der Friseur schüttelt den Kopf.] Ist alles komisch bei moderne Deutsche. Ich versteh nix.

Ihre Wohnung wird wahrscheinlich von Ihrer Frau geputzt. Ja, ist das so?

Ja, klar!

Und hier für den Salon haben Sie eine Putzfrau?

Nein, Samstag kommt mein Mutter und putzt. Macht das umsonst. Ist alles Familie. Muss so sein.

Wenn Sie putzen lassen, könnten Sie das steuerlich absetzen.

Kann ich schwer verstehen. [Tippt dem Kunden freundlich auf die Schultern.] Fertig, Chef. Bis nächste Mal.

9   Reiche Kunde

Hallo Nachbar! Und wie geht?
Gut – und Ihnen?
Geht gut, wenn Sie kommen.

Ich glaube, ich bin heute eine Woche früher dran als letztes Mal. Sie sagten damals, Sie können nicht davon leben, wenn ich nur alle sechs Wochen komme.

Muss mal gucke. [Er geht zu seinem Übersichtskalender, sucht und kommt zurück.] Stimmt! Sind heute fünf Wochen.

Schreiben Sie alle Kunden auf? Sie kennen doch von kaum jemandem den Namen. Sie wissen auch nicht, wie ich heiße.

[Er lacht verschmitzt.] Ich mache Namen für alle Kunden. Bei Ihnen, ich schreibe: Reiche Kunde.

[Nun lacht auch der Kunde.] *Letztes Mal sagten Sie auch, ich sei König und Chef. Einmal sagten Sie auch, ich sei Millionär. Und jetzt bin ich reich. Nun gut, ich habe auch einen reichen Friseur!*

Nein, ich bin arme Friseur. Kommen zu wenig Kunden.

Ja, wissen Sie, früher hatten die Friseure mehr zu tun. Als ich ein Kind war, gab es viele alte Männer, die sich vom Friseur mit dem Rasiermesser den Bart rasieren ließen. Mein Opa zum Beispiel. Mein Vater rasierte sich mit einem Klingenrasierer. Die Klingen und die Rasierseife kaufte er beim Friseur, wenn er sich die Haare schneiden ließ. Als ich Anfang zwanzig war, kaufte ich mir in einem Elektrogeschäft meinen ersten Elektrorasierer. – Eigentlich denke ich mir, dass die modernen Herrenfrisuren mit kahl geschorenen Nacken, wie sie in der Hitlerzeit schon mal modern waren, öfter geschnitten werden müssen. Mindestens alle zwei Wochen.

Junge Typen gehen zu junge Friseure. Haben selber Nazifrisur. Mein Frisur ist nicht mehr top-modern. – Fertig, Chef. Bis nächste Mal.

10 Überbrücke war Betrug

Hallo Nachbar! Und wie geht?

Gut – und Ihnen?

Sind erst vier Wochen. Hat mein Vater geschnitten.

Sind Sie sicher, dass Ihr Vater meine Haare geschnitten hat und nicht meine Frau?

Hat Haare länger lassen, damit Sie bald wiederkommen. Vater ist schlau.

Er ist ein guter Friseur und ein guter Geschäftsmann.

Ich bin gute Friseur. Vater hat alte Technik, nicht ganz modern.

Das sehen Sie – alle Achtung! Er hat mir gesagt, dass Sie verreist sind. Waren Sie wieder in der Türkei?

Nein, war nicht verreist. War in Krankenhaus.

Oh, das verstehe ich nicht. Warum hat er das gesagt?

Ist Sache von Familie. Nicht mit Fremde davon sprechen.

Ist Ihnen das unangenehm? Möchten Sie nicht darüber sprechen?

Mein Vater ist alte Mann, 58 Jahre. Ich bin junge Mann, ich bin modern.

Und Sie können auch über Ihre Krankheit sprechen?

Ja, wir können sprechen, aber leise. Andere Kunden müssen nicht hören. Ich hat immer Schmerzen in Bauch. Doktor im Krankenhaus hat Darm operiert.

Geht es Ihnen jetzt wieder gut? Sind Sie ganz gesund?

Fast gesund. Hab noch kleine Schmerze. Kann wieder arbeiten. Aber kommen wenige Kunden wegen Corona.

Ich habe in der Zeitung gelesen, dass die Weihnachtsmärkte schließen müssen. Vielleicht kommt wieder ein neuer Lockdown, und Sie müssen wieder eine Überbrückungsbeihilfe beantragen.

Ich will nicht beantragen. Überbrücke war Betrug. Ich muss jetzt 3.000 Euro zurückbezahlen.

Oh, das tut mir leid. Wahrscheinlich haben Sie die 4.000 Euro längst ausgegeben.

Alles weg für Miete und Essen. – Fertig, Chef. Bis nächste Mal.

11 Sind Sie Patriot?

Hallo Nachbar! Und wie geht?

Gut – und Ihnen?

Sind Sie Patriot? Was denken von Deutschland?

Ach – Patriot, das ist so ein Wort. Ich kann nicht viel damit anfangen. Ich bin Bürger dieses Landes, lebe gern hier, bin aber auch kritisch.

Lieben nicht Deutschland?

Lieben – ach, man kann doch nicht ein Land lieben. Man liebt einen Menschen. Ich liebe meine Frau, das genügt doch. O-der?

Ach diese Deutsche! Ich liebe mein Land.

Die Türkei oder Deutschland?

Türkei ist meine Land, nicht Deutschland.

Sie haben einen türkischen Pass und einen deutschen. Aber Sie lieben nur die Türkei. Wie denken Sie über Deutschland?

Arbeit ist gut in Deutschland, Leben gut. Ja, Deutschland ist gutes Land für Menschen. Aber ich bin Patriot.

Ich kann verstehen, dass Sie nicht in der Türkei leben und arbeiten möchten. Die Lira verliert immer mehr an Wert. Dort wären Sie ein armer Mann. Sie hätten Ihr schönes Auto längst verkaufen müssen, damit Ihre Frau Lebensmittel für die Familie kaufen kann.

Ja, Lira ist schlecht, alles schlecht.

Erdogan hat kürzlich in einer Rede gesagt, die Patrioten sollten ihre Euros in Lira umtauschen. Einige sollen sogar in der Öffentlichkeit Dollars verbrannt haben. Wie finden Sie das? Wollen Sie auch ...

[Er lacht.] Kann nicht Lira kaufen. Habe nicht viel Euro. Frau gibt Euros aus. Frau und Mutter kochen gute Essen.

Ich denke, wenn Sie in Rente gehen, werden Sie mit Ihrer Familie in die Türkei zurückkehren.

Nein! Ganze Familie bleibe hier. Vater und ich bleibe in Deutschland, haben doppelte Pass. Frauen auch bleiben. Kinder sind fast Deutsche, reisen nicht gern zu Verwandte in Türkei, sprechen nicht gut türkisch. Kinder gehen in Schule, Sohn ist in Gymnasium, soll studieren und wird reich. Sohn baut große Haus. Alle wohnen bei Sohn. Schön!

Dann bin ich beruhigt. Und Sie bleiben noch lange mein Friseur.

Ja, leider haben nicht viel Haare auf Kopf. – Fertig, Chef. Bis nächste Mal.

12   Seiten auf Null

Hallo Nachbar! Und wie geht?

Gut – und Ihnen? Sie haben eine neue Frisur!

Moderne Frisur mit Seiten auf Null.

Ja, das ist bei den Jungen jetzt in Mode, und Sie sehen auch jünger aus.

Gefällt Ihnen? Wollen auch Seiten auf Null?

Lieber nicht. Mich würde das nicht jünger machen. Außerdem habe ich oben eine Platte. Mit den Seiten auf Null würde bei mir nicht mehr viel übrigbleiben.

[Lacht] Machen wie immer. Oben acht Millimeter.

Der Junge hier hilft Ihnen. Heute trägt er sogar eine schicke Friseurschürze. Ich sehe, er fegt die Haare auf. Macht er ein Praktikum?

Nur Aushilfe, nur Aushilfe! Ist mein Sohn, schon in achte Klasse. Bald fertig mit Schule.

Sie sagten mir einmal, er soll studieren.

Nein-nein! Studium nicht gut, dauert zu lang. Wird Friseur.

Er soll dann später wohl auch Ihr Geschäft übernehmen?

Ist sehr begabt für Friseur. Kann schon Haare nachschneiden. Kann sehr gut Gesicht massieren und Kopfhaut. Soll Ihnen Kopfhaut massieren.

[Während der Kunde auf den zweiten Friseurstuhl wechselt, reibt der Sohn sich beide Hände mit einer Massagecreme ein.]

Du machst das sehr gut. Hast du das von deinem Vater gelernt?

Ja, mein Papa ist Meister-Friseur.

Willst du auch bei ihm die Ausbildung machen?

Nein, er hat keinen Meisterbrief. Die Ausbildung mache ich in einem großen Salon. Vielleicht mache ich auch noch den Meister. Aber dann komme ich hierher. Sie sehen ja, wir haben zwei Arbeitsplätze.

Vielen Dank! Perfekt hast du das gemacht.

[Nachdem der Kunde beim Chef bezahlt hat, gibt er dem Jungen ein Extra-Trinkgeld.]

[Der Junior] Danke! Kommen Sie bald wieder.

[Der Chef] Bleiben Sie gesund – und bis nächste Mal!

Dank

an Siegbert Brückner, Holger Erbach, Irmgard Kunert-Schütz und Monika Suppkus für Anregungen sowie kritische und sachdienliche Hinweise.

Editorial

Die in diesem Band versammelten Erzählungen verdanken sich unterschiedlichen Anlässen und entstammen in ihrem jeweiligen Kern verschiedenen Entstehungszeiten. Um 2016 schwebte mir ein Plot vor, aus dem schließlich *Der Pennäler zwischen den Stühlen* und *Beinahe ein Lehrer* hervorgingen. Da sich selbst bei der Aufteilung in zwei Romane die Gefahr einer Überladung zeigte, auf deren Kosten die Erzählung an Stringenz und Spannung verloren hätte, schied ich drei Kapitel aus, die ich vor einem Jahr zu autonomen Erzählungen umarbeitete: *Die Baustelle, Schreiner Knobel* und *Der Junglehrer.* – *Die heiße Sphinx* entstand zwischen 2023 und 2024, *Die Zelle* 2024. – Ein Dutzend zwischen 2017 und 2023 aufgezeichnete Gedächtnisprotokolle von *Friseurgesprächen* bilden als eine Art Scherzando den Schluss.

Karlsruhe 2024

Von Yelmo Schütz sind bei BoD auch die folgenden
Titel erschienen.

SUCHMELDUNG

Episoden einer Kindheit in der Wetterau

Paperback, 428 Seiten
ISBN 9783750480117
Auch als E-Book verfügbar
ISBN 9783751942652

DER PENNÄLER ZWISCHEN DEN STÜHLEN

Roman

Paperback, 248 Seiten
ISBN 9783750404571
Auch als E-Book verfügbar
ISBN 9783750454385

BEINAHE EIN LEHRER

Roman

Paperback, 480 Seiten
ISBN 9783755760221
Auch als E-Book verfügbar
ISBN 9783755728184

DER VERRISS

Eine Art Künstlerlegende

Roman

Paperback, 356 Seiten
ISBN 9783757881917
Auch als E-Book verfügbar
ISBN 9783758395338

Bei BoD erschien auch das

FRIEDBERGER JUBILÄUMS-KLASSENBUCH
1959 – 2019. 60 Jahre Abitur
27 Biografien. 15 Klassentreffen
Herausgegeben von Helmut G. Schütz
Redaktion: Ernst Köstler und Helmut G. Schütz
Paperback, 192 Seiten
ISBN 9783757881917
Friedberg/Hessen 2020